Bernhard Urlaub

Der Fahnendieb

Die merkwürdigen Erlebnisse des
Franziskus Götzelmann

Franken-Krimi

Impressum
Der Fahnendieb

Autor
Bernhard Urlaub

Gesamtherstellung
Morsak Verlag GmbH
Wittelsbacherstraße 2, 94481 Grafenau
Web: www.morsak.de
E-Mail: info@morsak.de
Tel. 08552/4200

ISBN 978-3-86512-039-7

morsakverlag

I. Kapitel

Es war empfindlich kalt in der Ölbergkapelle. Die dreißig Sänger des Männerchores des Gesangvereins „Harmonia Kirchfeld" versuchten, in dem sie auf ihren Füßen herum trippelten, vergebens etwas Wärme in ihre unteren Gliedmaßen zu bekommen. Wie jedes Jahr, gestalteten sie die offiziellen Feierlichkeiten zum Volkstrauertag, mit ihrem Gesang. Nur gut, dass Bürgermeister Römer langsam zum Schluss seiner Ausführungen kam, Danach würde man sich im Vereinslokal „Zum Anker" mit einem guten Schoppen Frankenwein schon wieder aufwärmen.

Endlich beendete Römer sein Rede. Noch ein letztes Lied vom Chor. Auch die Blaskapelle durfte noch einmal ihr Bestes geben. Dann löste sich die Versammlung sehr schnell auf. All zu viele Menschen hatten sowieso nicht daran teilgenommen. Die meisten hatten es vorgezogen, nach dem Segen von Pfarrer Nüsslein, gleich nach dem Sonntag Vormittags-Gottesdienst nach Hause zu gehen. Auch die Fahnenabordnungen der einzelnen Vereine, die wie jedes Jahr durch ihre Anwesenheit den Gefallenen Ehre erwiesen, rollten ihre Fahnen zusammen und trugen sie zurück in die Vereinsheime, wo sie in sicherer Schränken oder Vitrinen wieder verwahrt wurden.

Der „Anker" war gut besucht. Etliche Stammtische pflegten wie jeden Sonntag Vormittag dort beim Frühschoppen eine Form der Geselligkeit, die zwar von vielen Zeitgenossen als überholt angesehen wurde, sich in Kirchfeld aber nach wie vor großer Beliebtheit erfreute. Vorausgesetzt, die Ehefrauen hatten nichts dagegen, dass ihre Ehemänner das sauer verdiente Geld auch noch am Sonntag in die Wirtschaft trugen.

Der Stammtisch der Sänger war heute allerdings nur halb so gut besetzt, wie an anderen Sonntagen. Lediglich der erste Vorstand, Martin Härtlein, so wie sein Stellvertreter Peter Schuster, zwei Sänger der Bassgruppe und Pfarrer Nüsslein, der nach dem Gottesdienst gleich hierher geeilt war, saßen an dem großen, runden Tisch. Abgerundet wurde die Gesellschaft von Franziskus Götzelmann, einem pensionierten Kriminalbeamten, der noch nicht lange beim Chor mitsang, da er erst vor einem halben Jahr seinen Wohnsitz von Würzburg nach Kirchfeld verlegt hatte. Man diskutierte gerade über die letzte Bundestagswahl, als Dieter Roth aufgeregt herangestürmt kam.

Dieter war für die Vereinsfahne verantwortlich, die er bei allen Umzügen, eskortiert von zwei weiteren Sängern, auf seinen starken Schultern trug.

„Also, so etwas ist mir noch nicht passiert!" Mit blassem Gesicht und zitternden Händen, ließ er sich auf den nächsten freien Stuhl fallen, schnappte sich das nächst beste Weinglas und trank es in einem Zuge leer.

„Was ist denn los? Jetzt beruhige Dich doch erst einmal." Martin Härtlein, wie immer die Ruhe selbst, sah den Fahnenträger mit hochgezogenen Augenbrauen an.

"Was los ist? Die Fahne ist weg, einfach weg." Dieter Roth war jetzt fast einem Nervenzusammenbruch nahe.

„Welche Fahne?" Obwohl Martin längst klar war, welche Fahne gemeint war, fragte er vorsichtshalber noch einmal nach.

„Unsere Fahne, die Fahne vom Verein. Dabei habe ich sie nur einen Moment an die Kirchenmauer gelehnt."

„Du willst damit sagen, dass unsere Vereinsfahne entwendet wurde?" Jetzt sah sich auch der zweite Vorstand Peter Schuster genötigt, in das Verhör einzugreifen.

„Wieso lässt Du sie denn auch alleine stehen?" Peter Schuster war über so viel Leichtsinn schockiert.

„Weil ich dringend pinkeln musste. Da habe ich mich halt in die Ecke gestellt, die niemand einsehen kann. Ihr wisst schon gegenüber der Statue des heiligen Christopherus. Aber ich schwöre euch, ich war bestimmt nicht länger, als fünf Minuten weg. Und als ich zurück kam, war die Fahne verschwunden und von den anderen Fahnenträgern war auch niemand mehr da. Es war überhaupt niemand mehr da. Keine Menschenseele war auf dem Kirchplatz mehr zu sehen."

„Du hast an die Kirchenmauer gepinkelt?" Pfarrer Nüsslein war über diese Vergehen mehr entsetzt als über den Verlust der Vereinsfahne.

„Es ging eben nicht mehr anders. In`s Pfarrheim wäre ich nicht mehr gekommen. Ich habe halt ein Problem mit meiner Blase. Und bei der Affenkälte heute."

„Sicher nur ein dummer Streich, der sich bestimmt bald aufklärt." Franziskus Götzelmann hatte sich in seiner aktiven Zeit bei der Kripo oft genug mit solchen Bagatellfällen herum schlagen müssen, die sich im Nachhinein oft genug als harmlos herausstellten.

„Wahrscheinlich!" Martin Härtlein war jetzt wieder ganz Vorstand, den nichts so schnell erschütterte.

„Trotzdem sollten wir reagieren. Ich schlage vor, wir warten zwei, drei Tage. Sollte die Fahne bis dahin nicht aufgetaucht sein, werden wir natürlich umgehend die erforderlichen Maßnahmen ergreifen. Aber vielleicht planen wir schon einmal eine außergewöhnliche Vorstandssitzung ein. Denn egal, aus welchen Motiven heraus, diese Tat begangen wurde, der Vorgang als solcher ist schon recht ungewöhnlich. Peter, Du bist so nett, und organisierst das. Ich muss jetzt nach

Hause. Betti wartet mit dem Mittagessen. Er bezahlte und verließ den Anker.

„Wenn der nur rumkommandieren kann." Peter Schuster kam sich immer wie ein Laufbursche vor, wenn ihm sein erster Vorstand irgendwelche Aufträge erteilte, die er auch hätte selbst erledigen können. Dabei war er bei der letzten Vorstandswahl nur knapp gescheitert. Fünf Stimmen hatten ihm gefehlt. So musste er sich halt mit dem Amt als „Vize" zufrieden geben.

„Wie konnte das nur passieren" Er gab seinen Ärger an Dieter Roth weiter.

Doch der war zu keiner vernünftigen Aussage mehr fähig. Er trank seinen Schoppen in hastigen Zügen aus. Der Zuspruch seiner Sangesbrüder, das Ganze nicht so tragisch zu nehmen und es werde sich bestimmt rasch aufklären, bewirkte eher nur noch das Gegenteil. Selbst der Trost von Pfarrer Nüsslein, „dass der liebe Gott schon helfen werde, wo doch diese Tat quasi auf seinem ureigensten Gelände passiert sei, vermochte dem völlig am Boden zerstörten Fahnenträger nicht aus seiner Zerknirschtheit aufrichten. Für ihn war dieser Sonntag gelaufen.

So nach und nach löste sich der Sängerstammtisch ebenfalls auf. Im „Anker" kehrt allmählich Ruhe ein. Nur noch einige Gäste, die von auswärts kamen und zu Mittag aßen, und ein etwas finster dreinblickender Mann, um die fünfundzwanzig, der alleine an einem Tisch saß, waren noch anwesend. Der junge Mann war noch nicht lange da, hatte sich ein Bier bestellt, dass er hastig in wenigen Zügen austrank. Er machte einen gehetzten Eindruck, Etwas Unstetes ging von ihm aus, so als hätte er etwas zu verbergen. Doch er blieb nicht lange im „Anker". Auch er bezahlte und verließ die Gaststube.

II. Kapitel

Franziskus Götzelmann lehnte sich behaglich in seinem Lieblingssessel zurück. Er fühlte sich rundum zufrieden. Aus der kleinen Küche nebenan, hörte man Geschirr klappern. Seine Schwester Barbara, von vielen nur Bärbel genannt, war mit der Zubereitung des Abendbrotes beschäftigt. Sie lebte, im Gegensatz zu ihrem Bruder schon über zwanzig Jahre in Kirchfeld. Sie führte Pfarrer Nüsslein den Haushalt und half auch in der Verwaltung der Pfarrgemeinde mit. War also, wie man im Fränkischen sagt, eine „Pfarrsköchin“. Eine sehr gute Pfarrköchin, wie Pfarrer Nüsslein bei vielen Gelegenheiten betonte. Eduard Nüsslein war der dritte Geistliche, den sie in Kirchfeld betreute. „Ein wahrer Segen“ so eine weitere Aussage des beliebten und beleibten Geistlichen, was man auch an der Figur von Hochwürden ersehen konnte.

Zwischendurch, wenn sie Zeit hatte, bekochte Bärbel auch ihren Bruder. Der war zwar ein recht selbständiger Mensch und war gewohnt für sich alleine zu sorgen. Doch war es schon ein großer Unterschied, ob er selbst oder seine Schwester für den Speiseplan verantwortlich war.

Heute hatte Bärbel erst sehr spät in sein kleines Haus gefunden. Hochwürden hatte einen Gast und sie hatte deswegen erst nach dem Kaffee weg gekonnt.

Jetzt richtete sie die Brotzeit und nach dem Essen würden sie eine Partie Schach zusammen spielen .Sie war eine leidenschaftliche und gute Schachspielerin und Franziskus gewann so gut wie nie eine Partie gegen sie.

Ihre zweite Leidenschaft waren Kriminalromane. Das führte so weit, dass sie, mit viel Phantasie ausgestattet, sich oft schon selbst als Detektivin sah und die schwierigsten Fälle im Handumdrehen löste.

Franziskus hatte in der Zwischenzeit eine Flasche Kirchfelder Schlosshügel entkorkt. Einen Silvaner, den er ganz besonders schätzte. Noch dazu ein Qualitätswein mit Prädikat. Er lächelte über die Hobbys seiner Schwester. Aber er mochte sie von Herzen gerne. Leider hatte sie nie den richtigen Partner gefunden. Er würde Barbara jedenfalls noch einmal das Glück gönnen, einen passenden Mann zu finden. Was bestimmt nicht einfach war, denn seine Schwester hatte im Laufe der Jahre doch ihr eigenes Leben gelebt. Und sie war eine starke Persönlichkeit, die sich nicht gerne dreinreden ließ.

Er selbst hatte ja mit seiner Emma das große Los gezogen. Leider war sie viel zu früh von ihm gegangen. Doch Franziskus lies melancholische Gedanken erst gar nicht hochkommen. Das Leben ist halt nicht immer nur gut zu einem. Aber im Großen und Ganzen war er sehr zufrieden mit seinem momentanen Los. Er hatte es noch keine

Sekunde bereut aus dem betriebsamen Würzburg hierher nach Kirchfeld, also aufs Land gezogen zu sein. Ein gutes halbes Jahr lebte er nun schon in diesem kleinen Haus mit dazugehörigem Garten. Er hatte es günstig erworben. Genau das Richtige für seine Bedürfnisse. Er hatte schnell Anschluss gefunden und das Singen im Männerchor bereitete ihm große Freude.

Barbara kam aus der Küche mit einer Schinkenplatte und einem Brotkorb voller Bauernbrot. Nachdem sie Platz genommen hatte, prostete sie ihrem Bruder zu.

„Prosit Franzl, lass es Dir recht gut schmecken." Sie wusste, dass er sich nicht gerne mit Franziskus anreden ließ. Sie selbst fand den Namen zwar originell, aber ihr Bruder war darüber nie sehr glücklich gewesen, dass ihn seine Erzeuger mit einem derartigen Namen ins Leben geschickt hatten. Barbara mochte ihren Bruder sehr gerne. Er war immer für sie da, wenn sie ihn brauchte. Manchmal hatte er es zwar gewaltig übertrieben, mit seiner Fürsorge und es gab Zeiten, da hätte sie ihn am liebsten auf den Mond gewünscht. Das war in ihrer Sturm- und Drangzeit. Als Teenager war sie oft verliebt. Doch wenn der Auserwählte ihrem Bruder nicht genehm war, und das war oft der Fall, dann tat er alles um die beiden Verliebten auseinander zu bringen. Doch diese Zeiten waren sehr lange vorbei. Heute verstanden sie sich besser, denn je. Franziskus war fast zehn Jahre älter, als sie. Doch trotz seiner dreiundsechzig Jahre, war er noch ein stattlicher Mann, denn man leicht vier Jahre jünger schätzen konnte. Zwar von untersetzter Figur, hatte er doch noch kein Gramm überflüssiges Gramm Fett am Leib. Die hohe Stirn, die wie er selbst sagte, Ausdruck einer außergewöhnlichen Intelligenz war, hatte er auch schon, so lange sie denken konnte. Und die gütigen, braunen Augen, mit denen ihr Bruder die Welt betrachtete, konnten von einem Moment auf den anderen eine Härte ausstrahlen, die man dem freundlichen Herrn gar nicht zutraute. Freilich, sein Beruf als Kriminalbeamter hatte viel dazu beigetragen, dass aus dem Idealisten sehr rasch ein Realist geworden war, der die Welt so sah, wie sie eben ist. Doch ein paar Träume hatte er sich schon noch aufgehoben, die er sich noch erfüllen mochte. Er war ein humorvoller Mensch, der gerne lachte. Er sang gerne und gut war sehr rasch ein vollwertiges Mitglied des Kirchfelder Männerchores geworden Seine Sangesbrüder schätzten und mochten ihn wegen seiner Geradlinigkeit. Er war ein angenehmer Gesellschafter, der Autorität ausstrahlte und der es nicht nötig hatte, um Symphatien zu betteln.

Sie selbst kam sich manchmal dagegen oft schon richtig alt vor. Gott sei Dank gingen diese Momente sehr rasch wieder vorbei. Sie hatte ja eigentlich auch keinen Grund, sich wegen ihres Aussehens oder Alters Gedanken zu machen. Auch Barbara konnte man getrost einige Jahre jünger schätzen, als sie tatsächlich war. Dabei achtete sie nicht einmal im besonderen Maße auf ihre Figur. Man konnte schließlich von einer Pfarrköchin nicht erwarten, dass sie Diät lebte. Doch sie hatte nie ernsthafte Probleme mit ihrer Figur gehabt. Sie ging, wenn es ihre Freizeit erlaubte, wandern. War oft mit ihrem Fahrrad unterwegs. Sie sang genauso gut und gern, wie ihr Bruder. War Mitglied des Kirchenchores und des Pfarrgemeinderates und mit ihrem Chef, dem Pfarrer Nüsslein verstand sie sich ganz ausgezeichnet. Ihre blonden Haare waren zwar vereinzelt von einigen vorwitzigen grauen Strähnen durchzogen. Aber diesem Übel konnte man ja heutzutage leicht abhelfen. Aber es störte sie überhaupt nicht. Was ihr wirklich fehlte, war ein Partner, mit dem sie die Dinge, die sie notgedrungen alleine tat, zusammen hätte machen können.

Manchmal fühlte sie sich schon sehr alleine. Doch diese Stimmungen gingen schnell wieder vorüber. Sie hatte auch viel zu viel um die Ohren, als dass sie zu oft über diese Dinge nachdachte. Vielleicht hatte sie in früheren Jahren zu hohe Anforderungen an die Männerwelt gestellt. Schließlich war sie eine gebildete und sehr vielseitig interessierte Frau, die, wenn damals das nötige Kleingeld vorhanden gewesen wäre, gerne studiert hätte .

„Prost Bärbel, ich wünsche Dir ebenfalls einen guten Appetit."

Sie schreckte aus ihren Gedanken.

„Der hält sich bei mir heute in Grenzen. Ich hätte den Kaffee ausfallen lassen sollen. Aber Hochwürden bestand darauf, dass ich eine Tasse mit trinken sollte. Und zwei Stück Kuchen habe ich dann halt doch verdrückt.“

„Ja, wenn Du halt auch so gute Kuchen backst. Wer war denn eigentlich zu Besuch beim Pfarrer?“

„Ein Dr. Becker aus Würzburg. Er ist Notar, und so weit ich mitbekommen habe, ein alter Schulfreund von meinem Hochwürden. Aber sonst habe ich nichts mitbekommen. So lange ich am Kaffeetisch saß, haben die beiden nur über allgemeine Dinge gesprochen.“

„Da hast Du also gar nichts erfahren? Da hat Deine Neugier aber sehr leiden müssen.

Franziskus nahm seine Schwester gerne auf den Arm.

„Ich bin nicht neugierig. Aber manchmal ist es nicht unbedingt von Nachteil, einen gewissen Wissenstand zu haben. Das müsstest Du doch am besten wissen, als ehemaliger Kriminalbeamter.

„Lass meinen Beruf aus dem Spiel. Das ist aus und vorbei. Gott sei Dank. Einen ausgezeichneten Schinken hast Du da übrigens eingekauft.“ Franziskus lies es sich schmecken.

„Sag man, Bärbel, Du bist doch gewöhnlich recht gut informiert. Wer könnte hier im Ort, Interesse daran haben, eine Fahne zu klauen?"

„Eine Fahne? Was denn für eine Fahne?" Barbara war mit einem Male hellwach.

„Die Vereinsfahne vom Gesangverein, war heute nach der Veranstaltung zum Volkstrauertag plötzlich weg." Götzelmann berichtete seiner Schwester von dem vormitäglichem Vorkommnis.

„Das ist ja ein Ding. Klaut da irgendwer die Fahne vom Gesangverein. Komisch, Pfarrer Nüsslein hat heute Nachmittag gar nichts davon erzählt. Nun, da kämen einige in Betracht."

Franziskus schüttelte den Kopf.

„Meinst Du wirklich? Ich halte das Ganze eher für einen dummen Streich. Wer hat denn schon Interesse an einer Vereinsfahne. So wertvoll sind die Dinger ja wohl doch nicht."

„Wenn Du den materiellen Wert ansprichst, dann hast Du wahrscheinlich recht. Obwohl, ein paar hundert Euro oder mehr, muss man sich schon dafür ausgeben. Aber der ideelle Wert ist natürlich ungleich höher einzuschätzen. Wenn es sich dazu noch um die Fahne des ältesten Vereins im Ort handelt, bekommt das Ganze vielleicht schon ein anderes Gewicht. Und glaube mir, lieber Bruder, es gibt einige Vereine, die sich nicht sonderlich grün sind. Und vielleicht kann man ja mit einer solchen Aktion ein bisschen am Image kratzen. Vor allen Dingen, wenn man hört, dass sich der erste Vorsitzende dieses Vereines, bei der nächsten Bürgermeisterwahl als Gegenkandidat unseres derzeit noch amtierenden Bürgermeisters, den allseits beliebten Herrn Römer, aufstellen lassen will."

„Du meinst Martin Härtlein, will gegen den Römer kandidieren. Einmal davon abgesehen, dass ich bis jetzt bei den Chorproben, bzw. danach nie etwas davon gehört habe, hätte er doch sowieso keine Chancen."

„Einige Spatzen pfeifen es von den Dächern. Gewöhnlich gut informierte Kreise haben jedenfalls unter dem Siegel der Verschwiegenheit, solche Informationen unters Volk gestreut. Außerdem sag nicht, dass der Härtlein keine Chancen hätte. Es gibt nicht wenige Kirchfelder, die einen Wechsel durchaus befürworten würden." Barbara war jetzt in ihrem Element. Ihr Wissenstand war wirklich immens. Nicht nur ihre Nähe zur hohen Geistlichkeit, sondern auch die Mitgliedschaft im Kirchenchor und Pfarrgemeinderat trugen äußerst befruchtend dazu bei.

„Weißt Du, der Römer ist zwar beliebt. Aber er tut auch nichts, was ihm persönlich schaden könnte. Er macht sich bei jedem lieb Kind und scheut jegliches Risiko. Fördern tut er alles, was nichts kostet und die Gemeindekasse nicht belastet. So hat er zwar der Gemeinde keine neuen

Schulden beschert, aber so richtig vorwärts gehen tut auch nichts. Verstehst Du? Kein Gewerbegebiet. Fremdenverkehrsmäßig tritt Kirchfeld ebenfalls auf der Stelle. Lediglich die Altortsanierung hat er auf den Weg gebracht. Aber auch das nur, weil es hier noch ordentlich Zuschüsse gab. Die Opposition hat keine Chance, da er über eine satte Mehrheit im Gemeinderat verfügt."

„Also hätte der Martin doch Chancen."

„Durchaus. Wobei der Härtlein in gewisser Weise auch nicht besser ist, als der Römer."

„Was willst Du damit sagen?" Martin sah seine Schwester fragend an.

„Nun ja, dem Martin sind in erster Linie auch nur zwei Dinge wichtig. Nämlich das Wohlergehen von Martin Härtlein und natürlich dem Weingut Härtlein. Ich halte ihn für einen mindestens genau so großen Egoisten, wie den Römer."

„Da habe ich aber einen ganz anderen Eindruck. Ich kenne den Martin glaub ich, ganz gut. Und ich denke dass er ein rechtschaffener Mensch ist, der allerdings weiß, was er will. Und ein bisschen Menschenkenntnis habe ich schon."

„Mag ja sein, ich kenne ihn nicht so gut wie Du. Aber eins ist sicher, er weiß auf jeden Fall seinen Vorteil zu nutzen."

„Das muss kein Fehler sein. Ich schätze ihn jedenfalls als Mensch und ein guter Vorstand ist er ebenfalls. Ich habe die Erfahrung gemacht, dass die Menschen, die sich als die großen Idealisten darstellten, oft die größten Absahner und Heuchler waren."

Franziskus wusste auf Grund seiner Berufserfahrung, wovon er sprach. Er war zum Schluss Oberkommisar im Wirtschaftsdezernat gewesen und hatte so manches erlebt.

„Vielleicht hast Du ja recht. Aber sag mal, müssen wir den ganzen Abend über Kirchfelder Verhältnisse sprechen. Ich möchte endlich unsere Schachpartie von vorgestern zu Ende spielen. Ich räume noch schnell das Geschirr weg und dann möchte ich nichts mehr von Kirchfeld und Umgebung hören, sondern meinen Gehirnwendungen etwas zu tun geben.

Franziskus war es recht. Er fand das Thema zwar recht interessant, aber den ganzen Abend musste er es auch nicht haben.

Nachdem Barbara das Geschirr in die Küche getragen hatte, setzten sie sich an den kleinen Tisch, auf dem das Schachbrett stand, und es kehrte Stille ein.

III. Kapitel

In der Probierstube des Weingutes Härtlein ging es lautstark und turbulent zu. Doch keine vom Wein beseelten Zecher waren für den Lärm verantwortlich. Nein, die Vorstandschaft des Männergesangvereines redete sich schon seit eineinhalb Stunden die Köpfe heiß. Einziger Tagungspunkt dieser außerordentlichen Vorstandssitzung war das ominöse Verschwinden der Vereinsfahne. Nachdem sich niemand gemeldet hatte und die Fahne auch weiterhin verschwunden blieb, hatte Martin Härtlein kurzerhand sie als gestohlen gemeldet und bei der Polizei in Würzburg Anzeige gegen unbekannt erstattet.

Die Vorstandsmitglieder hatten sich, auch durch vermehrten Alkoholgenuss angeregt, immer mehr in Rage geredet. Ihr erster Vorstand ließ sich bei solchen Gelegenheiten nicht lumpen. Er hatte bereits einige Flaschen Wein spendiert, Es war zwar nur seine billigste Hausmarke, die er auf den Tisch gestellt hatte. Aber allein die Tatsache, dass es ihn umsonst gab, ließ ihn um einige Klassen besser schmecken, als ihn manche in Erinnerung hatten.

„Und ich sage es noch einmal. Da steckt irgend ein anderer Verein dahinter. Wer sonst sollte denn Interesse daran haben, eine Fahne zu stehlen."

Peter Schuster vertrat diese Meinung schon den ganzen Abend. Er war nicht von dieser These abzubringen.

„Aber aus welchen Grund? Zu was sollte denn so etwas gut sein?“ Karl Bauer, der erste Kassier des Vereins war nicht so überzeugt. Er war es gewohnt die Dinge nüchtern und sachlich zu sehen. Schließlich war er Finanzbeamter.

„Um dem Ansehen des Vereins zu schaden. Ihr werdet sehen. Irgendwann, wenn wir uns genügend blamiert haben, taucht das gute Stück plötzlich wieder auf und lehnt wahrscheinlich vor der Tür unseres Proberaumes. Ich hätte, wäre ich Vorstand, jedenfalls nicht so überhastet reagiert und wäre nicht gleich zur Polizei gerannt. Außerdem bin ich der Meinung, dass Du uns hättest fragen sollen, bevor Du Anzeige erstattest.“

Dieser Vorwurf ging klar in Richtung des ersten Vorstandes. Doch Martin, der sich bisher auffällig ruhig verhielt, war durch solche Verbalattacken nicht so leicht aus der Ruhe zu bringen. Er wusste genau, dass es Peter Schuster noch nicht verwunden hatte, dass er bei der letzten Vorstandwahl so knapp gegen ihn gescheitert war. Doch jetzt sah er sich genötigt, eine passende Antwort zu geben.

„Also, ich sehe keinen Grund, mich wegen meines Vorgehens zu rechtfertigen, oder gar zu entschuldigen. Außerdem steht in der Vereinssatzung klar und deutlich, was ein Vorstand alleine entscheiden kann und was nicht. Aber, gegenseitige Schuldzuweisungen helfen uns in dieser Angelegenheit auch nicht weiter."

„Ganz richtig!" Simon Bauerreis, Beisitzer, war erst vor zwei Tagen aus dem Urlaub zurückgekommen und versuchte die Situation mit der gleichen Ernsthaftigkeit zu sehen, wie seine Vorstandskollegen, was ihm aber nicht so richtig gelang. Er war der jüngste in der Runde. Seine Empörung über den dreisten Fahnendiebstahl hielt sich in Grenzen.

„Ich finde, dass Martin das mit der Anzeige richtig gemacht hat. Aber wir sollten vielleicht unsere eigenen Nachforschungen anstellen. Wo wir doch sozusagen einen Profi ihn unseren Reihen haben."

„Wen meinst Du denn damit?" Peter Schuster wusste auf Anhieb nicht, an wen sein Kollege dachte.

„Na, den Franziskus. Der war doch bei der Kripo und kennt sich aus, wie man an eine solche Sache herangeht."

„Das ist eine vorzügliche Idee." Martin Härtlein sprang sofort auf den Zug auf.

„Ich werde ihn nach der nächsten Chorprobe darauf ansprechen."

„Warum nicht" Auch Karl Bauer fand die Idee gut.

„Und seine Schwester, die Barbara, die alte Klatschtante, kann ihm ja assistieren. Die weiß am besten, was im Dorf passiert. Die hat ihre Nase ja in allen Dingen stecken, die sie nichts angehen."

Peter Schuster war jetzt richtig sauer. Er kam einfach nicht gegen Martin und seine Hausmacht an. Fünf Stimmen hatten ihn bei der letzten Wahl gefehlt. Er war überzeugt, dass, wäre er Vorstand, die Fahne längst wieder aufgetaucht wäre. Schließlich hatte er ja auch seine Beziehungen und seine Verbindungen.

„Die Barbara ist kein Tratschmaul. Die ist eine ganz patente Person. Lass das bloß nicht den Nüsslein hören." Karl Bauer mochte die Pfarrsköchin sehr gerne. Außerdem war sie zusammen mit seiner Frau im Pfarrgemeinderat.

„Streitet euch nicht. Es bleibt dabei. Ich frage den Franziskus nach der Singstunde, ob er in der Angelegenheit für uns verdeckt ermittelt. Jetzt spendiere ich noch einen Bocksbeutel, „Kirchfelder Johannisberg, Silvaner Spätlese. Und die Betti soll uns eine Brotzeit richten. Essen und Trinken hält schließlich Leib und Seele zusammen."

Martin war jetzt wieder ganz der große Vorsitzende. Aber es gab auch niemandem der ihm jetzt noch widersprechen wollte. Schließlich wusste man aus Erfahrung, dass das Weingut Härtlein einige Spitzenweine zu bieten hatte. Und der Silvaner vom Kirchfelder Johannisberg gehörte mit Sicherheit dazu.

Martin ging in die Küche, um seiner Frau Bescheid zu sagen. Die stand schon bereit. Sozusagen auf Abruf. Sie war Martins Geheimwaffe. Wenn gar nichts mehr half, dann schickte er seine Betti an die Front. Betti war eine Mitvierzigerin, mit einer immer noch beeindruckenden Figur, die manches Männerherz höher schlagen ließ. Und sie hatte es schon öfter geschafft von einer unerfreulichen Diskussion abzulenken. Charme und Aussehen halfen ihr dabei. Doch das war heute nicht mehr nötig. Denn, nachdem Martin noch eine Beerenauslese auffuhr, waren sich alle Vorstandsmitglieder wieder einmal einig. Es war zwar manchmal anstrengend in der Vorstandschaft eines Traditionsvereins tätig zu sein. Doch man wurde auch reichlich für die Mühen und Plagen belohnt, die man auf sich nehmen musste. Selbst Peter Schuster musste, wenn auch widerstrebend, anerkennen, dass Martin Härtlein ein gewiefter Taktiker war. Erst kurz nach Mitternacht löste sich die Runde auf. Ungewöhnlich früh. Aber schließlich mussten alle am nächsten Morgen zeitig aufstehen, um ihrer Arbeit nachzugehen.

Die Chorprobe am Freitag stand unter keinem guten Stern. Genau genommen war sie eine einzige Katastrophe. Dabei sollte der Chor, wie jedes Jahr, Anfang April des nächsten Jahres, wieder an den Würzburger Chormusiktagen teilnehmen.

Hätte Chorleiter Peter Hartmann nicht gewusst, dass er, wenn es ernst wurde, sich auf seine Sänger verlassen konnte, man hätte die Krise bekommen können. Außerdem stand ja auch noch das Chorproben-Wochenende an der Bayerischen Musikakademie in Hammelburg an, wo intensiv an den Chorsätzen gefeilt wurde, was erfahrungsgemäß mehr brachte, als sechs normale Proben.

Heute war jedenfalls nicht sehr viel zusammen gegangen. Und das würde sich wohl auch im Laufe des Abends nicht mehr ändern. Peter Hartmann kannte seine Pappenheimer. Alles nur wegen dieser blöden Fahne. Mittlerweile wusste natürlich jeder Sänger Bescheid, was dem Verein für eine Schmach angetan worden war. Schweren Herzens hatte der Chorleiter die Probe zwanzig Minuten früher als sonst beendet. Der größte Teil der Sänger war darauf hin schnurstracks zum „Anker" enteilt. Nur Martin Härtlein blieb noch im Proberaum zurück, um mit dem Dirigenten noch einige organisatorische Fragen abzuklären. Auch Franziskus war noch anwesend, nachdem ihn sein erster Vorstand gebeten hatte, noch zu bleiben.

Die organisatorischen Dinge waren rasch geklärt und Peter Hartmann ging darauf hin nach Hause. Er war kein großer Wirtschaftsgänger und war selten beim geselligen Teil nach der Chorprobe im Vereinslokal dabei.

Martin Härtlein wusste nicht so recht, wie er es seinem Sangesbruder beibringen sollte, was die Vorstandschaft beschlossen hatte.

So fiel er halt gleich mit der Tür ins Haus.

„Ja, Franziskus, also, warum ich Dich gebeten habe, noch eine Weile hier zu bleiben, hat folgenden Grund. Du weißt ja, was uns zur Zeit über Gebühr beschäftigt. Dieses ominöse Verschwinden unserer Vereinsfahne. Und wir haben uns gedacht, also die Vorstandschaft und ich, also dass Du vielleicht uns helfen könntest, das gute Stück ausfindig zu machen. Wo Du doch sozusagen vom Fach bis. Als ehemaliger Kriminalbeamter."

Franziskus war erst einmal sprachlos. Alles Mögliche hatte er erwartet. Aber so etwas auf keinen Fall.

„Sag mal Martin, wie stellst Du Dir das vor. Ich kenne doch in Kirchfeld noch so gut, wie keine Leute."

„Das ist vielleicht sogar ein Vorteil. Und Deine Schwester, die Barbara kennt sich dafür um so besser bei uns aus. Die kann sich ja für Dich umhören."

„Na, ich weiß nicht. Zum verdeckten Ermittler habe ich noch nie getaugt."

„Lass es Dir halt mal durch den Kopf gehen und sag mir Bescheid. Ich bin Dir auch nicht böse, wenn Du nein sagst. Aber Du würdest mir persönlich einen großen Gefallen tun."

Martin wusste genau, dass es keine Sinn hatte, jemanden zu bedrängen.

„Aber jetzt freue ich mich auf einen guten Schoppen im „Anker". Kommst Du mit?"

Franziskus sah keinen Grund, nicht mitzukommen.

Im „Anker" kochten die Emotionen hoch. Als die beiden die Gaststube betraten, schlug ihnen ein Lärmpegel entgegen, der sonst nicht üblich war. Nachdem sie am Honoratiorentisch Platz genommen hatten, sah Martin sich genötigt, einige Worte an seine Sangesbrüder zu richten. Er tat das übrigens sehr gerne und sehr oft. Er hatte ein unbeschreibliches Talent, Dinge, die man in wenigen Sätzen sagen konnte, derartig blumig und ausführlich darzustellen, das daraus meistens eine längere Rede wurde.

„Liebe Sangesbrüder! Wie ihr ja alle mitbekommen habt, ist unsere Vereinsfahne verschwunden. Ein Vorgang der uns alle mit Abscheu und Empörung erfüllt. Doch ich kann euch versichern, dass alles getan wird, um diese Untat aufzuklären. Ich bitte euch deshalb, Ruhe zu bewahren und nicht zu viel nach außen dringen zu lassen. Unser Verein, der, wie ihr wisst, immer gut geführt wurde und wird, hat viele Neider im Ort, die nur darauf warten uns in irgendeiner Form eins auszuwischen. Selbstbewusstsein und Besonnenheit sind deshalb das Gebot der Stunde. Euch alle bitte ich, Augen und Ohren offen zu halten. Sollte einem von euch irgend etwas Verdächtiges auffallen, so meldet es dem Franziskus oder mir. Unser Sangesbruder hat mir versprochen, seine kriminalistische Erfahrung mit in die Ermittlungen einzubringen."

Franziskus war es gar nicht recht, dass sein Name in aller Öffentlichkeit im Zusammenhang mit dieser Posse genannt wurde. Denn er glaubte immer noch daran, dass es sich nur um einen dummen Streich handelte. Auch, dass Martin ausgerechnet hier im „Anker" seine Sangesbrüder zur Verschwiegenheit aufforderte, war alles andere als professionell. Allerdings saßen auch nur an einem Zweiertisch ein junges Paar, dass den Ausführungen des großen Vorsitzenden allerdings mit großem Interesse gefolgt war.

Jasmine Härtlein und ihr Freund, Felix Unterwalcher hatten eine Kleinigkeit gegessen und waren im Begriff zu gehen. Bezahlt hatten sie schon. Doch dann hatte Jasmin`s Vater seine Rede gehalten und da konnte seine Tochter nicht einfach das Lokal verlassen. Das hätte gestört und außerdem fand Jasmin die Ansprachen ihres Vaters immer wieder ergreifend schön. Freilich wäre es ihr lieber gewesen, ihr Erzeuger hätte sie nicht zusammen mit ihrem Freund gesehen. Nicht dass Jasmine übertriebenem Respekt vor ihrem Vater hatte.

Aber aus bestimmten Gründen wäre es ihr lieber gewesen, wenn er von der Existenz von Felix noch nichts erfahren hätte. Doch jetzt half nichts, wenn sie gehen wollten, mussten sie wohl oder übel am dem Tisch vorbei, an dem ihr Vater saß.

Felix im Schlepptau, ging sie also auf ihren Vater zu.

„Hallo Papa! Wie war die Singstunde? Eine tolle Rede hast Du da wieder gehalten. Wenn ich nur auch so reden könnte." Normalerweise hätte Martin Härtlein seiner Tochter wegen dieser offensichtlichen Frechheit eine Ohrfeige verabreicht. Doch er war noch so von seinen eigenen Worten berauscht, dass er darauf nicht einging. Auch, als Jasmine ihn, ihren Kommilitonen vorstellte, nahm er das nur mit einem Ohr wahr. Geistesabwesend schüttelte er Felix kurz die Hand. Dann waren die beiden verschwunden.

„So, Kommilitone sagt man heut dazu." Peter Schuster konnte wie immer, das Lästern nicht sein lassen. „Früher zu unserer Zeit hieß das aber anders.

„Ach was!" Martin Härtlein hatte keine Lust, sich irgendwelche blöde Bemerkungen anzuhören. Seine Tochter war schließlich erwachsen genug, um zu wissen was sie zu tun und zu lassen hatte. So lang das alles in freundschaftlichen Bahnen lief, war es ihm egal, mit wem seine Tochter ausging oder sich traf. Sollte es allerdings in eine

Richtung laufen, die ihm nicht genehm war, dann würde er schon eingreifen. Denn Martin hatte mit seiner Tochter große Pläne. Doch bisher hatte sie ihn noch nie enttäuscht.

Große Pläne hatte er auch was seine eigene Person betraf. Im übernächsten Jahr fanden im Herbst in Kirchfeld Kommunalwahlen statt. Ein ungewöhnlicher Termin. Aber der hatte sich ergeben, nachdem Bürgermeister Gösswein seine Amtsperiode leider nicht zu Ende bringen konnte. Er war bei einem Verkehrsunfall ums Leben gekommen. Man hatte danach Neuwahlen angesetzt und Horst Römer war mit großer Mehrheit als Sieger hervorgegangen. Seitdem fanden in Kirchfeld die Bürgermeisterwahlen alle sechs Jahre im Herbst statt. Doch Bürgermeister Römer hatte einige Symphatien, die er anfangs genossen hatte, verspielt. Sein übergroßes Sicherheitsdenken war nicht nach jedermanns Geschmack. So waren die „Freien Wähler" an Martin Härtlein mit der Bitte herangetreten, sich doch als Gegenkandidat aufstellen zu lassen. Er hatte sich zwar noch nicht endgültig entschieden. Doch im Grunde war er sich im Klaren, dass er die Kandidatur annehmen würde. Freilich der Gedanke, dass er sich dann um Bürgermeisteramt und um sein Weingut kümmern musste, bereitete ihm einiges an Kopfzerbrechen. Er war sich ziemlich sicher, dass er Horst Römer schlagen konnte. Am liebsten wäre es ihm gewesen, wenn deshalb seine Tochter einen passenden Ehemann gefunden hätte, der ihn tatkräftig bei der Arbeit und der Führung seines Weingutes unterstützt und später den Betrieb übernommen hätte. Doch es waren nicht nur persönliche Gründe, die ihn bewogen, einer Kandidatur zuzustimmen. Er war Kirchfelder durch und durch und liebte seine Heimatgemeinde. Und er wollte, dass sich etwas tat und dass es wieder vorwärts ging.

Heute war nun mal wieder ein Abend, an dem er seiner Anhängerschar seine Großzügigkeit unter Beweis stellen konnte. Schließlich galt es Stimmen zu sichern.

Er bestellte daher bei der Wirtin, Margot Schmittke, zehn Flaschen Wein, die er auf die einzelnen Tische verteilen ließ. Seine Sangesbrüder ließen ihn daraufhin hochleben. Es wurde ein lustiger Abend. Simon Bauerreis nahm die Gitarre, die an der Wand hing vom Haken. Sie war zwar etwas verstimmt. Aber das fiel nach erhöhtem Alkoholgenuss keinem so richtig auf. Es wurden Lieder gesungen, die schon lange nicht mehr erklungen waren. Gut, dass Peter Hartmann nicht mit von der Partie war. Er hätte sich über das Gehörte mehr als schockiert gezeigt. Er, der meist nur in höheren musikalischen Sphären schwebte, hätte wahrscheinlich fluchtartig das Lokal verlassen Auch die diskreten Hinweise der Vereinswirtin, dass die Polizeistunde längst um sei, überhörte man großzügigerweise. Und sie wusste aus Erfahrung, da war nichts zu machen. Und treuere Gäste als die Sänger gab es auch nicht. Die letzten gingen um drei Uhr früh nach Hause.

IV. Kapitel

„Du, ich glaube, ich habe mich ganz fürchterlich verliebt."

Jasmine kuschelte sich ganz eng an Felix. Sie hatten das erste Mal miteinander geschlafen, obwohl sie sich schon ein halbes Jahr kannten. Aber Jasmine war keine von den ganz Schnellen, wenn es um die Liebe ging. Doch wenn jemand ihr Herz erobert hatte, dann stand sie vorbehaltlos dazu.

„In wen?" Felix grinste von einem Ohr zum anderen, „Darf man fragen wer der Glückliche ist?"

„Männer und Romantik" Jasmine tat beleidigt. „Wenn Du es nicht weißt, von mir erfährst Du es nicht."

„Du musst es mir nicht sagen, ich weiß es ohnehin schon." Felix gab Jasmine einen zärtlichen Kuss. „Aber sag mal, war es Dir vorhin, in der Kneipe etwa peinlich, mich deinem Vater vorzustellen?"

„Quatsch, wie kommst Du denn auf so etwas. "Jasmine zog sich etwas über und ging zum Kühlschrank, um sich und Felix etwas einzuschenken. Sie hatte unterm Dach eine kleine Einliegewohnung. So war sie unabhängig und konnte tun und lassen was sie wollte.

„Nein, ich hätte nur gerne etwas gewartet damit. Weißt Du, mein Vater meint immer, er muss noch auf mich aufpassen. Dabei würde er mich gerne an den Nächstbesten verschachern. Vorausgesetzt, dieser Nächstbeste würde einige Hektar Weinberge mit in die Ehe bringen. Außerdem würde er mich ganz gerne als fränkische Weinkönigin in Amt und Würden sehen, was ausgezeichnet zu seinen Plänen passen würde. Dann könnte er, vorausgesetzt, er würde im übernächsten Jahr gewählt werden, als Bürgermeister schalten und walten, wie er wollte. Denn seine folgsame Tochter würde sich mit einem passenden Ehemann um den Betrieb kümmern. Meine Mutter würde weiterhin das tun, was sie am besten kann. Nämlich repräsentieren. Du siehst also, mit einem Schwiegersohn, dessen Vater eine Brauerei besitzt und dessen Sohn einmal diese Brauerei erben soll, hätte mein Erzeuger gewisse Probleme.

„Hm“, Felix brummte etwas in seinen nicht vorhandenen Bart. „Mit einem ähnlichem Problem könnte ich auch konfrontiert werden. Aber einmal davon abgesehen, dass es für solche Überlegungen wohl noch etwas früh ist, sind wir beide ja schon erwachsen und können tun und lassen, was wir wollen. Und mehr als enterben können uns unsere Alten ja wohl nicht.“ Felix versuchte es locker zu sehen. Schließlich standen sie ja wohl erst am Anfang einer Beziehung. Und sein Studium hatte nach wie vor absolute Priorität. Außerdem, die Zeiten, in denen Eltern ihren Kindern vorschrieben, wen sie zu ehelichen hatten und wen nicht, waren ja wohl längst vorbei.

Es wurde nicht viel geredet beim Frühstück am Samstag im Hause Härtlein. Betti Härtlein wusste genau, wann sie ihren Mann in Ruhe lassen musste. Und dass er seine Ruhe haben wollte, war nicht nur an seiner abweisenden Mine zu erkennen. Das einzige was Martin außer einem mürrischen „Guten Morgen" von sich gegeben hatte, war die Bemerkung, dass er fürchterliche Kopfschmerzen habe, was am Wetter liegen müsse. Betti verkniff sich daraufhin die Frage, wieso das Wetter im „Anker" immer so schlecht sei und ließ ihren Ehemann in Ruhe. Dabei hatte sie Neuigkeiten zu berichten, die Martin bestimmt interessiert hätten. Doch als einfühlsame Partnerin wusste sie genau, wann Schweigen angebracht war. Was sie allerdings nicht wusste, wie lange dieses Schweigen dauern sollte.

„ Wo ist eigentlich Jasmine?" Martin schätzte es nicht, wenn seine Tochter am Wochenende bis in die Puppen schlief. Schließlich stand er ja auch auf, obwohl er bestimmt mehr der Ruhe bedurfte als seine Tochter, die wohl wieder die Nacht mit ihrem Studienkollegen durchgebummelt hatte.

Diese Frage hätte Martin Härtlein besser nicht gestellt. Denn jetzt bekam er brühwarm die Neuigkeiten serviert, die seine Frau schon den ganzen Morgen loswerden wollte.

„ Die fährt ihren Freund nach Würzburg. Sie wollte aber so schnell, wie möglich zurückkommen.'"

„Wieso fährt die ihren Freund nach Würzburg? Hat er denn kein eigenes Auto und hat er bei uns übernachtet? Das Gästezimmer war doch gar nicht hergerichtet."

„Sag mal Martin, auf welchem Planeten lebst Du eigentlich. Glaubst Du etwa im Ernst, dass der junge Mann im Gästezimmer übernachtet hat. Oder hättest Du das an seiner Stelle getan?"

Betti verzog ihr hübsches Gesicht zu einem spöttischen Lächeln. Männer vergaßen offensichtlich, wenn sie Väter von Töchtern waren, ihre eigenen Jugendsünden. Schließlich war ihr Ehemann in seiner Sturm- und Drangzeit alles andere als ein Heiliger. Vielleicht ein Scheinheiliger. Der ging zwar, wenn er damals im Hause ihrer Eltern übernachtete in`s Gästezimmer, tauchte dann aber spätestens in einer halben Stunde in ihrer Kammer auf. Freilich war sie sich nie sicher, ob ihre Eltern wirklich nichts davon gemerkt hatten oder nur so taten.

„Du willst sagen, dass die beiden, dass Jasmine mit diesem, also, dass unsere Tochter so mir nichts dir nichts"

Martin fehlten die Worte. Sein eigen Fleisch und Blut, seine Tochter ließ sich so ohne weiteres mit irgendeinem Studienkollegen ein. Wo er doch ganz andere Pläne mit ihr hatte.

„Jetzt stell Dich nicht so an. Natürlich werden sie miteinander geschlafen haben. Oder meinst

Du, dass sie einen Rosenkranz miteinander gebetet haben. Vielleicht hinterher, „den „Freudenreichen.“. Betti amüsierte sich köstlich über die Ignoranz ihres Ehemannes. In welchem Jahrhundert lebte der denn auf einmal. Hatte der vielleicht schon seine eigene Jugendzeit vergessen.

„Der werde ich was erzählen, wenn sie nach Hause kommt.“ Martin war jetzt mächtig in Fahrt. Seine Tochter war schließlich nicht für jeden dahergelaufenen Studenten bestimmt.

„Reg Dich wieder ab. Das ist ein sehr netter, junger Mann, den sich Jasmine da ausgeguckt hat.“

„Ach Du kennst ihn schon länger? Das ist mal wieder typisch. Ich erfahre mal wieder als Letzter davon. Wie lange geht das eigentlich schon?“

„Ich glaube, dass sie sich ein halbes Jahr kennen. Jasmine hat jedenfalls mir gegenüber einmal eine solche Andeutung gemacht. Aber Du müsstest die beiden gestern Abend doch auch gesehen haben. Die wollten doch im „Anker“ eine Kleinigkeit essen.“

„Ja, ja, sie hat mir im Vorübergehen irgendeinen Felix sowieso vorgestellt. Einen Studienkollegen, wie sie sagte. Was man heutzutage allerdings unter studieren versteht. Es ist unglaublich. Kennen sich gerade ein halbes Jahr und schon ab in die Kiste.“

„Das finde ich auch. Wo wir uns doch damals mindestens drei Monate Zeit gelassen haben, nachdem wir uns kennen gelernt hatten."

„Das war etwas ganz anderes. Und andere Zeiten waren das damals auch. Ich hoffe nur, dieser Felix kommt aus gutem Hause."

„So weit ich mitbekommen habe, ist sein Vater Unternehmer."

„Unternehmer?" Martin wurde mit einem Male versöhnlicher. „Was denn für ein Unternehmer?"

„Das weiß ich nicht so genau. Ich glaube irgend etwas mit Getränken. Ist doch auch nicht so wichtig. Hauptsache die beiden mögen sich."

Da war Martin allerdings ganz anderer Meinung. Aber es war ihm jetzt nicht unbedingt danach, das Gespräch weiter zu vertiefen. Seine Kopfschmerzen meldeten sich zudem in alter Stärke zurück. Er würde wohl eine ‚Aspirin nehmen müssen. Er vertiefte sich in seine Zeitung und tat so, als würde er lesen.

V. Kapitel

Franziskus Götzelmann genoss es normalerweise, an den Wochenenden länger zu schlafen. Doch am heutigen Samstag, wälzte er sich unruhig in seinem Bett von der einen Seite auf die andere. Der Schlaf wollte sich einfach nicht mehr einfinden. Und wenn er dann einmal wegduselte, dann suchten ihn aberwitzige Träume heim. Männer, die überdimensionale Fahnen auf den Schultern trugen, marschierten in Reih und Glied auf der Straße. Dazu sang ein Männerchor schaurige Weisen und zwischendurch hörte er sogar einen Hund bellen. Jetzt nahm er sich doch vor, aufzustehen, auch wenn ihm sein innerer Schweinehund befahl, liegen zu bleiben. Dabei war er doch noch einer der ersten gewesen, die den „Anker" gestern Abend verlassen hatten. Und sein Alkoholgenuss, war im Vergleich zu manch anderen noch moderat gewesen. Aber er war es einfach nicht mehr gewohnt, so spät ins Bett zu gehen.

Als er wieder den Hund bellen hörte, stand er auf. Der Hund hörte nicht auf, zu bellen. Wahrscheinlich kam das Gebelle von einem Nachbargrundstück. Doch Franziskus konnte sich an keinen Nachbarn erinnern, der einen Hund sein Eigen nannte. Er beschloss der Sache auf den Grund zu gehen. Er zog sich seinen Morgenmantel über und ging zur Haustüre. Als er sie öffnete, wäre er fast über ein schwarz-weißes Fellbündel gestolpert. Da saß tatsächlich ein Hund vor seiner Haustüre. Winselnd und schwanzwedelnd sprang er an Franziskus hoch. Nachdem der sich erst einmal von seiner Überraschung erholt hatte, schnappte er sich ein altes Badetuch und rubbelte den kleinen Kerl erst einmal trocken. Es hatte nämlich geregnet und dementsprechend sah sein Besucher auch aus.

„Na Kleiner, wo kommst Du denn her?"

Franziskus lockte den Hund ins Haus. Der ließ sich auch gar nicht lange bitten und sprang, kaum hatte er das Wohnzimmer betreten, auf das Sofa. Dort rollte er sich zusammen und schlief sogleich ein. Franziskus hatte jetzt Zeit, seinen Besucher genauer zu betrachten. Ein Mischling mit viel Terrieranteil. Vielleicht zwei oder drei Jahre alt. Er machte einen gut genährten und gepflegten Eindruck. Schien also kein Streuner zu sein. Wo mochte der kleine Kerl wohl herkommen? Oder hatten ihn seine Menschen gar ausgesetzt? Er trug ein rotes Halsband. Vorsichtig nahm Franziskus dem Hund das Halsband ab. Der öffnete nur kurz die Augen und ließ Franziskus gewähren „Struppi stand auf dem Anhänger der an dem Halsband befestigt war. Und eine Telefonnummer stand auch dabei. Also doch ausgebüchst. Schade, Franziskus hatte für einen Moment schon daran gedacht, den Hund einfach zu behalten. Doch das ging natürlich nicht. Schon gar nicht wenn man ein pensionierter Polizeibeamter war. Und es ging zweimal nicht, wenn man auch noch bei der Kripo war. Franziskus ließ den Hund erst einmal schlafen. Jetzt erst einmal ein ordentliches Frühstück. Dann sah die Welt gleich wieder anders aus. Er schaltete die Kaffeemaschine ein und deckte den Tisch. Sein Frühstück war ihm von jeher heilig und da ließ er sich auch nicht von einem dahergelaufenen Hund stören. Doch der Struppi schien da anderer Meinung zu sein. Offensichtlich stieg ihm der Duft des Toastbrotes in die Nase. Er wurde wach und lief zum Küchentisch. Mit einem eleganten Satz sprang er auf die Eckbank und bettelte um seinen Anteil am Frühstück. Fanziskus gab ihm ein Stückchen Fleischwurst, dass er mit Genuss verzehrte. Es schien ihm bei seinen bisherigen Menschen recht gut gegangen zu sein.

Franziskus seufzte. Er hätte den kleinen Hund gerne behalten. Er hatte sich früher schon hin und wieder mit dem Gedanken getragen, sich einen Hund zuzulegen. Doch Emma war nie so recht begeistert davon, ein Haustier zu haben. Und später hatte es sich einfach aus verschiedenen Gründen nicht mehr ergeben. Doch jetzt als Pensionär. Aber so einfach ging das natürlich nicht. Nach dem Frühstück würde er die Nummer anrufen, die auf der Plakette stand. Und beim Tierheim würde er ebenfalls anrufen.

Dem Struppi schien sein zukünftiges Schicksal im Moment ziemlich gleichgültig. Nachdem er gemerkt hatte, dass vom Frühstück für ihn nichts mehr abfiel, verzog er sich wieder auf das Sofa, wo er sogleich wieder einschlief.

Franziskus räumte das Geschirr weg und schnappte sich das Mobiltelefon. Er wählte die Nummer an und ließ es lange läuten. Doch es nahm niemand ab. Er würde es später noch einmal versuchen. Beim Tierheim musste er nicht so lange warten, bis abgenommen wurde. Bis jetzt war noch kein Hund als vermisst gemeldet worden, auf dem die Beschreibung gepasst hätte. Die Dame riet ihm, es halt später noch einmal zu versuchen. Ja, und wenn sich die bisherigen Besitzer nicht meldeten, ob Franziskus denn nicht den Struppi für ein paar Tage behalten könne. Das Tierheim sei im Moment nämlich hoffnungslos überfüllt. Franziskus war natürlich sofort einverstanden. Die Dame mit der netten Stimme notierte sich noch seine Telefonnummer und versprach sich zu melden, falls sich etwas Neues ergeben sollte.

Daraufhin läutete Götzelmann noch einige Male die Nummer an. Doch jedes Mal mit dem gleichen negativen Ergebnis. Er beschloss es morgen, am Sonntag noch einmal zu versuchen und freute sich, zumindest für ein, zwei Tage, Besitzer eines Hundes zu sein.

Allerdings brauchte er, auch wenn er den Hund nur über das Wochenende behalten konnte, einige Utensilien. Einen Fress-, bzw. Trinknapf und eine Hundeleine. Also rief er seine Schwester an und bat sie, mit der Bemerkung, dass etwas Wichtiges passiert sei, zu ihm zu kommen.

Bärbel ließ auch keine zehn Minuten auf sich warten. Als sie an der Haustür läutete, wurde sie mit einem wütenden Gebelle und einem erschreckenden Geknurre empfangen. Nachdem sie jedoch in die Wohnung trat und von Franziskus mit einem Kuss auf die Wange empfangen wurde, beruhigte sich der Hund recht schnell wieder und lief schwanzwedelnd voraus.

„Seit wann bis Du denn auf den Hund gekommen? Und wieso erfahre ich erst heute davon?" Barbara war überrascht. Ihr Bruder hatte doch sonst keine Geheimnis vor ihr.

„Ob Du es glaubst oder nicht, der saß heute morgen vor meiner Haustür und begehrte Einlass." Franziskus erzählte seiner Schwester alles Nähere und vergaß auch nicht zu erwähnen, dass sich bisher auf seine wiederholten Telefonate noch niemand gemeldet hatte.

„Du siehst, mir bleibt gar nichts anderes übrig, als ihn zumindest übers Wochenende zu behalten. Sei so lieb, und besorge mir in Würzburg ein paar Sachen für den Hund."

„Klar, mach ich gerne. Ich muss sowieso noch in der Stadt einige Dinge erledigen. Willst Du ihn behalten?"

„Wenn sich niemand meldet, dann ja. Ich wollte schon immer einen Hund. Noch ist es aber nicht so weit. Aber die Rasse wäre schon die Richtig für mich."

„Was ist das denn für einer?" Barbara kannte sich bei Hunden nicht so genau aus.

„So weit ich weiß, handelt es sich bei ihm um ein recht seltenes Exemplar einer chinesischen Rasse namens „Misch-Ling". Eine sehr alte Rasse. Erwähnt wurde diese Rasse glaube ich schon das erste Mal unter der „Ling-Dynastie". Da sollen sie es sogar bis zum Palasthund gebracht haben." Franziskus sagte das mit einem so ernsthaftem Gesichtsausdruck, dass seine Schwester eine kleine Weile brauchte, um zu begreifen, dass er sie aufzog.

„Also sag mal, hältst Du mich für ganz blöde. Eigentlich müsste ich Dir jetzt böse sein."

„Ich wollte Dir halt nur sagen, dass er ein recht hübscher und intelligenter Mischling ist. Also eine so genannte Promenadenmischung. Er scheint Charakter zu haben. Ja, und Fleischwurst mag er auch. Das ist doch schon einmal positiv. Aber jetzt sei so lieb und fahr endlich."

„Mach ich." Bärbel hoffte, dass ihr Bruder den Hund behalten konnte. Da hätte er wenigstens eine Ansprache und eine Aufgabe. Und etwas mehr Bewegung würde ihm auch ganz gut tun.

Sie selbst hatte den kleinen Kerl in der kurzen Zeit ebenfalls schon in ihr großes Herz geschlossen.

Barbara kam nach einer Stunde wieder zurück. Sie hatte alles dabei, was ihr Bruder in Auftrag gegeben hatte und so stand einem ersten Spaziergang von Franziskus und Struppi nichts mehr im Wege.

Wie jedem normalen Hund bereitete es ihm große Freude, „Gassi zu gehen". Franziskus konnte feststellen, dass der Hund offensichtlich eine gute Erziehung genossen hatte. Er kannte die Grundkommandos und besonders das Apportieren schien ihm großen Spaß zu machen. Die beiden waren über eine Stunde unterwegs und der Nachmittags-Kaffe schmeckte noch einmal so gut, wie sonst.

Jetzt, am frühen Abend saßen Herrchen und Hund auf dem Sofa. Barbara war noch einmal vorbei gekommen. Doch aus der abendlichen Schachrunde würde heute Abend wohl nichts werden.

Franziskus erzählte seiner Schwester von dem Ansinnen dass Martin Härtlein an ihn gestellt hatte. Wie nicht anders zu erwarten war Barbara sofort Feuer und Flamme von dem Vorhaben. Endlich waren ihre kriminalistischen Fähigkeiten einmal ernsthaft gefordert. Sie versprach ihrem Bruder, in Zukunft, Augen und Ohren noch mehr offen zu halten, als sie es ohnehin schon tat.

„Aber sei bitte vorsichtig bei Deinen Recherchen.“. Götzelmann kannte den Übereifer seiner Schwester. Ich möchte es mir schließlich nicht mit den „Oberen Zehntausend“ von Kirchfeld verderben.“

„Ich werde so behutsam vorgehen, wie eine Mutter, die ihr Baby das erste Mal badet. Auf meine Diskretion kannst Du auf jeden Fall zählen. Hast Du denn schon irgendwelche Anhaltspunkte?“

„Ach“, Franziskus seufzte. Manchmal kam er sich ziemlich überrumpelt vor, Er hätte sich überhaupt nicht auf diese Posse einlassen sollen.

„Für mich sieht das nach wie vor nach einem Dummenjungenstreich aus. Wer klaut denn um Gottes Willen eine Vereinsfahne? Und zu was sollte denn das überhaupt gut sein?“

„Du kennst Dich eben noch zu wenig in den ländlichen Gepflogenheiten aus. Für mich kämen da einige Personen in Betracht, die von dem Verschwinden einer Vereinsfahne einen gewissen Nutzen haben könnten. Weißt Du, hier in Kirchfeld spielen die örtlichen Vereine eine große Rolle. So lange Du hier nichts werden willst, ist es zwar nicht so wichtig, ob Du einem Verein angehörst. Aber wenn Du z.B. ein Amt anstreben wolltest. Nehmen wir einmal an, Du kandidierst für den Posten des ersten Bürgermeisters, dann ist es von eminenter Wichtigkeit, dass Du neben der Zugehörigkeit zu einer politischen Gruppierung mindesten noch in zwei oder drei Vereinen bist. Und Du solltest zumindest in einem Verein in der Vorstandschaft, besser noch, Vorstand selbst sein. Das ist mindestens genau so wichtig, wie Deine Fähigkeiten, die Du mitbringst. Weil Du vornehe- rein schon einmal eine nicht geringe Anzahl von Wählern hast."

„Ich verstehe" Götzelmann grinste. „Im Mittelalter nannte man das Hausmacht, die ein Fürst haben musste, um deutscher König zu werden."

„So ungefähr." Barbara fand das Beispiel gar nicht so schlecht. „Wenn also einem eventuellen Gegenkandidaten etwas Unangenehmes passiert, dann ist das durchaus kein Schaden für die eigenen Pläne. Ich will damit sagen, dass einem Horst Römer es durchaus nicht ungelegen kommt, wenn sein politischer Gegner ein bisschen lächerlich gemacht wird."

„Du meinst der Bürgermeister könnte dabei seine Hände im Spiel haben?"

„Natürlich nicht er selbst. Da hat er seine Leute dafür. Außerdem könnte es durchaus möglich sein, dass jemand aus den eigenen Reihen sich für eine ihm beigebrachte Niederlage rächen möchte. Der Peter Schuster ist ja, wie man weiß, bei der letzten Vorstandswahl nur denkbar knapp gescheitert. Eine Stimme soll ihm nur noch gefehlt haben."

„Das ist Quatsch, Bärbel. Der Peter mag vielleicht ein altes Lästermaul sein. Aber er würde meiner Meinung nach nie etwas tun, was dem Verein schaden könnte. Außerdem war er die ganze Zeit mit uns zusammen beim Frühschoppen im „Anker".

„ Na ja, vielleicht hat er ja auch seine Leute fürs Grobe. Aber Du hast wahrscheinlich Recht. So richtig zutrauen tu ich es ihm auch nicht. Ich wollte Dir halt nur einige Leute nennen, die eventuell ein Motiv haben. Eine dritte Möglichkeit wäre natürlich, dass ein Geschäftsrivale, also irgend ein anderer Großwinzer seine Hände im Spiel hat. Um den Martin auf diese Art und Weise eins auszuwischen. Er hat nicht wenige Neider im Dorf."

„Denkst Du denn, dass diese Tat geplant war?"

„Nein, das glaube ich nicht. Aber ich glaube, dass jemand ganz einfach die Gelegenheit beim Schopf ergriffen hat. Und die einmalige Gelegenheit genutzt hat, einem erfolgreich geführten Verein und dessen Vorstand auf diese Art und Weise schlecht aussehen zu lassen." Barbara war jetzt richtig in Fahrt. Die Erfahrung von hunderten gelesenen Kriminalromanen schlug jetzt voll durch.

„Also, eine spontane Entscheidung. Hm, so könnte es gewesen sein. Aber sag mal, Du hast gerade erwähnt, dass Martin Härtlein Feinde im Ort hat?"

„Welcher erfolgreiche Geschäftsmann hat die nicht. Jedenfalls hat er nicht nur Freunde. Es gibt einige nicht so erfolgreiche Selbstmarker hier, die bei weitem nicht an ihn heranstinken können. Man munkelt, dass seine Geschäftsmethoden nicht immer die humansten sein sollen. Was immer das auch heißt."

„Und Deine persönliche Meinung?"

„Ich denke dass er eben ein Mensch ist, der auch mal neue Wege geht und nicht nur in althergebrachten Bahnen denkt. Außerdem kann man ihm eine gewisse Kreativität nicht absprechen. Er ist manchmal eben ein Schlitzohr. Ich glaube nicht, dass er irgend etwas ungesetzliches tut. Jedenfalls nicht mehr oder weniger, als andere auch."

„Und im Verein? Gibt es da neben dem Peter Schuster noch jemandem, der schlecht auf ihn zu sprechen sein könnte?"

„Spontan fällt mir da keiner ein. Die meisten sind ja froh, wenn einer da ist, der die Verantwortung übernimmt. Und das mit dem Schuster habe ich auch nur der Vollständigkeit wegen erwähnt. Doch halt, einen gäbe es vielleicht noch, der auf seinen Vorstand nicht gut zu sprechen ist."

„Und wer wäre das?"

„Der Dieter Roth, Der war nämlich mal mit der Jasmin Härtlein liiert. Der Martin war damals alles andere als erfreut über diese Freundschaft und heilfroh darüber, als seine Tochter dem Dieter den Laufpass gegeben hat."

„Das würde ja heißen, dass der Dieter selbst die Fahne auf Seite gebracht hätte. Also sei mir nicht böse. Jetzt geht Deine Fantasie aber gewaltig mit Dir durch. Der Junge war, als er in den „Anker" kam und von dem Verschwinden der Fahne berichtete fix und fertig. Für so abgeklärt und für so einen guten Schauspieler halte ich den nicht. Nein, irgend wie ergibt das bisher für mich überhaupt keinen Sinn. Allerdings habe ich im Moment auch keine besseren Ideen. Also sei so lieb und halte für mich die Augen und Ohren offen. Und kein Wort zu anderen Personen."

„Klar, lieber Bruder. Ich werde für Dich die verdeckte Ermittlerin spielen. Vielleicht ergibt sich schon am Dienstag die Möglichkeit, etwas zu erfahren. Da haben wir Vorstandssitzung vom Pfarrgemeinderat. Und am Donnerstag nach der Kirchenchorprobe beim gemütlichen Zusammensein springen vielleicht auch einige nützliche Informationen heraus."

Struppi machte sich bemerkbar. Offensichtlich Geschäfte, die sich nicht verschieben ließen.

„Du Bärbel, sei mir nicht böse. Ich dreh noch eine Runde mit dem Hund. Willst Du so lange warten bis ich zurück komme. Dann können wir weiter reden." Franziskus zog seine dicke Joppe an und nahm den Hund an die Leine. Es war empfindlich kalt geworden.

„Das wird mir zu spät. Ich begleite Dich noch ein Stück und geh dann nach Hause. Dann kann ich mir noch den „Tatort“ im Fernsehen angucken.“

Der Hund hatte es jetzt sehr eilig, ins Freie zu kommen. Die drei liefen noch ein Stück zusammen. Dann verabschiedete sich Barbara von ihrem Bruder. Auch der Struppi wurde noch mit einer kurzen Streicheleinheit bedacht.

VI. Kapitel

Eine sog. „Häckerwirtschaft" ist im Fränkischen etwa das Gleiche, wie eine „Straußwirtschaft" oder ein „Buschenschenke" in anderen Gegenden. In früheren Zeiten räumte man dafür sein Wohn- oder Schlafzimmer leer, stellte Tische und Bänke auf und schenkte einige Wochen im Jahr seine eigenen Wein aus. Dazu gab es einfache Speisen, wie hausgemachte Wurst, angemachten Käse oder Bratwürste. Das alles zu humanen Preisen. Das Ganze fand gewöhnlich im Herbst oder Frühjahr statt.

Heutzutage wird eine Häckerwirtschaft wesentlich professioneller betrieben. In den seltensten Fällen wird da noch ein Zimmer leer geräumt. Meist haben die Winzer, die eine Häckerwirtschaft betreiben, einen eigens dafür geschaffenen Anbau oder einen größeren Raum im Keller dafür vorgesehen. Auch die Vielfalt der angebotenen Speisen steht in vielen Fällen den Angeboten regulärer Gaststätten in nichts nach. Nicht immer sind daher die Häckerwirtschaften bei den Gastwirten sehr beliebt.

In Kirchfeld gab es seit zwei Jahren wieder eine solche segensreiche Einrichtung. Nachdem es jahrzehntelang keinem Winzer eingefallen war, sich zusätzlich einen solchen Stress aufzuladen, war es Bruno Gösswein, der die Zeichen der Zeit erkannt hatte. Er hatte eine kleine Scheune ausgebaut. Und nach anfänglichen Anlaufschwierigkeiten lief es mittlerweile ganz prächtig mit dem „Herwestgöicker". So hieß die Häckerwirtschaft nämlich. Zweimal im Jahr, nämlich im Frühjahr und im Herbst, bewirtete die Familie Gösswein ihre Gäste. Und die Gäste kamen zahlreich. Besonders aus dem nahen Würzburg zog es am Wochenende zahlreiche Besucher aufs Land.

Unter der Woche war das Lokal nur am Mittwoch geöffnet. Dann waren die Gäste nicht ganz so zahlreich. Auch an diesem Mittwoch hatten sich nur wenige Gäste eingefunden. Der gemütliche Gastraum war etwa nur zur Hälfte gefüllt. Es war ein nebliger und trüber Novemberabend und da zog es nicht viele Menschen von zu Hause weg.

Am lautesten ging es an einem großen Tisch zu, an dem fünf Damen saßen, die heftig miteinander diskutierten. An einem kleinen Tisch saß der junge Mann, der die letzte Zeit öfter in Kirchfeld gesehen wurde, von dem aber niemand so recht wusste, von wo er eigentlich herkam. Ab und zu schaute er zu den Frauen herüber. Aber die meiste Zeit vertiefte er sich in irgend welche Papiere, die er vor sich auf dem Tisch liegen hatte. Seine Mine war abweisend und verschlossen. Er signalisierte durch seine ganze Haltung, dass er seine Ruhe haben wollte. Auch sah er nicht so aus, als hätte er bisher sein Dasein an der Sonnenseite des Lebens gefristet.

Einige junge Männer, die dem örtlichen Fußballverein angehörten, unterhielten sich angeregt über die samstäglichen Bundesligaspiele. Abgerundet wurde die Gesellschaft von vier älteren Herren, die an einem Vierertisch saßen und ihrer Leidenschaft, nämlich dem „Schafkopfspielen" nachgingen.

„Dann sind wir uns ja im Prinzip einig." Christel Gösswein, Tochter des Hauses und Grundschullehrerin in Kirchfeld, war die Wortführerin am Damentisch. Sie hatte die anwesenden Frauen eingeladen, um ein ganz bestimmtes Thema zu besprechen. Es ging um die Gründung eines Frauenchores in Kirchfeld. Es waren noch anwesend: Bettina Härtlein, Waltraud Römer die Frau des Bürgermeisters, Claudia Bauer und Isabella Bauerreis.

„Ich werde also einen offiziellen Antrag an die Vorstandschaft des Männergesangvereins stellen, zwecks Gründung eines Frauenchores unter der Schirmherrschaft des Gesangvereins."

„Müssen wir denn unbedingt dem Gesangverein beitreten? Können wir das denn nicht in eigener Regie tun?" Isabella Bauerreis hielt nicht viel von Vereinen und dem Vereinsunwesen, wie sie es nannte. Außerdem waren ihr gewisse feministische Tendenzen nicht abzusprechen.

„Es empfiehlt sich erst einmal. Denn erstens können wir dadurch bestimmte Vorteile in Anspruch nehmen. Und zweitens haben die Männer, was das organisatorische angeht, eben schon gewisse Erfahrungen. Christel Gösswein war eine Frau, die die Dinge durchaus von der pragmatischen Seite anging.

„Ich werde jedenfalls meinen Mann dahingehend präparieren, dass er diesen Antrag wohlwollend unterstützt." Bettina Härtlein konnte das mit ruhigen Gewissen versprechen, denn Martin hatte ihr bereits versprochen, dass er vorbehaltlos hinter einem neu gegründeten Frauenchor stehen würde.

„Auch ich werde meinen Mann dahingehend bearbeiten, dass er zustimmt." Waltraud Römer musste natürlich auch ihren Teil dazu beitragen. Als „First Lady" von Kirchfeld und Ehefrau des Bürgermeisters war sie es sich sozusagen schuldig, ihren verbalen Beitrag abzugeben.

„Ob Dein Mann seinen Segen dazu gibt oder nicht, ist eigentlich völlig wurscht. Aber sicher ist es kein Fehler, wenn der Bürgermeister einem neuen Chor positiv gegenüber steht." Bettina Härtlein konnte es sich nicht verkneifen der "Frau Bürgermeister" über den Mund zu fahren. Sie konnte die „Römersche" nicht besonders leiden, was übrigens auf Gegenseitigkeit beruhte. Auch Betti war nicht gerade die Busenfreundin der Waltraud Römer. Sie konnte es ihrer Intimfeindin einfach nicht verzeihen, dass die ihr vor fast dreißig Jahren den Martin weggeschnappt hatte.

„Dann fehlen uns ja nur noch die fünfzehn Sängerinnen, die wir noch benötigen, damit der Chor ein gesundes Fundament hat. Wenn wir die Frauen ansprechen, deren Männer bereits im Chor singen, dann haben wir wahrscheinlich schon einige sichere Kandidatinnen. Auch von meinen Kolleginnen haben einige schon ihr Interesse bekundet. Und das Wichtigste, mein Freund, der Frank Berwanger hat sich bereit erklärt, die musikalische Leitung zu übernehmen." Christel Gösswein wirkte richtig ansteckend mit ihrem Optimismus.

„Das ist ja schon etwas. Also ich freue mich total darauf. Ich habe als Teenager schon im Schulchor gesungen und das hat mir damals schon einen Riesenspaß gemacht." Claudia Bauer war die Begeisterung ins Gesicht geschrieben.

„Aber sag mal Waltraud, willst Du dann beim Kirchenchor austreten, wenn Du bei uns mitsingst." Isabella Bauerreis konnte nicht umhin, eine kleine Spitze in Richtung der Frau Bürgermeister los zu werden.

„Wo Du doch sozusagen im Kirchenchor eine Spitzenkraft bist. Verträgt denn Deine Stimme ein solche Doppelbelastung?"

„Das lass nur mal meine Sorge sein. Bis es so weit ist, werde ich mich schon zu entscheiden wissen.

Schließlich singen wir im Kirchenchor ja nicht so oft und außerdem nur zur Ehre Gottes."

„Und für den Pfarrer Nüsslein." Christel Gösswein konnte es sich nicht verkneifen die Frau Bürgermeister auf den Arm zu nehmen. Schließlich wusste sie um die wenn auch nur platonische Zuneigung von Waltraud Römer gegenüber dem Ortsgeistlichen. Aber in erster Linie ging es ihr darum, dieses leidige Herumgezicke der beiden Dorfpomeranzen zu beenden.

„Es bleibt also dabei. Wir stellen den Antrag und warten ab, bis die Vorstandschaft entschieden hat. Trotzdem bitte ich euch, schon jetzt fleißig die Werbetrommel für unser Projekt zu rühren. Denn je mehr wir sind, um so größer wir die Wahrscheinlichkeit einer positiven Beurteilung durch die Herrn der Schöpfung. So, und jetzt spendiere ich eine Brotzeit. Ich habe nämlich mächtig Hunger bekommen."

„Und bring auch gleich noch etwas zu trinken mit."

Waltraud Römer musste natürlich wie immer das letzte Wort haben. Doch in diesem Falle sahen es ihr die anderen gerne nach.

Der Mann an dem kleinen Tisch wollte zahlen. Christel kassierte ihn noch schnell ab, bevor sie mit einem Tablett mit Gläser und einem Bocksbeutel zum Tisch zurückkam. Ihre Mutter, die in der Küche werkelte, brachte dann noch die versprochene Brotzeit.

„Ein komischer Kauz war das." Bettina nahm einen kräftigen Schluck. Sie brachte das zum Ausdruck, was die anderen auch gedacht hatten. Der „Kirchfelder Schlosshügel schmeckte ausgezeichnet. Auch wenn er nicht aus dem Weingut Härtlein kam.

„Kennt den jemand von euch? Die ganze Woche strolcht der schon im Dorf herum. Niemand weiß so recht, wo er wohnt und wo er herkommt. Nirgendwo bleibt er lange. Irgendwie merkwürdig. Gestern hat ihn meine Tochter sogar aus dem Pfarrhaus kommen sehen."

„Vielleicht ist er ein entlassener Strafgefangener, der eine Bleibe und Arbeit sucht." Christel sprach den anderen aus der Seele. Auch sie hatten schon an diese Möglichkeit gedacht.

„Ich werde jedenfalls meinen Mann einmal darauf ansprechen." Waltraud Römer war jetzt wieder ganz die Frau Bürgermeister. Doch verlor das Thema mit der Zeit an Reiz und man wandte sich Wichtigerem zu. Modefragen, Kindererziehung.

Auch über Männer im Allgemeinen und im Besonderen musste man reden. Und auf die verschwundene Vereinsfahne kam man auch zu sprechen.

Alles in allem ein gelungener Abend mit viel Abwechslung und Information. So gegen dreiundzwanzig Uhr löste sich die Versammlung der Damen auf.

VII. Kapitel

Bürgermeister Römer saß nachdenklich an seinem Schreibtisch im Rathaus. Die offizielle Bürozeit war längst um. Aber ein Bürgermeister war schließlich immer im Dienst. Außerdem konnte er am besten über gewisse Dinge sich Gedanken machen, wenn er alleine war und niemand von seinem Angestellten oder seine Ehefrau in der Nähe waren.

Gestern allerdings hatte ihm seine Waltraud einen interessanten Hinweis geliefert, ohne wahrscheinlich zu wissen, was sie ihm damit für einen Trumpf in die Hand gegeben hatte. Waltraud hatte ihm von dem Treffen der Frauen im „Herwestsgöiker" erzählt. Gegen die Gründung eines Frauenchores hatte er nichts einzuwenden. Konnte er auch gar nicht. Das fiel schließlich auch nicht in seinen Kompetenzbereich. Im Gegenteil, wenn sich die Sache gut anließ, dann war das eine weitere gute Werbung für Kirchfeld. Eine Sache, die der Gemeinde keinen Cent kosten würde. Und da konnte er schon bei passender Gelegenheit ein paar positive Worte darüber verlieren. Reden konnte er ja schließlich gut. Da stand er seinem zukünftigen Rivalen Martin Härtlein in nichts nach. Denn die Spatzen pfiffen es ja langsam von den Dächern, dass Martin bei der nächsten Bürgermeisterwahl gegen ihn antreten wollte. Der hatte sich zwar noch nicht offiziell geäußert. Aber was man ihm aus gewöhnlich gut informierten

Kreisen zugetragen hatte, ließ wohl nicht allzu viele Zweifel offen. Er kannte Martin recht gut. Sie waren zwar nicht gerade die dicksten Freunde, aber sie achteten sich gegenseitig und zollten einander Respekt. Angst hatte Horst Römer nicht, gegen den Martin anzutreten. Doch etwas anderes machte ihm Sorgen. Er musste diese Wahl im übernächsten Herbst gewinnen. Denn nur dann bekam er vom Freistaat Bayern einen Ehrensold, ähnlich einer Pension, ausbezahlt.

Vielleicht konnte man ja den politischen Gegner mit dieser verschwundenen Fahne ein bisschen lächerlich machen. Er selbst würde sich zwar für so etwas nie hergeben. Aber da gab es unter seinen Freunden schon einige, die sich für eine kleine Schlammschlacht nicht zu schade waren.

Römer stand auf und ging zum Fenster. Jetzt um diese Tageszeit war in Kirchfeld nicht viel los. Gedankenverloren sah er auf die Straße hinunter. Jetzt nur nichts falsch machen und jede Chance nutzen. Er war fünfundfünfzig Jahre alt und gesundheitlich ging es ihm Gott sei Dank gut. Doch wenn es ihm nicht gelang die nächste Wahl zu gewinnen, dann hatte er ein echtes Problem. Er war vor seiner Wahl zum Bürgermeister Versicherungsmakler gewesen. Doch die Agentur, die er leitete, hatte er abgeben müssen. Die Doppelbelastung ließ sich auf Dauer nicht verkraften. Bei einem Scheitern stände er praktisch vor dem Nichts. Denn in seinem alten Beruf hätte er keine

Chance mehr. Da machte er sich nichts vor. Die Branche war schon immer knallhart gewesen. Und der Konkurrenzdruck wurde nicht weniger. Er starrte zum Fenster hinaus. Er war gerne Bürgermeister und er würde verdammt noch mal, alles tun, um es zu bleiben. Heute Abend würde er sich mit seinen Parteifreunden im „Anker" treffen. Es war zwar noch Zeit bis zur Wahl. Aber er war ein akribischer Arbeiter, der nichts dem Zufall überließ. Und es war besser, früh damit zu beginnen, die Marschrichtung festzulegen.

Bei Franziskus Götzelmann ging es nicht so bedeutungsschwanger zu. Er hatte es tatsächlich geschafft, den Struppi zu behalten. Alle weiteren Nachforschungen über die Herkunft des Mischlings verliefen zunächst ergebnislos. Bis sich doch noch jemand unter der angegebenen Telefonnummer meldete, die auf dem Halsband stand. Doch es waren lediglich die Nachmieter der Wohnung. Von ihnen erfuhr Franziskus dann auch, dass die vorherigen Mieter Amerikaner gewesen und zurück in die Staaten gegangen waren. Offensichtlich hatten sie keine Verwendung mehr für den Hund oder hatten die bürokratischen Hindernisse gescheut, die sie hätten überwinden müssen, um den kleinen Kerl mitzunehmen. So hatten sie ihn einfach zurückgelassen. Es sprach für die Intelligenz des Hundes, dass er sich ein so tolles Herrchen ausgesucht hatte. Einer Adoption stand somit nichts mehr im Wege. Der Rest war nur noch Formsache. Und es schien ganz so, als hätten Herrchen und Hund nur aufeinander gewartet. Freilich, die Beziehung zwischen einem Tier und einem Menschen, der auf den Namen Franziskus getauft war, konnte eigentlich nur gut gehen. Hatte der Heilige, dessen Namen Struppi`s Herrchen trug, doch zu Lebzeiten ja angeblich sogar mit den Tieren gesprochen. So weit war Götzelmann zwar noch nicht. Ihm genügt es, dass sein vierpfotiger Hausgenosse zunächst einige seiner Kommandos befolgte.

Die beiden starten zu ihrer abendlichen Runde. Meistens gingen sie den Weg, der im Volksmund nur der „Rentnerweg" genannt wurde. Da gab es wenige Steigungen und links und rechts des Weges gab es Wiesen und Felder, die jetzt im Spätherbst zum Herumtoben und Rennen bestens geeignet waren. Eine Stunde waren die beiden meistens unterwegs, wobei natürlich der Hund ein vielfaches der Wegstrecke zurücklegte, die sein Herrchen bewältigte. Aber der war schließlich auch wesentlich älter und hatte auch nur zwei Beine zur Verfügung.

„Auf geht`s". Der Hund war immer ganz verrückt, wenn „Gassi gehen" angesagt war. Doch erst musste er bis zum Ortsende gedulden, bis ihn Franziskus von der Leine lies. Dann gab es für den Kleinen allerdings kein Halten mehr. Er war ein richtiges Temperamentsbündel. Er tobte dann erst einmal wie verrückt über eine Wiese. Franziskus seufzte. So wie es aussah, würde er den Struppi zu Hause erst einmal unter die Dusche stellen müssen. Gott sei Dank gab es da keine Probleme.

Sie hatten die Hälfte des Weges zurückgelegt, als der Hund mit einem Stück Stoff in der Schnauze zu seinem Herrchen zurückkam. Erst nach wiederholten Bestechungsversuchen mit Leckerli ließ er sich es wegnehmen. Franziskus wollte das längliche Stück schon wegwerfen. Besann sich aber dann eines besseren und steckte es in seine Jackentasche. Es fühlte sich so an, als wäre es kein gewöhnlicher Stoff. Aber es war mittlerweile schon zu dunkel, um etwas Genaueres zu erkennen.

Der restliche Spaziergang verlief wie immer und die beiden waren froh, als sie wieder zu Hause im Trockenen waren. Mittlerweile hatte es begonnen zu regnen

Der Hund wurde erst einmal mit eine großen, alten Badetuch trocken gerubbelt. Das mit dem Duschen konnte warten. Franziskus genehmigte sich einen Schnaps und machte es sich auf seinen Lieblingssessel bequem. Er wollte den Fernseher anschalten, als ihm das Stück Stoff wieder einfiel. Er holte es aus seiner Jackentasche heraus. Als er es bei hellem Licht besah, fielen ihm fast die Augen aus dem Kopf. Das etwa sechzig Zentimeter lange und fünfzehn Zentimeter breite Tuch war ein so genanntes Fahnenband. Und es war ein Fahnenband aus dem Jahre neunzehnhundertundzwanzig. Und es war dem Männergesangverein „Harmonia Kirchfeld“ gewidmet. Dieses Band musste an der Vereinsfahne des Vereins gehangen haben. Wie um alles in der Welt kam das Band aber auf einen Acker beim Rentnerweg. Franziskus schenkte sich ein Glas seines Lieblingsrotweines ein. Doch so sehr er auch seine grauen Zellen anstrengte, er kam zu keinem brauchbaren Ergebnis. Er beschloss das Nächstliegende zu tun, griff zum Telefon und wählte die Nummer seines Vorstandes. Er bat ihn so schnell wie möglich herzukommen. Es dauerte auch keine zehn Minuten bis die Hausklingel ertönte. Der späte Gast wurde von Struppi so lange er vor der Türe stand, mit einem furchterregenden Knurren begrüßt, um dann schwanzwedelnd ins Wohnzimmer geleitet zu werden.

„Schön, dass Du so schnell kommen konntest. Entschuldige bitte, dass ich Dich zu so relativ später Stunde gestört habe. Aber ich hielt dies hier für wichtig.“ Götzelmann zeigte seinem Vorstand das Fundstück.

„Wo hast Du das her?“

„Erzähl ich Dir gleich. Aber jetzt setz Dich erst einmal. Ein Glas Rotwein?“

„Kommt darauf an, was Du mir anzubieten hast.“ Martin trank nicht jeden Wein. Da hatte er gewisse Prinzipien.

„Du kannst ihn beruhigt trinken. Er ist von Deinem eigenen Weingut. Aber zurück zu diesem

Stück. Ich habe es vorhin beim „Gassi gehen" gefunden. Beziehungsweise mein Hund hat es gefunden und mir gebracht. Und zwar auf halber Strecke des Rentnerweges. Da lag es wohl auf einem Acker. Aber so genau konnte ich das nicht erkennen, denn es war schon ziemlich dunkel."

Martin Härtlein besah sich das Fahnenband genau.

„Da gibt es überhaupt keinen Zweifel. Das hing an unserer Fahne. Aber wie kommt es ausgerechnet dahin, wo Du es gefunden hast?"

„Irgendjemand muss es verloren haben. Vielleicht hat es sich von der Fahne gelöst, als der Dieb versuchte, die Fahne irgendwohin zu tragen, wo er sie verstecken wollte."

Martin sah seinen verdeckten Ermittler mit großen Augen an.

„Hm, könnte so gewesen sein. Aber sag mir bitte, welcher Idiot schleppt eine geklaute Fahne durch die Gegend und riskiert dabei, dass er womöglich gesehen wird oder dabei etwas verliert. Das ist einfach grotesk. Ein Profi war das bestimmt nicht. Also ich habe da meine Zweifel."

Doch Franziskus lies sich nicht so leicht von seiner Spur abbringen.

„Tatsache ist aber, dass der Hund das Band dort gefunden hat. Also muss es ja irgendwie dorthin gekommen sein. Nehmen wir doch einmal an, dass der Dieb tatsächlich, aus welchen Gründen auch immer, die Fahne wirklich irgendwohin getragen hat. Wohin könnte er sie dann hintransportiert haben. Vielleicht stand ihm ja gerade einfach kein Fahrzeug zur Verfügung. Gibt es da draußen einen Ort, an dem er etwas verstecken könnte?"

„Na ja, es gibt da ein Gartengrundstück mit einem festen Gartenhaus, dass sich durchaus für solche Zwecke eignen könnte. Und zwar liegt es, wenn Du den Rentnerweg, Richtung Wald abbiegst, etwa zwei Kilometer tief im Wald."

„Und wem gehört dieses Grundstück?" Franziskus war jetzt hundertprozentig davon überzeugt, auf der richtigen Spur zu sein.

„Es gehört mir."

„Wie bitte?"

„Ja es gehört mir." Martin wirkte leicht verlegen.

„Aber ich nutze es nicht. Ich habe es an unseren Pfarrer verpachtet. Er lag mir die ganze Zeit in den Ohren, dass er, nachdem beim Pfarrhaus sich ja kein Garten befindet, gerne etwas hätte, wo er sich in seiner karg bemessenen Freizeit, etwas entspannen könne. Da habe ich ihm halt das Grundstück für ein paar Euro Pacht angeboten. Ich selbst bin die letzten Jahre so gut wie überhaupt nicht dazu gekommen, meine Freizeit dort zu verbringen. Es ist etwas verwildert. Jasmine hat früher oft mit ihrer Clique hier gefeiert. Aber wie gesagt, ich kümmere mich so gut wie gar nicht darum."

„Aber der Eduard wird ja kaum die Fahne geklaut und dorthin getragen haben. Außerdem hat er ja ein felsenfestes Alibi. Eigentlich schade. Ein Pfarrer als Dieb einer Vereinsfahne. Das wäre mal etwas anderes."

Doch die Ironie von Franziskus kam bei seinem Gesprächspartner nicht so gut an. Offensichtlich behagte ihm das Thema nicht sonderlich.

Auch Franziskus fiel das auf.

„Ich werde meine Spaziergänge die nächste Zeit etwas ausdehnen und mich da draußen einmal genauer umsehen. Vielleicht fällt mir ja etwas auf."

„Mach das. Ich glaube zwar nicht, dass es zu etwas führt, was uns weiter hilft. Aber man sollte jeder Spur nachgehen."

Offensichtlich wollte Martin Härtlein dieses Thema nicht unbedingt vertiefen.

„Ich habe auch etwas auf dem Herzen, Franziskus. Du weißt vielleicht, dass ich bei der nächsten Wahl als Bürgermeisterkandidat gegen den Römer antreten will. Kurz und gut, ich bräuchte für meine Gemeinderatsliste noch ein paar Leute. Hättest Du nicht Lust, Dich aufstellen zu lassen.

Franziskus sagte erst einmal gar nichts. So überrascht war er.

„Aber mich kennen doch die wenigsten. Da habe ich doch gar keine Chancen."

„Das kann sich ja noch ändern. Außerdem heißt das ja noch lange nicht, dass Du, auch wenn Du auf der Liste stehst, auch gewählt wirst. Aber ich finde, Du würdest eine gute Figur machen. Und die Stimmen, die Du bekommst, würden vielleicht einem Kandidaten der gegnerischen Liste fehlen."

Für einen Moment war es ruhig. Nur den Struppi hörte man an einem Knochen herumnagen.

Franziskus brach als erster das Schweigen.

„Bevor ich mich zu Deiner Frage äußere, habe ich eine Gegenfrage. Was ist eigentlich so wichtig für Dich an dieser Fahnengeschichte. Ich meine, Du könntest doch getrost die ganze Angelegenheit der Polizei überlassen."

Martin schenkte sich noch einmal ein, nahm einen tiefen Schluck und sah Franziskus mit zusammengekniffenen Augen an.

„Gut, ich will Dir Deine Frage beantworten. Aber ich werde etwas Zeit benötigen, um Dir das zu erklären. Und ich werde etwas ausholen müssen, damit Du verstehst warum eine Vereinsfahne für einen Menschen, der hier in Kirchfeld als großer Egoist verschrien ist, von solcher Bedeutung ist. Aber zunächst einmal möchte ich Dir erklären warum ich bei der nächsten Wahl gegen den Römer antreten möchte. Aus dem einzigen Grund heraus, weil ich möchte, dass in Kirchfeld wieder etwas passiert. Weil ich möchte, dass wieder etwas vorwärts geht und dass wir nicht den Anschluss verlieren gegenüber anderen Gemeinden. Die letzten Jahre waren Jahre der Stagnation. Dabei hat der Römer durchaus etwas auf dem Kasten. Aber er ist besessen, von dem Gedanken, der Gemeinde nur keine zusätzlichen Schulden zu bescheren. Und er möchte es jedem recht machen. Er scheut jegliches Risiko. Und zu guter Letzt geht es ihm auch nur darum, dass er seine Pension bekommt. Und die bekommt er nur dann, wenn er eine zweite Legislaturperiode schafft. Und deswegen wird er alles in seiner Macht stehende tun, um noch einmal gewählt zu werden. Und da ist es vielleicht ganz gut, wenn man den vermeintlichen politischen Gegner ein bisschen lächerlich machen kann. Da kommt so eine Sache, wie die verschwundene Fahne ganz recht. Womit wir bei der Frage wären, die Du gerade gestellt hast. Für mich ist diese Fahne nicht nur ein Stück Tuch. Du musst wissen, dass ich Ende der fünfziger Jahre einmal für diese Fahne verantwortlich war. Ich bin als achtzehnjähriger dem Verein beigetreten. Und es war eine große Ehre für mich, damals schon bald Fahnenträger zu sein. Weißt Du, bei den Umzügen im Ort, bei den Festkommersen und bei den Vereinsfesten, da war man wichtig, da war man wer. Und man kam aus dem Dorf hinaus. Man besuchte andere Vereine. Und ich war stolz darauf, ein Sänger zu sein. Das bin ich übrigens heute noch. Meine Betti habe ich zu dieser Zeit kennen gelernt. Unser Verein ist ja nicht nur irgendein Verein. Da steckt eine Menge Tradition dahinter. Wir waren damals kulturell sehr rege. Es wurde Theater gespielt. Faschingsbälle veranstaltet. Da hat es übrigens zwischen mir und meiner Frau gefunkt. Wir haben tolle, wunderschöne Liederabende aufgezogen. Wir waren der erste Verein, der ein Straßenweinfest auf die Beine gestellt hat. Und das alles auf relativ hohem Niveau. Und ich möchte wenigstens einen Teil dieser Tradition erhalten. Und das kann ich nur, wenn ich Einfluss habe. Einfluss im Verein und in der Gemeinde. Geld habe ich selbst genug. Du weißt ich bin nicht kleinlich. Und noch eins. Du weißt selbst, dass unser Chor Gefahr läuft, zu veraltern. Wenn es uns nicht gelingt, Nachwuchs zu werben, werden in einigen Jahren nur noch alte Männer auf der Bühne stehen. Unser Ziel muss also sein, einen Verein nach außen hin zu präsentieren, der sich modern im Auftritt und Liedgut darstellt, ohne dabei aber die Tradition zu vernachlässigen. Das ist ein schwieriges Unterfangen. Aber es muss gelingen. Nur dann hat unsere Gemeinschaft eine Chance weiter erfolgreich zu bestehen. Und aus diesem Grunde hänge ich an einem Stück Tuch. Diese Fahne drückt für mich das aus, was ich Dir eben versucht habe, zu erklären. Du kannst mir glauben. Ich bin bestimmt kein ewig Gestriger.

Aber ich finde, dass heutzutage, wo sich jeder nur noch berieseln lässt und kaum noch einer bereit ist, selbst etwas zum Allgemeinwohl beizutragen, es wichtig ist, dass es Menschen gibt, die noch an gewisse Werte glauben und nicht nur so tun. Und deswegen bitte ich Dich noch einmal, bei Deinen Ermittlungen vorsichtig zu sein. Ich möchte niemandem vor dem Kopf stoßen. So, das war jetzt eine lange Rede. Jetzt könnte ich noch einen Schluck vertragen."

„Ich lasse Dich so wieso nicht eher gehen bevor die Flasche leer ist."

Franziskus goss die Gläser noch einmal voll.

„Und auf Deine Liste kannst Du mich auch setzen. Zum Wohle!"

Es blieb nicht bei der einen Flasche. Und die Gespräche wurden noch intensiver und noch lauter.

Dem Struppi war es recht. Er war zufrieden, wenn die Menschen, die ihn umgaben zufrieden waren. Vorausgesetzt er mochte diese Menschen. Er sah kurz einmal hoch. Es schien alles in Ordnung zu sein. So rollte er sich er sich wieder auf dem Sofa zusammen, um weiter zu schlafen. Er träumte von vielen Fahnenbändern, die er seinem Herrchen immer wieder zurückbrachte, nachdem dieser sie immer fort warf. Dass es dafür jedes mal eine Belohnung gab, muss nicht extra erwähnt werden.

VIII. Kapitel

Der zweite Advent war ein trister, nasskalter und nebliger Sonntag. Wer nicht unbedingt musste, verlies die eigenen vier Wände nicht, sondern machte es sich zu Hause gemütlich.

Franziskus gehörte freilich nicht zu diesen Glücklichen. Ob er wollte oder nicht, er musste sich dem ungemütlichen Wetter aussetzen, denn sein vierpfotiger Hausgenosse fordert vehement seinen nachmittäglichen Spaziergang ein.

Seinem Herrchen war es recht. Götzelmann wollte sich sowieso einmal das Gartengrundstück von Martin Härtlein einmal genauer ansehen. Und bei diesem Mistwetter war wenigstens nicht damit zu rechnen, dass sich all zu viele Menschen in der freien Natur herumtrieben. Immer noch war er überzeugt, dass er hier einen Hinweis finden würde, der im Zusammenhang mit diesem komischen Fahnendiebstahl stand. Nach dem Spaziergang wollte er seine Schwester besuchen. Sie hatte ihn zum Kaffee eingeladen.

So zog er seine dickste Joppe an und setzte sich seine Fellmütze auf den Kopf. Sein Hund hatte das alles nicht nötig. Den hatte die Natur mit einem dicken Winterpelz ausgestattet. Franziskus wäre am liebsten schnurstracks zum Gartengrundstück gelaufen. Aber sein Begleiter liebte Umwege. Da musste hier einmal geschnuppert, dort das Bein gehoben werden. Er musste voraus und dann wieder zurück laufen. Und zwischendurch musste er sich noch die Belohnungen abholen, wenn sein Herrchen ihn zu sich rief. So verging gut über eine Stunde, ehe sie vor dem Grundstück standen.

Es mochte eine Grundfläche von vielleicht tausend Quadratmeter haben und machte auf den ersten Blick einen recht verwilderten Eindruck. Lediglich im oberen Teil, auf dem das Gartenhaus stand, waren Beete angelegt und man konnte erkennen, dass sich jemand viel Mühe gegeben hatte, dem Wildwuchs der sonst herrschte, Einhalt zu gebieten. Im Frühjahr oder im Sommer mochte das Ganze einen heiteren Eindruck hinterlassen. Doch heute, an diesem grauen Dezembertag, ging eher eine traurige Stimmung von diesem Ort aus. Franziskus wollte schon weitergehen. Da sah und roch er es. Aus dem Kamin des Gartenhauses schlängelte sich eine dünne Rauchfahne in den nebligen Winterhimmel. Es hielt sich offensichtlich jemand im Inneren des Hauses auf. Von einem Gartenhaus konnte man sowieso nicht sprechen. Eher vielleicht von einem Wochenendhaus. Jedenfalls machte es einen festen, soliden Eindruck. Durchaus möglich, dass man sich im Frühjahr oder im Sommer eine längere Zeit darin aufhalten konnte. Aber jetzt im Winter? Freilich, wenn man einen guten Ofen darin stehen hatte, und das schien der Fall zu sein, konnte man es vielleicht auch in der kälteren Jahreszeit einige Zeit bewohnen. Franziskus überlegte, ob er das Grundstück nicht einfach betreten sollte, um nachzusehen, ob sich jemand im Inneres des Hauses aufhielt. Doch er ließ den Gedanken gleich wieder fallen. Pfarrer Nüsslein würde sich wohl kaum hier draußen aufhalten. Und er wollte keinen Verdacht erregen. Er würde später seine Schwester fragen. Vielleicht konnte die ihm weiter helfen. Die Möglichkeit eines Einbruchs schloss er von vorneherein aus. Denn kein Dieb würde so dumm sein, ein Feuerchen im Ofen zu machen, um ja Aufmerksamkeit zu erregen. Er umrundete also das Grundstück, so gut es ging. Konnte sonst nichts außergewöhnliches feststellen und wollte schon den Heimweg antreten, als er in einem Hohlweg etwas rotes aufblitzen sah. Sein Hund hatte es auch schon bemerkt und lief voraus. Franziskus rief ihn zurück. Doch der Struppi reagierte nicht. Es blieb ihm also nichts anderes übrig, als dem Hund hinterher zu gehen. Der stand vor einem alten, roten Golf. Götzelmann sah nach dem Kennzeichen. SU-N 245. Offensichtlich ein ostdeutsches Kennzeichen. Gott sei Dank hatte er einen Stift und ein Notizbuch einstecken. Er notierte sich die Nummer. Warf noch einen Blick ins Wageninnere. Konnte aber nicht Verdächtiges feststellen. Fürs erste gab er sich mit den gemachten Entdeckungen zufrieden. Und Herr und Hund traten nass und durchgefroren den Nachhauseweg an.

Hätte Franziskus noch einige Minuten vor dem Grundstück verweilt, so hätte er den geheimnisvollen Bewohner des Gartenhauses zu Gesicht bekommen.

Ein junger Mann, so um die zwanzig herum, trat aus der Türe, schaute sich kurz um. Er lief zu dem kleinen Schuppen mit Vordach, um sich von dem Brennholzstapel einige Scheite aufzuladen. Es war derselbe Mann, der schon öfters in Kirchfeld gesehen wurde. Auch im „Anker" und im Herwestgöiker" hatte man ihn schon einige Male beobachtet. Der Mann hieß Tobias Nüsslein, lebte normalerweise in Suhl. Er war die letzten Jahre des öfteren mit dem Gesetz in Konflikt geraten und hatte einige Haftstrafen hinter sich. Nichts Schlimmes. Kleine Betrügereien oder Diebstähle. Irgendwie bekam er in diesem vereinigten Deutschland nicht so richtig die Kurve. Jetzt wollte er weg und versuchen irgendwo im Ausland einen Neuanfang zu wagen. Am liebsten in die Staaten. Doch für dieses Vorhaben brauchte er Geld. Viel Geld. Und dieses Geld wollte er von seinem leiblichen Vater. Und sein leiblicher Vater war niemand anderes, als Eduard Nüsslein. Vor einigen Monaten hatte er von der Frau die ihn groß gezogen hatte, erfahren, wer sein richtiger Vater war. Bei diesem Gespräch war noch mehr ans Tageslicht gekommen. Seine Mutter hatte ihn als drei Monate altes Baby ausgesetzt. Die ersten Jahre seine Lebens wuchs er in einem Kinderheim auf. Seine Pflegemutter, die keine Kinder bekommen konnte, hatte ihn dann irgendwann zu sich genommen und aufgezogen. Mehr schlecht als recht. Von niemandem richtig gemocht, geschweige denn geliebt, hatte er sich im Laufe der Jahre seine eigene Welt zurecht gezimmert. Nach seinem ersten Jugendarrest, ging es immer weiter bergab. Jetzt hatte er die Schnauze voll. Schon zwei mal hatte er im Pfarrhaus bei seinem Vater vorgesprochen. Der hatte ihn vertröstet und ihm dieses Gartenhaus als Bleibe angeboten, verbunden der Bitte, dass er das Familiengeheimnis nicht preisgab. Er hatte zugestimmt. Hatte seinem Vater aber gleichzeitig gesagt, dass er nicht ewig warten wolle, denn er möchte so schnell wie möglich weg. Eberhard Nüsslein hatte ihm versprochen, ihn finanziell zu unterstützen. Aber im Moment hätte er nicht so viel Geld flüssig. Denn sein Geld sei angelegt und er müsse erst einiges mit seiner Bank klären.

Jetzt versuchte Tobias es sich in dieser Hütte einigermaßen gemütlich zu machen. Davon abgesehen. Er hatte schon schlechter gehaust. Und wenn der väterliche Geldsegen eintraf, dann hielt ihn sowieso nichts mehr hier zurück.

Der Kanonenofen verbreitete eine wohlige Wärme. Das Gartenhaus war alles andere als eine einfache Hütte. Eine Zeit lang konnte man es hier schon aushalten. Er hatte ein Radio, ein paar Bücher und einen kleines, tragbares Fernsehgerät. Und wenn ihm die Decke auf den Kopf fiel, dann lief er halt in den Ort, um sich ein paar Glas Bier oder einen Schoppen Wein zu gönnen.

Das Auto lies er stehen. Er traute der alten Karre nicht mehr so recht. Und wenn es mit seiner Ausreise klappte, würde er den Alten Golf für ein paar Euro verscherbeln. Außerdem wollte er so kurz vor seinem Ziel, keinen Ärger mit der Polizei bekommen. Also lies er sich nicht zu oft in Kirchfeld sehen. Denn noch respektierte er den Wunsch seines Vaters, möglichst keine Aufsehen zu erregen.

Götzelmann hatte indessen fast den Ort wieder erreicht. Sein Hund lief gehorsam „Bei Fuß" und beide waren froh, dass sie in wenigen Minuten in eine warme Stube kommen würden.

Barbara wohnte in der Ortsmitte. In unmittelbarer Nähe des Pfarrhauses und der Kirche. Vor fünf Jahren war gleich neben der Kirche ein Pfarrgemeindezentrum entstanden. Mit Pfarrheim für Familienfeiern, Räume für Gruppenstunden der „Katholischen Jugend" und der Katholischen Arbeiterbewegung kurz „KAB" genannt. Außerdem befand sich noch ein Proberaum für den Kirchenchor und die Katholische Bücherei im Gebäude.

Barbara hatte also ihren Arbeitsplatz gleich vor der Haustüre. Ihre Wohnung befand sich in einem Mietshaus im dritten Stock. Sie hatte es sich gemütlich eingerichtet und so wie es aussah, würde sie noch lange hier wohnen bleiben können.

Heute Abend wollte sie in die Kirche gehen, um an der Generalprobe des Kirchenchores teilzunehmen. Normalerweise nahmen an diesem Konzert alle Chöre Kirchfelds, sowie der Musikverein teil. Doch es hatte im Vorfeld Irritationen gegeben. Und so kam es, dass in diesem Jahr, das Weihnachtskonzert ohne den Männerchor des Gesangvereines stattfand. Es gab nicht wenige Mitglieder im Kirchenchor, die diese Nichtteilnahme mit der Bemerkung kommentierten, dass sich die Sänger schon immer für etwas Besseres gehalten hätten.

Doch Barbara war das egal. Sie sang gerne und gut. Sie hatte es sich schon überlegt, falls es zur Gründung eines Frauenchores kam, sie nicht den Chor wechseln sollte. Denn dieses Herumgezicke und die Vereinsmeierei und vor allen Dingen die Überheblichkeit mancher „Damen", allen voran der Frau Bürgermeister ging ihr gewaltig gegen den Strich.

Es klingelte. Ihr Bruder und der Struppi begehrten Einlass. Beide wurden standesgemäß begrüßt. Und der Hund erst einmal trocken gerubbelt.

„Soll ich Dich auch abrubbeln?" Barbara sah ihren Bruder fragend an.

„Nein danke, Du bist mir zu grob."

„Deinem Hund hat es aber gefallen. Der ist scheinbar nicht so empfindlich, wie Du. Und weiß eine zarte Frauenhand zu schätzen."

„Er weiß es halt nicht besser. Aber sag mal Bärbel, gibt es bei Dir vielleicht auch etwas zu trinken und zu essen. Im Treppenhaus duftete es ganz verführerisch nach Kaffee und Kuchen."

„Das kam bestimmt aus der Nachbarwohnung. Aber ich kann Dir schon einen Kamillentee und ein paar Kekse anbieten." Barbara musste sich arg zusammennehmen, bei dieser kleinen Lüge.

„Dann bring mir halt einen Tee und ein paar Kekse." Ihrem Bruder war die Enttäuschung ins Gesicht geschrieben. Oder tat er nur so?

Nach wenigen Augenblicken kam Bärbel mit einem Tablett zurück, auf dem eine Kaffeekanne, Kaffeegeschirr und ein prächtig anzusehender Frankfurter Kranz stand.

„Ich habe mich getäuscht. Es gibt doch Kaffee und Kuchen. Irgend ein mir wohl gesonnener Mensch hat mir scheinbar was vorbei gebracht, ohne dass ich es bemerkt habe."

„Du bist eine schlechte Lügnerin. Ich habe Dich von Anfang an durchschaut."

„Tja, einem richtigen Kriminalbeamten kann man halt nicht so leicht etwas vormachen."

„Herrlich! Franziskus schob sich ein großes Stück des köstlichen Kuchens in den Mund, um es mit einem kräftigen Schluck Kaffee hinunterzuspülen.

„Sag mal“, Franziskus wischte sich den Mund mit einer Serviette ab. „Hast Du irgendwas herausgebracht, über das Verschwinden der Fahne?“

„Nichts wirklich Neues. Aber mittlerweile weiß es schon so gut wie jedes Kind, dass ausgerechnet dem bornierten Männergesangverein so etwas passiert ist. Und nicht wenige finden es ziemlich lustig.“

„Du hast also gar keine Vermutung?“

„Nein, habe ich nicht. Außer den üblichen Verdächtigen über die wir ja schon gesprochen haben , ist mir nichts eingefallen. Aber wir haben vom Kirchenchor heute Abend Generalprobe für das Weihnachtskonzert. Und danach werden wir uns ganz bestimmt auf ein Glas Wein zusammensetzen. Ich werde mich, entgegen meinen sonstigen Gepflogenheiten, einmal zu den Leuten an den Tisch setzen, die normalerweise den größten Wissensstand haben und diesen auch gerne unter dem Siegel der Verschwiegenheit ihre Mitmenschen daran teilhaben lassen.“

„Ich dachte immer, dass Du zu den best informiertesten Personen in Kirchfeld gehörst. Sollte ich mich da getäuscht haben? Da müsste ich mich ja direkt nach einer anderen verdeckten Ermittlerin umsehen. Vielleicht wäre ja die Frau Bürgermeister die geeignete Person dafür.“

„Die würde ich Dir gönnen. Außerdem was soll diese Bemerkung. Ich bin keine Klatschtante, Und ich kann Gegensatz zu der von Dir so eben erwähnten Dame ein Geheimnis durchaus für mich behalten." Barbara war richtig sauer auf ihren Bruder.

„Entschuldige Schwesterherz. Es war nicht böse gemeint. Wenn Du mich jetzt aus Deiner Wohnung werfen wolltest, dann muss ich Dich allerdings darauf aufmerksam machen, dass der Struppi mich bis zum Äußersten verteidigen würde."

Struppi, der seinen Namen hörte, schaute kurz auf, fand das alles in Ordnung war, gähnte einmal herzhaft und schlief weiter.

„Aber Spaß beiseite. Dir ist also nichts aufgefallen, was uns weiterbringen würde?"

„Mir ist schon etwas aufgefallen. Aber es hat nichts mit dem Verschwinden der Fahne zu tun, glaube ich wenigstens. Hochwürden Nüsslein hatte wieder von diesem jungen Mann Besuch, der schon zweimal bei ihm gewesen ist. Und es gab einen richtigen Streit. Ich konnte zwar nicht alles verstehen. Aber es ging sehr heftig zur Sache."

„Um was ging es denn?"

„So weit ich mitbekommen habe, um Geld, das der junge Mann vom Herrn Pfarrer haben wollte. Und merkwürdigerweise hat Hochwürden sich auch bereit erklärt, ihm welches zu geben. Aber er müsse es erst flüssig machen und das ginge nun mal nicht so schnell. Er müsse sich schon noch etwas gedulden. Mehr konnte ich leider nicht mehr hören. Und dann verlies der Besucher ziemlich wütend das Zimmer. Ich konnte mich gerade noch hinter einem Schrank verstecken."

„Sollte der Pfarrer erpresst werden?" Franziskus hatte mit einem Male ein ganz komisches Gefühl.

„Aber mal was anderes, Bärbel. Das Gartengrundstück, dass der Eduard von Martin Härtlein gepachtet hat, wird das von ihm denn auch genutzt?"

„Im Sommer ist er schon ab und zu dort. Warum fragst Du jetzt ausgerechnet danach?"

Franziskus erzählte seiner Schwester von seinen Beobachtungen und von seinen Vermutungen. Doch diese konnte sich noch keinen rechten Reim darauf machen. Versprach aber der Sache nachzugehen.

VIIII. Kapitel

Die Generalprobe für das Adventskonzert des Kirchenchores war zwar nicht die reine Offenbarung. Aber Chorleiter Professor Gerhard-Amadeus Mangold war nicht unzufrieden mit den gezeigten Leistungen. Erstens waren Generalproben meist schlechter, als die Premieren. Und zweitens konnte er von seiner Truppe keine Wunder erwarten. Er hatte den Chor erst vor knapp zwei Jahren übernommen und zum damaligen Zeitpunkt war das Niveau nicht sehr hoch gewesen. Doch die Leistung hatte sich seitdem permanent verbessert.

Professor Mangold war kein Kirchfelder Bürger. Er wohnte in der Nachbargemeinde Veitshöchheim, wo er auch den dortigen Kirchenchor betreute.

Jetzt saß man noch im Pfarrheim zusammen. Trank noch einen Schoppen oder ein Glas Bier und ließ den Abend noch einmal Revue passieren.

Barbara Götzelmann hatte sich, entgegen ihrer sonstigen Gepflogenheit zu den Personen gesetzt, die sonst nicht unbedingt zu ihren bevorzugten Gesprächspartnern gehörten.

Zu dem erlauchten Kreis gehörten an erster Stelle die Frau Bürgermeister, Sophie Baumeister, Leiterin der katholischen Pfarrbücherei, Manfred Oppmann, Vorsitzender des Pfarrgemeinderates und Volker Zorn, ein enger Vertrauter von Horst Römer und zweiter Bürgermeister von Kirchfeld.

„Eine anstrengende Probe war das heute Abend. Das „Salve Regina“ hat überhaupt noch nicht geklungen. Besonders im ersten Sopran hat es ja überhaupt noch nicht geklappt. Hatte ich zumindest den Eindruck.“

Sophie Baumeister, die im zweiten Alt sang, konnte sich eine solche Bemerkung heute gut leisten, war doch ihre Stimmgruppe vom Chorleiter ausdrücklich gelobt worden.

„Ihr im Alt habt ja auch die leichteste Stimme. Ihr brummt sowieso nur da unten rum.“ Die Frau Bürgermeister, die ihre Stimme im ersten Sopran erschallen ließ, fühlte sich persönlich angegriffen.

„Wir im Sopran müssen dagegen immer an unsere Leistungsgrenze gehen. Und nachdem wir ja dieses Jahr noch ein paar Lieder mehr mit unserem Chor singen dürfen, weil ja die feinen Herrn vom Männergesangverein nicht mitmachen, sind wir halt dann schnell abgesungen. Wissen möchte ich schon, warum diese eingebildeten Schnösel heuer nicht dabei sind.“

„So weit ich weiß sind sie versehentlich überhaupt nicht eingeladen worden.“ Barbara sah sich verpflichtet, den Männerchor schon wegen ihres Bruders in Schutz zu nehmen. Außerdem begann ihr das Gespräch Spaß zu machen. Sie nahm sich vor, noch etwas Öl ins Feuer zu gießen.

„Nimm Du die Herrn nur in Schutz. Aber etwas hochnäsig sind sie manchmal schon. Gott sei Dank kochen sie ja auch nur mit Wasser."

Jetzt sah Volker Zorn ein günstige Gelegenheit, die Instruktionen seines Herrn und Meisters, Horst Römer in die Tat umzusetzen. Nämlich gegen den Männergesangverein und vor allen Dingen seinen ersten Vorstand zu intrigieren, wo und wann es nur ging. Dazu war er aber auch der geeignete Mann. Denn er war der geboren Intrigant. Konnte das aber gut hinter der Maske einer demutsvollen Frömmigkeit verbergen.

„Aber jetzt haben die Herrschaften ja wohl einen gehörigen Dämpfer bekommen."

„Wie meinst Du das?" Manfred Oppmann tat mal wieder so, als wüsste er nicht, was gemeint war. Dabei war er der Ausgekochteste in der ganzen Runde, der es glänzend verstand, seine Vorteile zu ziehen, wo es nur ging.

„Na ja, wenn man so blöd ist und lässt sich die Vereinsfahne klauen. Dass der Martin überhaupt noch Vorstand ist, Wenn er nur einen Funken Ehrgefühl im Leib hätte, wäre er längst zurückgetreten." Waltraud Römer kam natürlich nicht umhin, ihre Meinung zu diesem Thema zu äußern.

Volker Zorn war jetzt hochzufrieden. Das Gespräch lief jetzt genau in die Richtung, in der er es haben wollte.

„Aber seine Frau wird ihm wohl schon abgeraten haben, zurückzutreten. Die hat ihn ja schon immer zu seinem Ungunsten beraten." Die Frau Bürgermeister konnte die Betti nun mal auf den Tod nicht ausstehen. Nach all den Jahren konnte sie ihr immer noch nicht verzeihen, dass sie ihr den Martin weggeschnappt hatte. Zu gerne wäre sie Frau Härtlein geworden. Doch der Martin hatte sie verschmäht. Dabei hatte sie als junges Mädchen durchaus ihre Reize. Aber halt keine Weinberge als Mitgift.

„Warum sollte er denn zurücktreten?" Auch für Barbara nahm das Gespräch eine erfreuliche Richtung. Vielleicht kam ja doch noch die eine oder andere brauchbare Information heraus.

„Der Martin kann doch nichts dafür, wenn sein Fahnenträger sich die Fahne klauen lässt. Außerdem welcher Depp klaut schon eine Vereinsfahne. Und zu welchem Zweck. Um sich das gute Stück ins Wohnzimmer zu stellen?"

„Der Martin kann vielleicht nichts dafür, dass die Fahne verschwunden ist, aber die Tatsachen, dass sie bis heute nicht wieder aufgetaucht ist, spricht eigentlich schon dafür, dass bei diesem Verein einiges auf der Führungsebene nicht stimmt. Ich bin überzeugt, dass es Vereinsvorstände gibt, bei denen das gute Stück längst wieder aufgetaucht wäre. Und so einer will Bürgermeister werden."

Volker Zorn klang jetzt so, wie sein Name. Doch wer ihn näher kannte, wusste welch ein begnadeter Schauspieler er war. Nicht umsonst hatte er beim Krippenspiel, das alles zwei Jahre stattfand, den heiligen Josef gespielt.

„Aber was soll er denn machen?" Sophie war die Naivste in dieser Runde ausgekochter Intriganten.

„Soll er einen Finderlohn aussetzen?"

„Zum Beispiel. Mein Mann hätte gleich an so etwas gedacht. Aber er hat ja auch die größeren Erfahrungen in solchen Angelegenheiten." Waltraud Römer sang ein regelrechtes Loblied auf ihren Gatten.

„Sind dem auch schon Fahnen geklaut worden" Barbara konnte, wenn sie wollte, sich wunderbar dumm stellen.

„Rede doch keinen Unsinn. Ich meine natürlich, was seine Erfahrungen angeht, die man braucht, um in solchen Situationen richtig zu reagieren. Schließlich ist er ja nicht umsonst Bürgermeister."

„Nein, das ist er nicht, er wird bezahlt dafür. Und nicht schlecht. Barbara Götzelmann war jetzt richtig verärgert. Sie war bestimmt keine Anhängerin des Bürgermeisters. Aber eine solche Frau hatte er nicht verdient.

„Aber es ist schon verwunderlich, was heutzutage alles gestohlen wird. Man kann gar nicht genug aufpassen. Und was alles für ein Gesindel durch die Gegend läuft. Dieser junge Mann, der schon viermal Hochwürden Nüsslein besucht hat, ist auch so ein lichtscheuer Geselle. Möchte nur wissen, wo der sich sonst noch herumtreibt?" Und was will der überhaupt beim Pfarrer? Weißt Du denn nichts näheres Barbara?"

„Ich weiß nur, dass er ihn besucht hat, mehr nicht." Barbara wollte auf keinen Fall irgendwelche Informationen in dieser Runde preisgeben. Lieber zuhören.

„Vielleicht hat der ja die Fahne geklaut." Sophie, die ein Faible für Abenteuerromane hatte, witterte Unheil, dass sich über die Gemeinde Kirchfeld zusammen brauen könnte.

„Und jetzt verhandelt er mit Hochwürden über ein Lösegeld. Weil der sozusagen als Geistlicher verpflichtet ist, zu schweigen. Wahrscheinlich geht es ja in der Zwischenzeit um eine Summe, die den Wert dieser Fahne um ein vielfaches übersteigt." Barbara machte es jetzt richtig Spaß, die Runde hochzunehmen.

„Warum musst Du immer alles in s Lächerlich ziehen?" Die Frau Bürgermeister hatte das unbestimmte Gefühl, dass sich ihre Sangesschwester auf ihre Kosten lustig machte. Und nicht nur auf ihre Kosten. Für ihren Geschmack hatte die Frau Götzelmann sowieso viel zu oft und viel zu engen Kontakt zum Ortspfarrer. Hielt sie sich doch für die Einzige, die den Geistlichen wirklich verstand. Eine Seelenverwandtschaft sozusagen auf höchster Ebene. Auf den Gedanken, dass Hochwürden Nüsslein durchaus seine Vorteile aus der Bewunderung der Frau Bürgermeister für seine Person zog, kam sie nicht.

Barbara zahlte. Sie war überzeugt, dass sie von den hier versammelten Personen, keine verwertbaren Informationen mehr bekam. Von denen konnte mit höchstwahrscheinlicher Sicherheit niemand etwas über den Verbleib dieser Fahne sagen. Und über den Dorfklatsch wusste sie mindestens genau so gut Bescheid. Zu Hause wollte sie in aller Ruhe noch einmal über das Gehörte nachdenken. Vielleicht gab es ja doch noch den einen oder anderen Ansatzpunkt über den es sich lohnte nachzudenken. Sie bezahlte und ging.

Eberhard Nüsslein konnte sich nur schwer auf seinen Predigttext konzentrieren, den er für die sonntägliche Predigt für seine Schäfchen ausgewählt hatte. Ausgerechnet den Psalm 23 hatte er als Grundlage für seine Predigt ausgewählt. „Der Herr ist mein Hirte, mir wird nichts mangeln." So begann der Psalm. Nun, es mangelte ihm an nichts. Doch das konnte sich schnell ändern, wenn sein Sohn weiterhin so unverschämt auf seine Geldforderungen bestand und damit drohte, falls diese nicht erfüllt wurden, der Öffentlichkeit zu offenbaren, dass er, ein katholischer Pfarrer, ein Kind in die Welt gesetzt hatte und sich zwanzig Jahre nicht darum gekümmert hatte.

Tobias hatte ihn bei seinem letzten Besuch eiskalt die Pistole auf die Brust gesetzt und ihm erklärt, wenn er nicht binnen zweier Wochen dreißigtausend Euro auftreiben könne, er sich leider gezwungen sähe, dieses Geheimnis preiszugeben.

Nüsslein hatte ihm hoch und heilig versichert, dass er das Geld bekommen werde. Aber er solle sich um Gottes Willen noch ein wenig gedulden, da er erst mit seiner Bank einiges zu klären hätte.

Daraufhin war sein Sprössling gegangen. Mit der Bemerkung, dass dies aber wirklich die letzte Frist sei.

Dabei hatte sich das Verhältnis zwischen Vater und Sohn gar nicht einmal so schlecht angelassen. Beim ersten Besuch von Tobias hatten die beiden sich auf Anhieb gut verstanden. Der junge Mann war höflich und zurückhaltend gewesen. Aber das war offensichtlich nur geschauspielert. Nach und nach hatte er sein wahres Gesicht gezeigt. Schwer vorstellbar, dass es sich wirklich um sein eigenes Fleisch und Blut handelte. Aber Nüsslein hatte Erkundigungen bei den zuständigen Standesämtern eingezogen. Es schien alles in Ordnung zu sein. Dieser Tobias war tatsächlich sein Sohn, der schon einige Male mit dem Gesetz in Konflikt geraten war.

Hätte er nur eher davon gewusst. Damals, als er noch im Priesterseminar war und diese verhängnisvolle Affäre mit der Tochter des Hausmeisters angefangen hatte. Anna war aber auch ein verdammt hübsches Mädchen gewesen. Und lieb konnte sie sein. Er war nahe daran seine Berufung für das Priesteramt anzuzweifeln und alles für Anna aufzugeben. Bis er, ja bis er erfuhr, dass er nicht der Einzige war, dem dieser Engel seine Gunst geschenkt hatte. Sofort hatte er die Beziehung abgebrochen. Er war danach nie mehr in Versuchung geraten. Obwohl er ein attraktiver Mann war, dem die Frauen schöne Augen machten. Doch sein Priesteramt stand für ihn immer an erster Stelle. Und er war ein guter Seelsorger. Dass Anna schwanger war, hatte er nie erfahren. Nach seinen Weihen ging er nach Afrika und war als Missionsseelsorger tätig. Erst nach Jahren kam er wieder nach Deutschland zurück, wo er einige Gemeinden in der Nähe von Suhl, in der ehemaligen Deutschen Demokratischen Republik betreute. Das war eine schwere, aber auch schöne Zeit gewesen. Nach der Wende wurde er dann nach Kirchfeld versetzt.

Er zwang sich wieder dazu, sich auf seine Predigt zu konzentrieren. Doch seine Gedanken kehrten immer wieder zu seinem Sohn zurück. Der war ihm so fremd. Er überlegte, ob er sich nicht einfach weigern sollte, ihm das Geld zu geben. Was konnte ihn den schon passieren, falls dieser wirklich sein Geheimnis an die Öffentlichkeit brachte. Vielleicht wäre es am besten, mit jemandem darüber zu reden. Aber mit wem? Spontan fiel ihm niemand ein. Barbara, die würde sicher Verständnis haben. Aber war sie auch verschwiegen genug. Er hielt sie zwar nicht gerade für eine Klatschtante. Aber sie hatte ihm zu viel Kontakte. Und Gelegenheit macht Diebe, sagt der Volksmund. Aber mit ihrem Bruder, dem Franziskus konnte er vielleicht reden. Der war ein integrer Mensch und zudem noch sein Sangesbruder. Und als ehemaliger Kriminalbeamter konnte er ihn vielleicht auch einen Rat geben.

Jetzt, da er einen klaren Gedanken gefasst hatte, ging es ihm besser und er konnte sich auch wieder auf seinen Predigttext konzentrieren.

X.Kapitel

In Würzburg ging ein junges Paar eng umschlungen am Main spazieren. Jasmine und Felix waren auf dem Weg nach Randersacker. Trotz des tristen Wetters. Vorbei an der „Mainkuh", einem zum Restaurant umgebauten Schiff, liefen sie mit hochgeschlagenem Mantelkragen immer am Main entlang in südöstlicher Richtung. Nur ab und zu blieben sie stehen, um sich zu küssen. Doch Jasmine schien irgendetwas zu bedrücken. Sie war nicht so ungezwungen wie sonst. Als Felix sie darauf ansprach, antwortete sie ihm nur ausweichend. Sie würde es ihm schon sagen.

Jasmine befürchtete, schwanger zu sein. Es war zwar noch zu früh, um genaueres sagen zu können. Aber ihre Regel war nun schon zehn Tage ausgeblieben und langsam bekam sie Angst. Aber sie wollte Felix nicht belasten. Der stand nämlich vor einem wichtigen Examen im nächsten Semester und brauchte sicher momentan seinen Kopf für andere Dinge.

Nach einer dreiviertel Stunde erreichten sie den Winzerort. Normalerweise pilgerten am Wochenende ganze Heerscharen von Würzburg nach Randersacker. Aber bei diesem wenig einladenden Wetter zog es nicht so viele Menschen ins Freie. Was zur Folge hatte, dass der malerische Ort bei weitem nicht so überlaufen war, wie sonst. So fanden die beiden auch relativ leicht einen freien Tisch für sich alleine in der Weinstube Körner. Sie bestellten sich einen angemachten Camenbert und zwei Schoppen und waren froh, erst einmal in der warmen Gaststube zu sitzen. Der Winter zeigte sich zwar noch nicht von seiner unangenehmsten Seite. Aber es war doch nasskalt und die beiden waren richtig durchgefroren.

Nach einiger Zeit fasste sich Felix ein Herz und fragte seine Freundin direkt nach ihrem Kummer.

„Was ist los, Jasmine?" Felix wollte endlich wissen warum Jasmine so einsilbig war.

„Du hast Dich doch hoffentlich nicht über mich geärgert?"

„Nein, nicht über Dich, höchstens über mich selbst."

Felix verstand jetzt überhaupt nichts.

„Ich hätte einfach nicht so schnell mit Dir schlafen sollen"

„Bereust Du das etwa?" Jetzt verstand er noch weniger.

„Ach verdammt Felix, ich befürchte, dass ich schwanger bin. So, jetzt ist es raus. Dabei wollte ich Dir doch nicht vor Deinem Examen damit den Kopf schwer machen." Jetzt flossen bei Jasmine die Tränen.

„Verdammt, jetzt muss ich auch noch flennen."

Felix nahm zart ihre Hand.

„Wie sicher bist Du Dir?"

„Na ja, ich hätte schon vor zehn Tagen meine Periode haben müsse. Aber vielleicht hat sie sich ja einfach nur verspätet. Kommt ja manchmal vor. Aber ich habe halt Angst, dass eine Schwangerschaft alles kaputt macht. Verstehst Du? Mein Studium, Dein Studium, unsere Beziehung und überhaupt alles. Außerdem sind wir beide doch noch so jung."

„Also, unsere Beziehung macht sie bestimmt nicht kaputt. Bei mir zu Hause freut man sich über Kinder. So viel erst einmal dazu. Alles andere dann, wenn Du Gewissheit hast. Mach Dir nicht zu viele Sorgen. Ich liebe Dich und alles andere ist unwichtig." Er gab ihr einen dicken Kuss. Einige Gäste guckten schon. Aber das war Felix egal.

Es wurde doch noch ein schöner Nachmittag. Vielleicht anders, als es die beiden sich vorgestellt hatten. Und nachdem sie noch einen Schoppen getrunken hatten, liefen sie den Weg, den sie gekommen waren, wieder nach Würzburg zurück. Es herrschte zwar noch das gleiche unwirtliche

Wetter und es wurde immer dunkler. Aber den beiden schien es so, als würde ab und zu die Sonne sich zeigen. Wenn auch nur kurz.

Die Pfarrkirche war gut besucht. Nur wenige Plätze waren nicht besetzt. Die Adventskonzerte in Kirchfeld hatten Tradition. Dass nicht alle

Plätze belegt waren, lag vielleicht schon daran, dass der Männerchor beim diesjährigen Konzert fehlte. Doch Musikverein, Kirchenchor und der Jugendchor der Katholischen Jugend boten auch so eine musikalische Darbietung, die sich hören lassen konnte.

Franziskus hätte gerne das Konzert besucht. Doch er traute sich noch nicht, den Struppi alleine zu Hause zu lassen. Allerdings hatte ihn Barbara versprochen, ihn heute Abend noch zu besuchen. Da würde er sicher erfahren, wie es gelaufen war.

Er war auch gespannt, ob seine Schwester irgendwelche Neuigkeiten bezüglich der verschwundenen Vereinsfahne erfahren hatte. Er selbst trat bei seinen Nachforschungen auf der Stelle. Langsam ging ihm das ganze Theater sowieso auf den Geist. Es kam ihm immer mehr wie eine Schmierenkomödie vor.

Kurz nach zwanzig Uhr dreißig kam dann Barbara. Sie war gut gelaunt. Das Konzert war sehr gut angekommen. Von allen Seiten hatte es Komplimente gegeben. Und Professor Mangold war mit seiner Truppe mehr als zufrieden. Barbara wäre gerne im Pfarrheim geblieben, wo der Kirchenchor den Abend ausklingen lies. Doch sie hatte ihren Bruder versprochen vorbeizukommen, und was sie versprach, das hielt sie auch. Nun bereuen brauchte sie ihr Kommen nicht. Franziskus hatte einen vorzüglichen Bocksbeutel entkorkt und dazu gab es Schinkenstangen in der Mikrowelle aufgebacken. Für das leibliche Wohl war fürs erste gesorgt.

„Das freut mich für Dich, dass es so gut gelaufen ist“ Franziskus meinte das absolut ehrlich. Er gönnte dem Kirchenchor das Erfolgserlebnis. Von den Querelen der einzelnen Chöre untereinander hielt er gar nichts.

„Aber sag mal Barbara, weil ich gerade daran denke. Du weißt doch, dass wir am ersten Wochenende im Januar unser Probenwochenende an der Bayerischen Musikakademie in Hammelburg haben und da kann ich den Hund ja schlecht mitnehmen. Kann ich Dir den Struppi für zwei Tage aufs Auge drücken“

„Mach ich gerne. Da freue ich mich richtig drauf.“

Auch den Struppi schien diese Vereinbarung recht zu sein. Er schaute nur kurz auf, wedelte mit dem Schwanz sein Einverständnis und schlief weiter.

„Was machen eigentlich Deine kriminalistischen Nachforschungen wegen dieser blöden Fahne? Ich selbst trete jedenfalls total auf der Stelle.“

„Mir geht es ähnlich. Etwas Greifbares habe ich jedenfalls auch nicht ermitteln können. Es mag ja sein, dass es einigen Leuten gelegen kommt, dass dem Männergesangverein so etwas passiert ist.

Aber außer einer gewissen Schadenfreude habe ich bis jetzt nichts feststellen können. Die ganze Geschichte ist reichlich mysteriös. Und ich glaube auch nicht, dass diese schreckliche Tat von irgendjemand von langer Hand geplant wurde. Das ganze muss sich ganz spontan entwickelt haben."

Barbara schilderte ihrem Bruder das Gespräch nach der letzten Kirchenchorprobe.

„Entweder es handelt sich wirklich nur um einen dummen Streich oder aber es stecken persönliche, private Gründe dahinter. Was übrigens Deine Frage angeht, wieso dieser junge Mann unseren Pfarren so häufig besucht hat, so habe ich munkeln hören, dass es sich um den Sohn von Hochwürden handeln soll."

„Was, der Eduard hat einen Sohn. Wie kommst Du denn darauf?"

„Von einer halboffiziellen Stelle sozusagen. Die Frau Bürgermeister hat es unter dem Siegel der Verschwiegenheit unter die Öffentlichkeit gebracht."

„Und woher weiß die Römer das?"

„Dreimal darfst Du raten. Schließlich ist ihr Mann Bürgermeister."

„Na, da wird es ja wohl bald das ganze Dorf wissen." Franziskus hatte also doch mit seiner Vermutung recht, dass sein Sangesbruder vielleicht erpresst wurde.

„Na, ja, die Römersche hat ja auch nicht behauptet, dass unser Pfarrer einen Sohn hat, sondern dass sie es nur gehört hätte. Aber, Du weißt ja, bei dem Nachrichtensystem hier in Kirchfeld, wird es wahrscheinlich nicht bei dem einen Kind bleiben, dass unser Hochwürden in die Welt gesetzt hat."

„Da könntest Du recht haben." Franziskus verkniff sich die Bemerkung, dass man Barbara ja durchaus auch als einen Teil dieses Nachrichtensystems ansehen konnte. Schließlich wollte er ihr ja nicht den Abend verderben.

„Vielleicht sollte ich mich einmal von Mann zu Mann mit dem Eduard unterhalten. Vielleicht ist er ja froh, wenn er sich einmal gewisse Dinge von der Seele reden kann. Entschuldige bitte." Das Telefon läutete. Barbara lauschte gespannt. So, wie sich das anhörte, konnte am anderen Ende der Leitung nur Pfarrer Nüsslein sein.

„Wenn das jetzt keine Gedankenübertragung war. Wer meinst Du, wer da gerade angerufen hat?"

„Mein Hochwürden."

„Woher weißt Du denn das?"

„Ich bin ja nicht taub. Was wollte er denn?"

„Mit mir reden. Er bat mich um ein Gespräch unter vier Augen."

„Und wirst Du mit ihm reden?"

Natürlich, das bin ich meinem Sangesbruder schließlich schuldig. Und vielleicht ergeben sich ja gewisse Querverbindungen zu unserem Fall. Am Mittwoch Abend um neunzehn Uhr treffen wir uns im Pfarrhaus. Darf ich Dir den Struppi vorbeibringen.

„Klar, da bin ich aber gespannt, was dabei heraus kommt."

„Ich weiß nicht, ob ich Dir da so ohne weiteres Auskunft geben kann?"

„Also hör mal, wenn ich schon die Chefspionin für Dich spielen soll, dann muss ich doch über alles informiert sein."

Barbara stand auf, um ihren Mantel zu holen. Sie wollte noch einmal ins Pfarrheim wo die Chormitglieder bestimmt noch beisammen saßen. Schließlich hatte sie ja auch dazu beigetragen, dass dieser Abend so toll gelungen war. Sie verabschiedete sich von ihrem Bruder und wünschte ihm noch einen schönen Abend.

XI.Kapitel

Der vierte Advent hatte Schnee gebracht. Nicht viel. Aber die Weinberge rings um Kirchfeld waren angezuckert. In drei Tagen war Heilig Abend. Auch im Weingut Härtlein war man mit den Vorbereitungen für das Fest beschäftigt. Doch so richtig wollte sich die vorweihnachtliche Freude nicht einfinden. Jasmine war sich nun sicher. Sie war schwanger. Sie hatte mit ihrer Mutter darüber gesprochen. Die war zwar anfangs alles andere als begeistert darüber, Großmutter werden, hatte sich aber erstaunlich schnell damit abgefunden. Jetzt saßen Mutter und Tochter in der Küche und beratschlagten, wie man am besten mit der neuen Situation umgehen könne.

Betti hatte sich spontan bereit erklärt bei der Erziehung ihres Enkelkindes mitzuhelfen. Jasmine sollte zwar ihr Studium unterbrechen, aber nicht aufgeben. Da Felix auch zu seinem Kind stehen würde, war sich Betti ziemlich sicher, dass sie die Situation schon meistern würden. Jetzt ging es nur noch darum, den Familienvorstand schonend davon in Kenntnis zu setzen, dass er Großvaterfreuden entgegensah.

„Überlass das mir." Betti wusste am besten, wie sie ihren Mann zu nehmen hatte. Wenn gar nichts mehr half, dann wirkten einige zarte Hinweise auf seine Jugendzeit, wahre Wunder. Denn schließlich war der in seiner Sturm- und Drangzeit alles andere als ein Heiliger gewesen. Jasmine war es recht so. Sie zog sich in ihre Wohnung zurück, um noch einige Geschenke zu verpacken. Und mit Felix wollte sie auch noch telefonieren. Der hatte zwar vorgehabt, die Feiertag bei seiner Familie zu verbringen. Hatte sich aber spontan entschieden, das Fest mit Jasmine zu feiern. Ob in seiner Wohnung in Würzburg oder bei der Familie seiner Freundin, das würde sich kurzfristig noch entscheiden und im wesentlichen auf davon abhängen, wie der Vorstand der Familie Härtlein auf die frohe Botschaft reagieren würde.

Martin kam eine Stunde später nach Hause. Der Chor hatte eine Zusatzprobe eingelegt. Man wollte, wie jedes Jahr, nach dem Nachmittagsgottesdienst am vierundzwanzigsten Dezember einige Weihnachtslieder vor der Kirche singen. Das hatte ebenfalls Tradition. Doch Chorleiter Hartmann war mit seinen Männern nicht so recht zufrieden und hatte kurzerhand eine Zusatzprobe angeordnet. Gebracht hatte es nicht sehr viel. Die meisten hatten den Kopf mit anderen Dingen voll.

Martin zog die Schuhe aus, schenkte sich ein Glas Wein ein und nahm auf dem Sofa Platz. Im Fernsehen brachten sie eine Übertragung eines Skispringens. Er nahm die Fernbedienung in die Hand, um das Gerät einzuschalten.. Aber Betti kam mit einem Glas Wein herein und nahm neben ihm Platz. Sie kuschelte sich an ihn.

„Na Großvater, wolltest Du schon wieder fernsehen? Lass doch die Glotze aus und unterhalte Dich ein bisschen mit mir.“

„Worüber denn? Hab ich was ausgefressen?“ Wenn seine Frau ihm so kam, dann wollte sie meistens was von ihm.

„Und wieso nennst Du mich Großvater?“

„Könntest Du doch locker sein. Übrigens wir werden über die Feiertag Besuch bekommen.“

„Doch nicht etwa Dein Bruder mit Anhang?“ Martin konnte seinen Schwager nicht so recht leiden. Der war Lehrer und ließ ihn für seinen Geschmack seine akademische Bildung zu sehr heraus hängen.

„Die kommen auch, aber erst „Dreikönig“, Nein, der Freund von Jasmine wird unser Gast sein.“

„Hä, fährt der denn nicht nach Hause, um das Fest mit seiner Familie zu verbringen, wie es sich gehört.“

Betti unterdrückte ein Lächeln. Jetzt hatte sie ihn da, wo sie ihn haben wollte. Jetzt bekam er seinen Fangschuss.

„Er verbringt doch das Fest mit seiner Familie. Ich jedenfalls finde es gut, dass Dein zukünftiger Schwiegersohn und Vater Deines Enkelkindes Weihnachten mit uns feiert.“

„Willst Du damit sagen, dass Jasmine, also dass sie ..

„Schwanger ist, Ja, das will ich damit sagen. Du wirst Großpapa. Freust Du Dich?“

„Ich weiß gar nicht wohin vor lauter Freude. Jetzt brauche ich erst einmal einen Schnaps.“

„Ich hol Dir einen. Einen Williams?“

„'Ist mir egal, Hauptsache hochprozentig.“

Betti ging in die Küche und kam mit zwei randvoll gefüllten Schnapsgläsern zurück.

„Ich trinke einen mit. Weißt Du Martin, langsam freue ich mich auf unser Enkelkind.“

„Also bei mir wird das noch eine Zeit lang dauern, bis sich die Freude einstellt.“

„Kann ich verstehen. Fühlst Dich halt noch nicht als Opa. Bist ja auch noch keiner, Kann ich notfalls bestätigen.“

„Nein, das hat damit nichts zu tun. Nur, Jasmine wird ja wahrscheinlich ihr Studium erst einmal vergessen können. Und ich selbst werde wahrscheinlich auch ein paar Pläne die ich hatte, auf Eis legen können.“

„Was denn für Pläne?“

„Ich hatte halt immer gehofft, dass unsere Tochter einmal einen Mann heiratet, der etwas vom Weinbau versteht. Dass die beiden dann unser

Werk fortführen könnten. Aber daraus wird wohl nichts. Und ob ich als Bürgermeisterkandidat antreten kann, steht dann vielleicht auch in den Sternen."

„Martin, jetzt sehe es doch einmal positiv. Erstens bist Du noch nicht so alt, dass Du daran denken musst, den Betrieb in andere Hände abzugeben. Und wer weiß, vielleicht geht Dir der Felix ja mit zur Hand. Oder unser Enkel hat später einmal Lust, Weinbau zu studieren. Ich sehe das alles nicht so negativ. Lassen wir es doch einfach auf uns zukommen. Wenn wir alle ein bisschen zusammen helfen, dann wird das alles halb so schlimm. Wir haben schon schlimmeres überstanden."

Martin hatte auf einmal einen Kloß im Hals. Er schluckte erst einmal, um seiner Rührung Herr zu werden. Dann nahm er seine Frau in die Arme und drückte ihr einen dicken Kuss auf den Mund.

„Was wäre ich ohne Dich? Was wären wir alle ohne Dich? Du hast Recht. Wir haben schon schlimmeres überstanden. Viel Schlimmeres. Über ein Kind sollte man sich freuen. Wo steckt die Übeltäterin übrigens?"

„Oben, sie verpackt Weihnachtsgeschenke. Soll ich sie holen?"

„Nein, ich gehe hoch zu ihr." Martin grinste sein Lausbubenlächeln, dass ihn so unwiderstehlich machte.

„Ich werde erst einmal den enttäuschten Vater geben."

„Übertreibe es aber nicht zu sehr."

„Keine Sorge. Ich liebe unsere Tochter bestimmt genau so wie Du. Schenkst Du mir noch einen Schnaps ein?"

„Einen halben bekommst Du noch. Und, wir essen in einer Stunde zu Abend. Sag das Deiner missratenen Tochter."

Martin ging nach oben und Betti verzog sich in die Küche. Mit einem kleinen Lächeln im Gesicht. Sie fand, dass sie das wieder einmal gut hinbekommen hatte.

Das Weihnachtsfest wurde in den meisten Kirchfelder Familien so gefeiert, wie es schon immer gefeiert wurde. An Heilig Abend feierte man im Kreise der Familie, ging eventuell zur Christmette. An den beiden Feiertagen kamen dann Verwandte zu Besuch. Erholsam oder still war diese Zeit sicher nicht. Und es wurde, wie jedes Jahr zu viel gegessen und getrunken. Aber so war es nun einmal Brauch und daran würde sich wahrscheinlich auch nichts so schnell etwas ändern.

Eduard Nüsslein sah den Heiligen Abend allerdings mit sehr gemischten Gefühlen entgegen. Er hatte mit Franziskus seine momentane Situation besprochen. Und der ehemalige Kriminalbeamte hatte ihm geraten, sich nicht erpressen zu lassen.

Er sollte seinem Sohn so viel Geld geben, wie er entbehren konnte und ihm das am Heiligen Abend als Geschenk überreichen. Wenn Tobias nicht ein total abgeklärter Hund sei, würde er das akzeptieren. Wenn der allerdings weiterhin die harte Welle fahren wollte, dann solle er, Nüsslein, ihm zu verstehen geben, dass Tobias ruhig sein Geheimnis der Öffentlichkeit preisgeben könne und dass er ohnehin seinen Bischof von seinem damaligen Fehltritt informiert habe. Und seine Kirchfelder Schäfchen würden daran sowieso keinen Anstoß nehmen.

Eduard schien das ganz plausibel, was ihm sein Sangesbruder da geraten hatte. Jetzt wartete er auf den Besuch seines hoffnungsvollen Sprösslings. Und seine anfängliche Euphorie verflog immer mehr. Er hatte alles für einen stimmungsvollen Heilig Abend vorbereitet. Barbara hatte etwas vorgekocht und einen guten Wein hatte er auch zu bieten. Am Christbaum leuchteten die Kerzen und die Kugeln funkelten im Kerzenlicht. Ob das auf seinen Sohn allerdings Eindruck machen würde, wagte er zu bezweifeln.

Tobias kam mit zehnminütiger Verspätung. Er war gut gelaunt. Glaubte er sich doch am Ziel seiner Wünsche.

Nachdem man ein paar Allgemeinplätze ausgetauscht hatte, widmete man sich dem vorzüglichen Abendessen und ließ sich den „Karpfen blau" und den ausgezeichneten Riesling aus dem

Weingut Härtlein schmecken. Der junge Mann hatte was das Essen und Trinken anging einen durchaus guten Geschmack. Was allerdings seine Manieren anging, schien die genossene Kinderstube nicht die beste gewesen zu sein. Sein Vater hatte ihm als Weihnachtsgeschenk ein Kuvert mit zehntausend Euro in die Hand gedrückt, und ihm damit einen guten Neuanfang gewünscht. Als Tobias nachzählte, verfinsterte sich sein Blick.

„Nur zehntausend? Damit komme ich aber nicht sehr weit. Das reicht gerade für die Überfahrt und vielleicht noch für ein paar Monate. Wie stellst Du Dir das vor? Du zwingst mich tatsächlich dazu, etwas zu tun, was ich gerne vermieden hätte. Aber Du willst es offensichtlich so."

Eberharde Nüsslein blieb äußerlich gelassen. Aber in seinem Innern kochte er vor Wut.

„Also, mein lieber Sohn." Die Anrede fiel ihm schwer. „Also entweder Du akzeptierst und wir scheiden in gutem Einvernehmen und Du kannst Dich jederzeit wieder an mich wenden, wenn Du Hilfe brauchst. Oder aber, Du akzeptierst nicht und tust was Du nicht lassen kannst. Dann kümmert mich das auch nicht weiter und Du zerschneidest das Tuch zwischen uns endgültig. Dann ist das auch Deine Entscheidung. Niemand kann mich wegen einer Jugendsünde verurteilen. Und niemand wird das tun. Mein Bischof weiß ohnehin schon Bescheid." Das stimmte zwar nicht. Aber Franziskus hatte ihm ausdrücklich geraten, dies zu sagen. Und sein Dienstherr im Himmel würde ihm diese kleine Notlüge bestimmt verzeihen.

Sein Sohn sah ihn mit zusammengekniffenen Augen an. Es dämmerte ihn, dass er sein Spiel ausgereizt hatte. Und so dumm war er nicht, dass er nicht wusste, dass sich auch mit zehntausend Euro eine ganze Menge anfangen ließ. Doch einen starken Abgang wollte er schon hinlegen. Das war er sich schuldig. Er schwieg eine ganze Weile. Dann allerdings zog er vom Leder.

„Über zwanzig Jahre hast Du Dich nicht um mich gekümmert. Auch wenn Du tausend Mal beteuerst, nichts von meiner Existenz gewusst zu haben. Ich glaube es Dir nicht. Du hast nur versucht, das alles zu verdrängen. Du bist Deinen Weg gegangen. Und ich, Dein eigenes Fleisch und Blut musste mich mehr schlecht als recht durchs Leben schlagen. Und jetzt speist Du mich mit einem Almosen ab. Ich sage danke. Aber Du wirst noch von mir hören. Das verspreche ich Dir."

Er steckte das Kuvert in die Jackentasche.

„Den Schlüssel für Dein luxuriöses Gartenhaus werfe ich Dir in den Briefkasten. Ich werde heute Abend noch meine wenigen Habseligkeiten packen und verschwinden. Dank Deiner großzügigen Spende kann ich mir ja nun etwas besseres als ein Gartenhaus leisten. Aber glaube ja nicht, dass Du mich los bist."

Er zog hastig seinen Mantel über und verlies das Pfarrhaus.

Seinem Vater ging es jetzt alles andere, als gut. Er ließ sich in seinen großen Sessel fallen und atmete erst einige Male tief durch. Dann trank er sein Glas Wein in kleinen Schlucken leer. Jetzt nur nicht in Panik geraten. Er zwang sich dazu, klar zu denken. Sollte er die Polizei anrufen. Die würden ihm wahrscheinlich erklären, so lange nichts strafwürdiges passiert sei, könnten sie nicht eingreifen. Er hatte auf einmal große Angst, dass sein Sohn zurück kommen und gewalttätig werden könnte. Franziskus hatte ihm zwar gesagt, dass Hunde, die bellen, selten auch beißen. Doch eine Garantie gab es dafür nicht. Richtig einsam kam er sich in diesem Moment vor. Vielleicht sollte er Franziskus anrufen. Aber der würde sich bedanken. Ausgerechnet heute an Heilig Abend mit den Sorgen und Nöten anderer behelligt zu werden. Er schrak aus seinen Gedanken. Es hatte geklingelt. Mit zittrigen Beinen lief er zur Türe, um durch den Spion zu sehen. Gott sei Dank. Es war Barbara, seine Köchin und seine treue Seele. Die schickte der Himmel.

„Alles in Ordnung Herr Pfarrer? Ich hörte laute Stimmen, als ich vorhin vorbei ging, so als hätten zwei Leute Streit miteinander. Ich war gerade auf dem Weg zu meinem Bruder. Aber ich hatte

Sorge um Sie. Da bin ich auf halbem Weg umgedreht, um nachzusehen, ob alles in Ordnung ist."

„Ja, Sie haben richtig gehört. Ich hatte einen Streit. Ich hatte Besuch. Aber ersparen Sie mir jetzt die Einzelheiten. Schön, dass Sie noch einmal zurückgekommen sind. Aber gehen Sie jetzt ruhig zu ihrem Bruder. Es geht schon wieder."

„So sehen Sie mir aber nicht aus, Hochwürden." Barbara sah ihren Pfarrer einen Moment nachdenklich an.

„Wissen Sie was. Begleiten Sie mich doch zu meinem Bruder. Franziskus wird bestimmt nichts dagegen haben, wenn ich noch einen Gast mitbringe."

„Ich weiß nicht. Ich will mich nicht aufdrängen. Aber etwas Ablenkung könnte ich schon vertragen. Lange kann ich sowieso nicht bleiben. Ich muss ja später noch in die Kirche, um die Christmette zu feiern."

„Dann ziehen Sie sich ihren Mantel an und kommen Sie mit. Ein Glas Wein und ein Gespräch unter Freunden wirkt manchmal Wunder."

Eduard zog sich also folgsam seinen Mantel an, setzte sein Barett auf, schloss sorgfältig seine Wohnung ab und die beiden stapften durch den Schnee, der inzwischen etwas höher lag, zum Haus von Franziskus Götzelmann.

Franziskus sah auf den ersten Blick, dass sein Sangesbruder seelischen Beistand nötig hatte. Er begrüßte daher den Pfarrer so, als wäre es ganz selbstverständlich, dass er den Heiligen Abend mit ihnen verbrachte. Er stellte keine Fragen. Eduard würde schon reden, wenn ihm danach zu Mute war. Auch der Struppi schien der gleichen Meinung zu sein und leckte dem Geistlichen, nachdem der neben ihm auf dem Sofa Platz genommen hatte, ausdauernd erst einmal die Hand.

„Der Struppi scheint Dich zu mögen. Obwohl er sonst auf schwarz gekleidete Personen nicht so gut zu sprechen ist."

„Kommt halt immer darauf an, wer in den Kleidern steckt. Vielleicht stimmt es ja auch, dass Hunde die besseren Menschen sind." Das sollte wie ein Scherz klingen, doch die momentane Verbitterung Eduards war deutlich zu spüren.

„Ich hoffe nur, ich störe nicht zu sehr. Aber ich muss euch gestehen, das ich heilfroh bin, für eine Weile den Abend in Gesellschaft von Menschen verbringen zu können, die das Herz noch auf dem rechten Fleck haben."

„Was ist passiert?" Gözelmann stellte die Frage eher beiläufig. Doch er war neugierig geworden.

Eduard Nüsslein berichtete ausführlich von dem Vorgefallenen.

„So, jetzt ist mir leichter ums Herz. Das hat gut getan, sich das alles einmal von der Seele zu reden. Nun ist für mich auch wieder ein bisschen mehr Weihnachten."

„Wir können gerne noch weiter reden" Franziskus meinte es ehrlich mit seinem Angebot.

Doch der Pfarrer winkte ab.

„Lass es gut sein, Franziskus. Ändern lässt es sich ja sowieso nicht mehr. Ich würde gerne noch ein Glas Wein mit euch trinken und dann muss ich gehen. Schließlich muss ich mich ja noch auf die Christmette einstimmen."

„Nichts da" Barbara schaltete sich ins Gespräch ein. „Auf eine halbe Stunde kommt es jetzt auch nicht mehr an. Ihre Christmette halten Sie doch im Schlaf. Jetzt ist erst einmal Bescherung. Ich begleite Sie dann später. Schließlich will ich ja auch in die Mette gehen. So, lieber Bruder das ist für Dich"

Sie überreichte Franziskus ein schmales Päckchen.

„Und das ist für den Struppi," Auch der Hund bekam sein Geschenk, dass allerdings nicht lange verpackt blieb und sich als sein getrocknetes Schweineohr herausstellte.

„Für Dich hat das Christkind auch etwas da gelassen, liebe Bärbel. Es ist zwar nicht so schön verpackt, kommt aber von Herzen. Ich denke Du wirst Deine Freude daran haben."

Es waren alle Bände von Agathe Christie in einer sehr schönen Geschenkausgabe.

„Da kannst Du Deinen kriminalistischen Spürsinn noch weiter schärfen. Ich bedanke mich auch ganz herzlich für Dein Geschenk."

Er hatte von seiner Schwester ein Buch über Hundeerziehung bekommen, in dem auch alle Hunderassen aufgelistet waren.

„Übrigens, die chinesische Rasse „Misch-Ling" ist auch ganz ausführlich beschrieben." Barbara drückte ihren Bruder einen dicken geschwisterlichen Kuss auf die Wange.

„Vielen Dank noch einmal. Ihr Geschenk bekommen Sie morgen, Herr Pfarrer." Barbara hatte wie jedes Jahr ihren hochwürdigsten Herrn zum Mittagessen am ersten Feiertag eingeladen.

„Ist schon gut. Das schönste Geschenk habt ihr mir ohnehin heute Abend damit gemacht, dass ihr Zeit für mich hattet. Aber jetzt muss ich wirklich los. Ich kann die Christmette ja nicht auf morgen verschieben."

„Einen Augeblick noch, Herr Pfarrer. Ich komme gleich mit. Wie ist es mit Dir, Franzl. Wenn Du Lust hast, kannst Du morgen auch gerne mit zum Mittagessen kommen. Es reicht auch für drei Personen."

„Lieb von Dir. Aber ich bekomme morgen Besuch von meinem alten Freund und Kollegen, dem Polizeirat a. D. Heinz Wagner. Er ist Junggeselle und froh, wenn er die Weihnachtstage nicht ganz alleine verbringen muss. Wir werden im „Anker" zu Mittag essen und Nachmittag bei mir Kaffee trinken und ein bisschen von alten Zeiten quatschen. Wie es halt bei älteren Herrn üblich ist. Aber gegen Abend schaue ich gerne noch einmal bei Dir vorbei."

„Na, da wünsche ich Dir heute schon viel Vergnügen, Du älterer Herr. Kommen Sie, Herr Pfarrer und begleiten Sie eine ältere Dame durch die Nacht."

In die Christmette fanden auch Menschen ihren Weg, die sonst mit der Religion nicht so viel am Hut hatten. Aber Weihnachten ist eben ein besonderes Fest. Und da gehört ein Besuch der Mette schon dazu. Es war daher nicht verwunderlich, dass die Pfarrkirche fast bis auf den letzten Platz besetzt war. Es war aber auch sehr stimmungsvoll, der Gottesdienst in der nur vom Kerzenlicht erhellten Kirchen, zu feiern. Und manchem Besucher wurde ganz warm ums Herz, als zum Schluss, das „Oh du fröhliche" von der Gemeinde gesungen wurde. Auch Eduard Nüsslein war jetzt wieder mit vollem Herzen dabei und rundum zufrieden. Zugegeben, er hatte sonst auch kaum Grund zum Klagen über seine Schäfchen.

Aber an den Weihnachtfesttagen war es eben immer etwas anders, als sonst.

Nachdem er sich in der Sakristei umgezogen hatte, ging er schnurstracks nach Hause. Es war ein langer und anstrengender Tag gewesen. Er wollte sich zu Hause noch ein wenig seinen geliebten Bach anhören. Vielleicht ein Glas Wein in aller Ruhe trinken und dann ins Bett.

Er wollte die Haustüre aufsperren und stutzte. Hatte er denn nicht abgesperrt, als er das Haus verließ? Die Haustüre ließ sich ohne weiteres öffnen. Eine merkwürdige Unruhe ergriff ihn. Als er ins Wohnzimmer trat, sah er seine Befürchtung bestätigt. Jemand war in seiner Abwesenheit in seiner Wohnung gewesen. Eine Schublade seines Schreibtisches stand weit vor. Es war die Lade, in der er sein Bargeld aufbewahrte. Normalerweise hatte er nicht so viel bares im Hause. Doch ausgerechnet jetzt waren es über tausend Euro gewesen. Eine Spende von einem Pfarrkind, das nicht genannt werden wollte.

Das Geld war selbstverständlich weg. Da hatte sein missratener Sohn seine Drohung doch wahr gemacht und war zurückgekommen. Aber wie um Himmels Willen war er in die Wohnung gekommen? Er hatte ihn doch keinen Wohnungsschlüssel gegeben. Aber wer kam sonst noch für den Einbruch in Frage? Nüsslein war erschüttert. Ausgerechnet heute, am Heilig Abend blieb ihm aber auch gar nichts erspart. Er zwang sich, klar zu denken und kontrollierte die anderen Räume, ob sonst noch etwas fehlte. Doch der Dieb hatte es offensichtlich nur auf das Bargeld abgesehen. Nun ja, Wertgegenstände waren bei ihm sowieso nicht zu holen. Lediglich einigen Bücher von gewissem Wert nannte er noch sein eigen. Was tun? Die Polizei verständigen. Musste er wohl. Aber er wählte erst einmal die Nummer seines Sangesbruders, Franziskus. Der würde ihm schon sagen, was das Richtige wäre. Tat dieser auch. Er kam sogar zu ihm und sah sich die Bescherung an. Dann rief er die Kripo in Würzburg an. Der diensthabende Beamte versprach, sich um das Weitere zu kümmern und wollte so bald wie möglich jemand vorbei schicken. Nach etwa einer Stunde kamen dann auch zwei Beamte. Sie nahmen alles genau in Augenschein. Suchten nach Spuren und Fingerabdrücken. Dann nahmen sie ein Protokoll auf und fuhren nach Würzburg zurück. Sobald irgend etwas Greifbares zu erkennen war, würden Sie sich bei Nüsslein melden.

Nachdem die beiden weg waren, vereinbarte Gözelmann mit dem Pfarrer am nächsten Tag eine Zusammenkunft. Nach dem Mittagessen würde er mit seinem Freund den Polizeirat Wagner bei Nüsslein vorbeikommen und man würde gemeinsam über die nächsten Schritte nachdenken.

Im Weingut Härtlein wurde ebenfalls auf die traditionelle Art und Weise das Weihnachtsfest begangen. Felix Unterwalcher war mit sehr gemischten Gefühlen auf die Einladung von Jasmines Eltern eingegangen. Das kam ihm gleich so hoch offiziell vor. Viel lieben hätte er mit Jasmine alleine den Heiligen Abend verbracht. Und wenn es in seiner Studentenbude in Würzburg gewesen wäre. Doch seine Berührungsängste waren unbegründet. Mit Jasmines Mutter verstand er sich ohnehin recht gut. Sie erinnerte ihn ein bisschen an seine eigene Mutter. Doch auch Martin Härtlein erwies sich mit der Zeit als ein angenehmer, vielseitig interessierter Gesprächspartner. Und auch Martin war von dem Freund seiner Tochter, nachdem er ihn näher kennen gelernt hatte, angetan. Das war kein oberflächlicher Mensch, der nur Party und Events im Kopf hatte, sondern der mitten im Leben stand. So verlief der Heilige Abend recht harmonisch. Felix hatte es nicht bereut, der Einladung Folge geleistet zu haben. Er blieb selbstverständlich über Nacht.

Heute am ersten Feiertag, ließ man es gemütlicher angehen. Das Frühstück war spät, dafür opulent. Am Nachmittag wurde Kaffee getrunken und zum Abendessen kam bei Familie Härtlein traditionell ein Karpfen auf den Tisch.

„Der Karpfen schmeckt wie jedes Jahr ganz hervorragend. Du bis halt doch die beste Köchin. Martin strich sich mit der linken Hand über sein Bäuchlein. „Nach den Feiertagen werde ich abnehmen müssen."

„Sagst Du jedes Jahr." Betti lächelte. Ihr Mann und fasten. Das ging so gut wie gar nicht zusammen. Aber die überflüssigen Pfunde gingen im Frühjahr, wenn die Arbeit in den Weinbergen richtig losging, von ganz alleine wieder weg. Martin war, wie man in Franken zu sagen pflegte, ein richtiger Würcher, der sich für keine Arbeit zu schade war.

„Sie brauchen sich doch noch keine Gedanken wegen Ihrer Figur zu machen, Herr Härtlein. Da schleppt mein Vater schon einen ganz anderen Bauch mit sich herum." Felix sah im Geist seinen Vater vor sich, der im Vergleich zu Martin Härtlein eine ziemlich barocke Figur besaß.

„Na ja, als Brauereibesitzer gehört das gewissermaßen ja zum Erscheinungsbild. Schade, Herr Unterwalcher, dass Sie vom Weinbau so gar nichts verstehen. So einen Mann wie Sie, könnte ich als Juniorpartner gut gebrauchen. Noch dazu einen studierten Betriebswirt."

„Noch bin ich keiner. Das dauert noch gut zwei Jahre, bis ich mit meinem Studium fertig bin. Und da, wo ich herkomme gibt man halt dem Bier den Vorzug und trinkt Wein nur zu besonderen Anlässen."

„Kann ich verstehen. Aber sagen Sie, Herr Unterwalcher.. Ach das ist mir jetzt zu blöde mit dem Sie und Herrn. Also wenn Du nichts dagegen hast, dann sagen wir ab jetzt Du zueinander. Ich bin der Martin und ich wünsche Dir und natürlich meiner Jasmine alles Glück dieser Erde. Auch wenn ihr mich schon so bald zum Opa machen wollt." Er prostete den beiden zu.

„Wo bleibt der Bruderschaftskuss?" Betti wischte sich verstohlen eine Träne aus dem Gesicht. So war ihr Mann. Er konnte sehr spontan sein, was ihm zwar nicht immer nur Freunde machte. Aber wenn er jemand in sein Herz geschlossen hatte, dann war das nicht nur für den Augenblick. Martin stand zu seinen Freunden und zu seinen Überzeugungen und trug sein Herz nicht auf der Zunge. Auch wenn es manchmal so aussah. Und Betti liebte ihren Mann auch gerade wegen seiner Spontanität. Sie würde ihn jederzeit wieder heiraten.

Auch Jasmine freute sich über das herzliche Einvernehmen, das zwischen Felix und ihren Eltern bestand. Sie hatte schon Bammel vor diesem ersten gemeinsamen Wochenende im Kreise der Familie gehabt.

„Sag mal Felix, ich habe gehört, dass Du sehr musikalisch bist und eine sehr gute Stimme hast. Hättest Du nicht Lust bei uns im Chor mitzusingen? Gerade in der Oberstimme, im ersten Tenor könnten wir junge, frische Stimmen recht gut gebrauchen."

Felix wollte schon erwidern, dass er sich bestimmt etwas Schöneres vorstellen könnte, als in einer Altmännertruppe „Am Brunnen vor dem Tore“ oder „Ännchen von Tharau“ zu singen. Doch ein recht derber Tritt ans Schienbein, hielt ihn gerade noch davon ab, sich dahingehend zu äußern. Stattdessen kam nur ein halbherziges „Ich kann es ja einmal versuchen“ über seine Lippen.

„Gut, dann ist es abgemacht. Du sitzt in der nächsten Chorprobe neben mir im ersten Tenor. Und danach gehts zum Anker. Du wirst sehen, es macht Spaß im Chor zu singen. Und Du wirst überrascht sein über das Niveau auf dem sich unser Chor befindet. Unser Chorleiter fordert uns einiges ab“.

Felix hatte da zwar seine Zweifel. Schließlich kannte er die Chöre aus seiner Heimat. Und was die zum Besten gaben, war nicht unbedingt sein Geschmack. Aber versuchen konnte er es einmal. Und wenn es nur dazu gut war, seinem künftigen Schwiegervater seinen guten Willen zu zeigen. Betti hat wohl den Tritt ihrer Tochter an das Schienbein ihres zukünftigen Schwiegersohnes bemerkt. Jasmine schien von ihr nicht nur das gute Aussehen, sondern auch ihre Klugheit geerbt zu haben.

Es wurde jedenfalls noch ein recht harmonischer und lustiger Weihnachtsabend.

XI. Kapitel

Die drei Männer, die am ersten Weihnachtsfeiertag durch den Schnee, Richtung Wald stapften, konnten unterschiedlicher nicht sein. Franziskus Götzelmann, Heinz Wagner und Eduard Nüsslein hatten sich nach dem Mittagessen getroffen. Nüsslein hatte die beiden Herren gefragt, ob sie denn nicht Lust auf einen Verdauungsspaziergang hätten. Die beiden ehemaligen Kriminalbeamten hatten im „Anker" vorzüglich zu Mittag gegessen und waren sofort mit diesem Vorschlag einverstanden. Auch der Struppi hatte sein Einverständnis durch heftiges Schwanzwedeln signalisiert. Hatte er doch die ganze Zeit während des Mittagessens brav unter dem Tisch liegen müssen. Jetzt tobte und sprang er neben der Spaziergängergruppe umher. Lief voraus und wieder zurück. Er fühlte sich im Schnee sichtlich wohl.

Auch den drei Menschen tat die frische, saubere Luft gut. Pfarrer Nüsslein hatte den beiden allerdings verschwiegen, dass er eine Überraschung für sie in petto hatte. Er hatte nämlich seinem Pfarrjugendführer, dem Matthias Römer gebeten, in dem Gartenhaus, dass er von Martin Härtlein gepachtet hatte, den Ofen anzuschüren. Matthias war der Sohn des Bürgermeisters. Barbara hatte dem jungen Mann noch einen selbst gebackenen Kuchen mitgegeben. Kaffee war sowieso im Gartenhaus vorrätig. Matthias war also gleich losgefahren, um für eine wohlige Wärme zu sorgen.

Somit stand einer gemütlichen Kaffeerunde nichts im Wege.

Eduard Nüsslein stieß mit dem Wunsch, ob man denn nicht den Rentnerweg bis zu seinem Gartengrundstück laufen könne, offene Türen ein. Denn das kam den Vorstellungen von Franziskus und Heinz Wagner sehr entgegen. Sie hatten sich beim Mittagessen ausführlich über die Kirchfelder Geschehnisse unterhalten und waren beide der Meinung, dass nämlich das Gartenhaus und der Sohn von Pfarrer Nüsslein eine zentrale Rolle bei den ganzen Ereignissen spielen könnten.

Vor allen Heinz Wagner versprach sich einiges davon, einmal Grundstück und Haus näher in Augenschein zu nehmen. Er war lange Zeit der direkte Vorgesetzte von Franziskus gewesen. War aber schon einige Zeit vor ihm in Pension gegangen. Doch trotz seiner siebzig Jahre, war er körperlich und geistig erstaunlich fit, was er selbst darauf zurückführte, dass er nie verheiratet gewesen sei. Die Wahrheit war jedoch, dass er ein außergewöhnlich gebildeter und vielseitig interessierter Mensch war, der sich mit Schwimmen und Wandern fit hielt. Gerne und viel verreiste und auch nebenbei etwas schriftstellerte. Allerdings nicht, wie man annehmen sollte Kriminalromane, sondern Gedichte und Kurzgeschichten in fränkischer Mundart. Er war ein echter Würzburger und bezeichnete sich selbst als einen fortschrittlichen Konservativen.

Eduard war froh um die Gesellschaft der beiden. Er war immer noch angeschlagen. Große Gespräche wurden sowieso nicht geführt. Es war zwar ein sonniger, aber auch kalter Wintertag. Und eine Zeit lang hing jeder von den dreien seinen eigenen Gedanken nach.

„Wie lange laufen wir denn schon?" Heinz Wagner stellte diese Frage nicht deswegen, weil er schon müde war. Er wollte sich nur einen Überblick über einen möglichen Fluchtweg verschaffen.

„Dreißig, vierzig Minuten, bei gemütlichem Tempo." Franziskus hatte die Entfernung nicht mehr so hundertprozentig im Kopf.

„Was meinst Du?" Er sah seinen Sangesbruder fragend an.

„Das kann stimmen, aber ich fahre meistens mit dem Auto, wenn ich Lust verspüre das Grundstück zu besuchen, was selten genug vorkommt. Warum?"

„Ich möchte einfach nur die Zeit festhalten, die man braucht, um vom Ort zu Fuß zum Gartenhaus zu gelangen. Mehr nicht. Wir sind um dreizehn Uhr losgelaufen. Jetzt ist es dreizehn Uhr achtunddreißig. Jemand, der gut zu Fuß ist, könnte die Strecke auf jeden Fall in dreißig, vierzige Minuten bewältigen." Heinz Wagner war ein sehr methodisch vorgehender Mensch, der nichts dem Zufall überließ. Nach dieser kurzen Unterhaltung wurde es wieder still. Die kalte Luft setzte den Atemwegen zu und keiner von den dreien wollte sich Gefahr aussetzen, sich eine Erkältung einzufangen.

Endlich standen sie vor dem Gartentor. Matthias Römer empfing sie dort. Der neunzehnjährige Sohn des Bürgermeisters genoss in vollem Umfang das Vertrauen von Pfarrer Nüsslein. Der mochte den jungen Mann richtig gerne. Er bedankte sich dann auch ganz herzlich bei Matthias, dass er für die wohlige Wärme im Inneren des Gartenhauses gesorgt hatte. Der verabschiedete sich dann auch gleich, denn schließlich wollte er den ersten Feiertag nicht in einem Gartenhaus verbringen. Außerdem hatte sich seine Freundin zu Besuch angesagt.

Die Einrichtung des Wochenendhauses war zweckmäßig. Der etwa zwanzig Quadratmeter große Raum war mit einer gemütlichen Eckbank, dem dazugehörigen Tisch und Stühlen, sowie einigen Hängeschränken eingerichtet. Verschiedene Regale und Bords vervollständigten die Einrichtung. In einer Ecke stand ein kleiner Kachelofen, der für die Wärme sorgte. Dann gab es noch einen Gasherd und auch ein Kühlschrank war vorhanden.

„Nobel und gemütlich haben Sie es hier, Herr Pfarrer. Ich glaube, ich muss Sie im Sommer einmal besuchen.“ Heinz Wagner war sichtlich angetan von dem Ambiente.

„Gerne, Herr Wagner. Ich selbst nutze dieses Refugium viel zu selten. Dabei habe ich es mir extra deswegen gepachtet, um hier einmal ein bisschen vom Alltag abzuschalten. Es ist nicht nur geschmackvoll eingerichtet, sondern verfügt über alle Annehmlichkeiten, über die ein normales Wohnhaus auch verfügt. Nämlich Strom und fließendes Wasser. Na ja, wenn der Eigentümer der größte Winzer und Gewerbesteuerzahler im Ort ist, dann geht halt manches, was bei einem Normalsterblichen nicht so ohne weiteres geht."

Nüsslein lächelte bei diesen Worten. Aber er sagte es ohne Hintergedanken und füllte dabei die Kaffeemaschine auf.

„Aber was rede ich so viel. Nehmt doch bitte Platz." Er nahm Kaffeegeschirr aus einem der Hängeschränke und stellte es auf den Tisch. Der Kuchen wurde ausgepackt und man machte es sich gemütlich.

Dicke Rauchschwaden zogen durch das Innere des Gartenhauses. Die drei Herren, die sich nun schon seit zwei Stunden die Köpfe heiß redeten, waren zwar keine Kettenraucher. Aber allen dreien war gemeinsam, dass sie eine gute Zigarre nicht verschmähten. Nüsslein hatte daher ein Kästchen feinster „Havanna Zigarren" aus einem der Hängeschränke gezaubert.

Doch auch die Köpfe rauchten. Die Ereignisse der letzten Wochen wurden noch einmal aufgearbeitet. Theorien wurden neu entwickelt und wieder verworfen. Doch irgendwie drehte man sich im Kreise.

„Es deutet zwar vieles darauf hin, dass ihr Sohn, dieser Tobias für den Einbruch ins Pfarrhaus verantwortlich ist. Aber irgendwie ist mir das zu einfach." Heinz Wagner konnte sich immer noch nicht mit diesem Verdacht anfreunden. Zu offensichtlich schien ihm der Zusammenhang zwischen dem unerfreulichen Heilig Abend und dem darauf folgenden Einbruch.

„Außerdem, was hätte er davon gehabt? Ich meine, er hat sich zwar mehr von Ihnen erhofft, Herr Pfarrer. Aber die zehntausend Euro, die er bekommen hat, sind ja schließlich auch nicht gerade ein Trinkgeld. Und für so dumm halte ich ihn ja doch nicht, dass er sich dann wegen einer vergleichsweise geringen Summe von tausend Euro, der Gefahr aussetzt, erwischt zu werden. Nein, das stimmt etwas nicht bei dieser Theorie."

„Aber er konnte doch nicht wissen, dass sich nur tausend Euro im Hause befinden. Vielleicht erhoffte er sich ja mehr. Oder dass sich andere verwertbare Gegenstände im Hause befinden. Schmuck zum Beispiel." Franziskus konnte sich zwar auch nicht so recht mit dem Gedanken abfinden, dass der Sohn des Pfarrers der Täter sein sollte. Aber er wollte mit seiner widersprüchlichen Meinung seinem Freund und ehemaligen Kollege noch mehr aus der Reserve locken. So hatten sie es auch in ihrer aktiven Zeit gemacht, dass einer von ihnen immer eine konträre Meinung vertrat.

„Also, mein Perlencollier hab ich noch." Eduard Nüsslein konnte schon wieder einer seiner berühmt, berüchtigte Scherze von sich geben. Er war nämlich normalerweise ein sehr humorvoller Mensch, wenn nicht gerade bei ihm eingebrochen wurde.

„Ich glaube, meine Herren, Sie machen sich falsche Vorstellungen über die Vermögensverhältnisse in einem Pfarrhaushalt. Das einzige von einem gewissen Wert, das ich besitze sind einige sehr alte Bücher. Ansonsten bin ich arm, wie die sprichwörtliche Kirchenmaus."

„Wir werden am nächsten Sonntag eine Kollekte für Dich veranstalten." Franziskus konnte sich einen ironischen Seitenhieb nicht verkneifen. Doch er verzichtete wohlweislich darauf, das Thema noch weiter zu vertiefen. Nicht dass noch eine Diskussion über die Besoldung der Beamten im Allgemeinen und der Pfarrer im Besonderen entstanden wäre.

Heinz Wagner ließ sich aber nicht von seiner Theorie abbringen, dass Tobias nichts mit dem Einbruch zu tun hatte.

„Überlegt doch einmal. Er wusste doch, dass nicht so viel Geld im Hause war. Also warum sollte er sich die Finger mit einem Einbruch schmutzig machen. Aber was anderes, Herr Pfarrer, wie sicher sind Sie sich denn überhaupt, dass dieser Tobias auch wirklich ihr leiblicher Sohn ist?"

„Nun ja, ich habe über das Rathaus eine Anfrage beim Standesamt in Suhl gemacht. Von dort wurde bestätigt, dass ein Tobias Nüsslein, geb. am 05.11.1982 in Coburg, seit dem 02.05.1991 in Suhl bei der Familie Neumayer lebte und auch dort weiterhin polizeilich gemeldet war."

„Wieso geboren in Coburg?" Heinz Wagner sah den Geistlichen fragend an..

Eduard Nüsslein errötete zart.

„Ja, also, ihr müsst wissen, dass ich in Coburg das Priesterseminar besuchte. Ja, und da ist es halt passiert. Aber war wirklich nur das eine Mal, dass ich mit der Tochter des Hausmeisters, als dass ich, ich meine, also ich habe danach nie mehr......" Jetzt war aus der zarten Röte schon ein kräftiges Dunkelrot geworden.

„Was nur einmal und dann gleich ein Volltreffer." Franziskus weidete sich sichtlich an der Verlegenheit seines Sangesbruders.

„Hör mal, Eduard Du bist hier nicht beim Beichten. Und schon gar nicht bist Du uns irgendeine Rechenschaft schuldig."

„Genau, und selbst katholische Pfarrer sind nur Menschen und keine Heilige auf Erden. Alles was wir hier bereden dient einzig allein der

Wahrheitsfindung und der Aufklärung dieses komischen Falls." Heinz Wagner brachte es wieder einmal auf den Punkt.

„Also, Sie meinen schon, dass es sich um ihren Sohn handelt."

„Ich bin überzeugt, auch wenn er offensichtlich nicht so viel von mir geerbt hat."

„Er wird halt mehr nach der Mutter kommen. Und geerbt hat er doch viel von Dir. Immerhin zehntausend Euro." Franziskus war die ganze Diskussion langsam leid. Außerdem hatte er Hunger.

„Deine Scherze waren auch schon einmal geschmackvoller." Eduard Nüsslein fand nichts Komisches an der momentanen Situation.

„Also, er hat mir seinen Ausweis gezeigt und hat bei seinem ersten Besuch viel von seiner Mutter erzählt, die ja offensichtlich schon sehr früh verstorben ist. Danach hat sich scheinbar niemand so recht für den Jungen zuständig gefühlt. Denn die nächsten drei Jahre verbrachte er in einem Heim. Bevor er dann von einem Ehepaar Neumayer adoptiert wurde. Das klang alles sehr plausibel und glaubwürdig."

„Hm, irgendwie klingt das schon alles zu glaubwürdig. Aber ich gebe zu, momentan scheint alles darauf hinzudeuten, dass ihr angeblicher Sohn der Hauptverdächtige ist, was den Einbruch angeht. Doch in einem Punkt bin ich mir absolut sicher. Mit diesem komischen Fahnendiebstahl hat ihr hoffnungsvoller Sprössling überhaupt nichts zu tun." Das war aber auch das einzige, was Heinz Wagner ausschließen konnte.

„Da stimme ich Dir zu." Auch für Franziskus stand es außer Frage, dass die beiden Tatbestände irgend etwas miteinander zu tun hatten.

„Ich habe bisher keinerlei Anhaltspunkte, was dieses ominöse Verschwinden der Fahne betrifft. Und ich kann mir nach wie vor, keinen vernünftigen Menschen vorstellen, der mit voller Absicht eine Fahne mopst. Das ist doch richtig kindisch."

„Nun, es muss ja kein vernünftiger Mensch gewesen sein. Du kennst eben meine Kirchfelder Pfarrkinder immer noch nicht. Aber so fromm, wie sich da manche geben, sind sie beileibe nicht. Eher schon etwas scheinheilig. Und glaube mir, gerade unserem hoch verehrten Bürgermeister käme es nicht ungelegen, wenn sein schärfster Rivale in gewisser Weise der Lächerlichkeit preisgegeben wird. Und was die Frau Bürgermeister angeht, die würde ihren Ehemann sofort zuraten. Die ist nämlich gelinde gesagt ein richtiger Drachen. Ich weiß als Pfarrer dürfte ich mich eigentlich nicht in dieser Art und Weise äußern. Aber bei der Frau Bürgermeister fällt mir es mir einigermaßen schwer, an das Gute im Menschen zu glauben. Mir tut sie zwar immer schön ins Gesicht. Verwöhnt mich mit selbst gebackenem Kuchen und bringt ab und zu eine Flasche Wein vorbei. Aber wenn ich ehrlich bin, fällt es mir schwer, sie zu mögen."

„Sie hat halt einen gewissen Drang zum Geistlichen." Franziskus war die Diskussion langsam leid, Außerdem hatte sein Magen schon dreimal geknurrt. Ein sicheres Zeichen, dass er Hunger hatte. Es wurde Zeit, dass sie ihre Zelte hier abbrachen.

„Langsam bekomme ich auch das Gefühl, dass uns dieser Kriegsrat nicht viel weiter gebracht hat." Heinz Wagner sprach das aus, was alle drei dachten.

Eduard Nüsslein begann das Kaffeegeschirr abzuräumen, als es plötzlich an der Tür klopfte. Noch bevor er das Geschirr abstellen und zur Tür gehen konnte, kam Barbara zur Tür herein. Gefolgt vom Struppi, der die ganze Zeit im Garten herum gestrolcht war.

„Bärbel, was führt Dich denn hierher" Franziskus war es fast ein wenig peinlich, dass seine Schwester in hier „erwischte". Dabei fiel ihm ein, dass er ja eigentlich heute Abend bei ihr zum Abendessen eingeladen war.

„Na was wohl? Die pure Langeweile natürlich. Es macht nämlich keinen Spaß am ersten Feiertag alleine zu Hause herumzusitzen. Außerdem glaube ich mich zu erinnern, dass Du mich heute Abend noch besuchen wolltest. Aber ich habe auch eine Neuigkeit für die Herren Kriminalisten.

Doch bevor ich die Katze aus dem Sack lasse, sei so gut Franzl und hole den großen Korb aus dem Auto.“ Sie gab ihrem Bruder den Autoschlüssel und dieser kam nach wenigen Augeblicken mit einem Korb voller Weinflaschen, einem Laib Brot, Butter, Gurken einem Schinken und Gläsern gefüllt mit Hausmacher Wurstsorten, zurück, den er mit verklärtem Gesicht auf den Tisch stellte. Der Struppi hatte ihn begleitet, in der Hoffnung, dass von diesen Köstlichkeiten vielleicht für ihn etwas abfallen könnte.

„Bärbel, Du bist ein Engel. Ich muss nämlich gestehen, dass sich mein Magen die ganze Zeit schon bemerkbar gemacht hat. Eduard, Du solltest irgendwann die Heiligsprechung meiner Schwester in die Wege leiten. Mahlzeit.“ Er begann den Korb auszupacken.

„Erst mal schön langsam. Bevor ihr euch auf diese Köstlichkeiten stürzt, möchte ich euch noch etwas zeigen.“ Barbara holte aus ihrer Jackentasche einen kleinen Schlüssel hervor.

„Kennen Sie den, Hochwürden?“

„Natürlich, das ist der Schlüssel zu dem Gartenhaus hier. Wo kommt der denn her?“

„Der lag in Ihrem Briefkasten. Sie wissen ja, dass ich die Unart habe bei jeder sich bietenden Gelegenheit in den Briefkasten zu sehen. So auch heute. Obwohl ja am Feiertag bestimmt nicht mit Post zu rechnen ist. Höchstens mit irgendwelchen Werbeprospekten. Na ja, und da ist er mir entgegen gefallen."

„Ist das der Schlüssel, den Du Deinem vermeintlichen Sohn zur Verfügung gestellt hast?" Franziskus fragte vorsichtshalber noch einmal nach.

,"Natürlich ist das der Schlüssel. Er hat mir ja auch gesagt, dass er ihn in den Briefkasten wirft."

„Damit steht für mich jedenfalls fest, dass dieser Tobias, oder wie er sonst noch heißen mag, für den Einbruch nicht in Frage kommt. Für so dummdreist halte ich ihn ja nicht, dass er in die Wohnung einbricht, und dann noch als Zeichen seiner Anwesenheit, den Schlüssel zurücklässt. Damit ja auch jeder weiß, dass er da gewesen ist."

Die beiden anderen gaben dem ehemaligen Kriminalrat recht.

„Aber sagen Sie mal, Herr Pfarrer, Sie sagten doch die Tür war nicht abgeschlossen, als Sie nach Hause kamen?"

„Ja, das war auch so."

„Und Sie sind sicher, dass Sie Ihre Wohnung abgeschlossen hatten, als Sie in die Kirche zur Weihnachtsmette gingen?" Heinz Wagner hatte diese Frage zwar schon einmal gestellt, aber er entwickelte offensichtlich eine neue Theorie.

„Ich bin mir auch jetzt noch absolut sicher, dass ich abgeschlossen habe. Ich schließe immer ab, wenn ich das Haus verlasse. Ich war zwar etwas durcheinander. Aber ich bin mir sicher, hundertprozentig sicher."

„Wer hat sonst noch einen Schlüssel?" Heinz Wagner ließ jetzt nicht locker.

„Na ja," Nüsslein druckste etwas herum. Eigentlich nur noch die Barb äh die Frau Götzelmann."

„Womit wir die Täterin überführt hätten." Franziskus konnte es selbst jetzt nicht lassen, seine Schwester aufzuziehen.

„Und da wollte ich ‚Dich heilig sprechen lassen."

Barbara ging jedoch nicht auf das Geplänkel ein.

„Den Matthias Römer dürfen Sie nicht vergessen, Hochwürden. Der Matthias hat auch einen Schlüssel."

„Der Matthias? Wie kommt der zu meinem Wohnungsschlüssel?"

„Aber Hochwürden, den haben Sie ihm doch selbst gegeben. Nachdem er im Pfarrheim wegen des Umbaus doch keine Gruppenstunden mehr abhalten konnte, haben Sie ihm doch großzügigerweise ihr Studierzimmer angeboten."

„Jetzt kann ich mich wieder erinnern, Das war irgendwann im Spätsommer. Aber für den Matthias lege ich meine Hand ins Feuer. Das ist der Einzige von der ganzen Römersippe dem ich vorbehaltlos vertraue."

„Da verbrennen Sie sich nur nicht die Finger, Herr Pfarrer. Aber das können wir genau so gut bei der Brotzeit besprechen. Ich habe langsam auch einen gewaltigen Hunger." Heinz Wagner nahm keine Blatt vor den Mund, wenn es um die elementarsten Dinge des Lebens ging.

„Das erste vernünftige Wort seit Stunden." Franziskus hatte sich schon ein großes Brotmesser gegriffen, um den Laib Brot nach allen Regeln der Kunst anzuschneiden.

„Beherrschung war nie Deine Stärke." Barbara sah ihren Bruder mit gespielter Entrüstung an.

„Du könntest wenigstens warten, bis Hochwürden ein Tischgebet gesprochen hat."

„Und Du solltest nicht eine so große Lippe riskieren. Noch bist Du nicht von dem Verdacht reingewaschen, die Einbrecherin zu sein. Hoffentlich hast Du ein gutes Alibi?"

„Für Deine Schwester lege ich sogar meine zwei Hände ins Feuer. Aber wir sollten jetzt wirklich essen."

Auch Pfarrer Nüsslein schien großen Hunger zu haben, denn das Tischgebet fiel erfreulich kurz aus. Danach senkte sich eine, wie der Franke sagt „gefräßige Stille" über die Runde. Und für eine Weile war nur der Struppi zu hören, der glücklich an einem großen Knochen, den ihm Barbara, die gute Seele mitgebracht hatte. Schließlich war Weihnachten.

Barbara ihrerseits war sicher, dass sie nach dem Essen ihren kriminalistischen Spürrsinn in die Waagschale werfen konnte. Dann würde Sie diesen angeblichen Fachleuten einmal zeigen, wozu eine logisch denkende Frau in der Lage war. Und wie man an die Auflösung solcher verzwickter Tatbestände heranging.

XII. Kapitel

Matthias Römer hatte große Sorgen. Und er wusste nicht, wem er sich anvertrauen konnte. Früher hätte er jederzeit mit seinem Vater darüber reden können. Aber seitdem der Bürgermeister war, hatte er kaum noch Zeit für seine Familie. Und zu seiner Mutter hatte er noch nie den richtigen Draht. Sie war ihm einfach zu bigott. Mit Pfarrer Nüsslein hätte er schon reden können. Aber dem konnte er aus bestimmten Gründen erst recht nicht ins Vertrauen ziehen.

Dabei war Matthias ein für sein Alter recht vernünftiger, junger Mann. Nicht, wie viele seiner Altersgenossen, die hauptsächlich ihr Vergnügen im Kopf hatten und von einem „Event" zum anderen unterwegs waren. Nein, Matthias hatte, was seine Zukunft anging, klare Vorstellungen. Erst einmal in diesem Jahr ein vernünftiges Abitur bauen. Und danach ein Studium beginnen. Geschichte und Germanistik fürs Lehramt hatte er sich vorgestellt. Das war für ihn alles kein großes Thema. Er hatte nie Probleme in der Schule gehabt. Wo andere sich abmühen mussten, fiel ihm vieles einfach zu. Dabei war er alles andere als ein Streber im eigentlichen Sinne.

Auch in seiner Eigenschaft als Pfarrjugendführer war er sehr beliebt. Die „Katholische Jugend" war unter seiner Leitung in Kirchfeld richtig aufgeblüht. Die Buben und Mädchen, die in den einzelnen Gruppen organisiert waren, vergötterten ihn.

Seine momentanen Probleme hatten angefangen, als er Silvia von Hohenwardt kennen gelernt hatte. Das war im Spätsommer gewesen. Und er hatte sich Hals über Kopf in sie verliebt. Silvia war von einem anderen Gymnasium gekommen. Sie war eine Klasse unter ihm. Die aparte, hochgewachsene Blondine war ihm sofort aufgefallen. Silvia war das genaue Gegenteil von ihm. Charmant und sehr von sich eingenommen. Sie sah blendend aus und fiel mit ihrer blonden Löwenmähne sofort jeden auf. Es war Matthias heute noch ein Rätsel, wieso sie sich ausgerechnet zu ihm hingezogen fühlte. Jedenfalls hatte es zwischen den beiden gewaltig gefunkt.

Und ab diesem Zeitpunkt war nur noch Silvia in seinem Kopf vorhanden.

Silvia von Hohenwardt war von Haus aus ein verwöhntes Geschöpf. Einzige Tochter vermögender Eltern wurde ihr jeder Wunsch von den Augen abgelesen. Allerdings hatte sie nie ein richtiges Familienleben kennen gelernt. Herumgeschickt von einem Internat zum anderen, sehnte sie sich insgeheim nach einem Stück Geborgenheit und Zuneigung. So kam es, dass ausgerechnet Matthias mit seiner Geradlinigkeit und seiner Bodenständigkeit sie sehr beeindruckte. Doch sie wollte ihm auch nicht zu sehr spüren lassen, wie sehr sie ihn liebte. So lebte sie ihm gegenüber ab und zu eine Launenhaftigkeit aus, die sie eigentlich nicht so ernst meinte. Diese Beziehung sollte nach ihren Spielregeln ablaufen. Hätte Matthias gewusst, dass er ab und zu nur einmal mit der Faust auf den Tisch hätte schlagen müssen. Es wäre ihm einiges erspart geblieben. Doch es war die erste Liebe seines Lebens. Und so neigte er immer mehr dazu, ihr jeden Wunsch von den Augen abzulesen und ja nur alles zu tun, was sie von ihm wollte.

Als sie ihn vor drei Wochen, mit dem Vorschlag überraschte, einen Kurztrip nach Paris in den Osterferien zu unternehmen, war er zunächst einmal Feuer und Flamme für dieses Vorhaben. Doch die Sache hatte einen Haken. Schließlich kostet so eine Reise Geld. Geld das Matthias nicht hatte. Er erhielt zwar von seinem Vater eine monatliche Zuwendung, Aber die war so knapp bemessen, dass er damit keine großen Sprünge machen konnte. Er konnte sich einen solchen Trip eigentlich nicht leisten. Silvia hatte ihn daraufhin nur lakonisch erklärt, dass sie dann eben ohne ihn, mit einer Freundin fahren müsse. Oder, wie sie ihn mit einem Lächeln auf den Lippen erklärte, es gäbe genug andere junge Männer, die sich solch eine Chance bestimmt nicht entgehen lassen würden.

Mattias war verzweifelt. Einerseits wollte er sich nicht erpressen lassen. Aber wenn er sich auf der anderen Seite vorstellte, Silvia mit einem Anderen in Paris. Da raste sein Herz jetzt schon vor Eifersucht. Und seine Eltern wollte er wegen des Geldes nicht fragen.

Er überlegte hin und her, was er tun sollte. Da bot sich ihm plötzlich die Chance, das Geld für die Fahrt aufzutreiben. Nur leihweise wollte er es sich aneignen. Er würde es bestimmt zurückzahlen. Er wusste zwar nicht wie. Aber das war ihm erst einmal nicht so wichtig. Er hatte zugegriffen. Und dann hatte er Silvia gesagt, dass er mitkommen würde.

Ja, und jetzt hatte er ein noch größeres Problem und wusste nicht, wie er es lösen konnte.

Ob er nicht doch Pfarrer Nüsslein ins Vertrauen ziehen sollte? Doch Matthias verwarf den Gedanken wieder. Er wollte Silvia nicht verlieren. Erst einmal eine Nacht darüber schlafen.

Es war kurz nach zwanzig Uhr, als sich die Runde im Gartenhaus auflöste. Die Brotzeit und der Wein hatten vorzüglich gemundet. Man hatte noch verschiedene Theorien bezüglich des Einbruchs und auch des Fahnendiebstahls durchdiskutiert, war aber zu keinen wesentlich neuen Erkenntnissen gekommen. Selbst Meisterdetektivin Barbara Götzelmann war an die Grenzen ihres Scharfsinns gelangt. So war man übereingekommen, dass Barbara ihre wachsamen Augen auf Matthias Römer richten sollte. Heinz Wagner wollte seine Ermittlungen in Richtung Tobias

Nüsslein intensivieren und bei Franziskus sollte alle Fäden zusammenlaufen. Pfarrer Nüsslein sollte sich aus allem heraus halten .Der sollte sich erst einmal wieder beruhigen. Es wurde ihm dringend ans Herz gelegt, seine am Boden schleifenden Nerven mit viel „Kirchfelder Johannisberg“ einem Silvaner Kabinett aus dem Weingut Härtlein wieder in den Zustand zu bringen, in dem sie sich vorher befanden. Die Runde war sich sicher, dass dieses Opfer dem Geistlichen nicht sehr schwer fallen würde.

Daraufhin hatte Barbara die ganze Gesellschaft samt Hund in ihren alten Golf verfrachtet und nach Hause gefahren. Es war mittlerweile bitter kalt geworden. Und selbst ihr Bruder, der ursprünglich vorgehabt hatte, zu laufen, war froh darüber und war mit dem .Spruch „besser schlecht gefahren als gut gelaufen“ in das schon etwas betagte Auto eingestiegen. Er würde später noch eine kleine Runde mit dem Struppi gehen.

Es war eine sternenklare Nacht. Der erste Weihnachtsfeiertag neigte sich dem Ende zu. Ein friedliche Stimmung lag über Kirchfeld und Umgebung. Und doch gab es Menschen, die sich nicht so recht einer weihnachtlichen Stimmung hingeben konnten.

Tobias Nüsslein hatte sich in Würzburg in einer Pension für drei Tage ein Zimmer gemietet, was gar nicht so einfach gewesen war, jetzt an Weihnachten. Aber in ein Hotel wollte er nicht.

Er wollte sein Geld zusammen halten. Und diese drei Tage würde er auch in diesem doch recht einfach möblierten Zimmer herum bekommen. Fast fluchtartig hatte er Kirchfeld verlassen. Vorher hatte er noch den Schlüssel für das Gartenhaus in den Briefkasten seines Vaters geworfen.

Seine Wut war allmählich verraucht und hatte einer gewissen Melancholie Platz gemacht. Eigentlich war er ein Mensch, der keiner Fliege was zu leide tun konnte. Doch das Leben hatte es nicht immer gut gemeint mit ihm. Er wollte wirklich neu anfangen. Aber nicht in Deutschland. Und die zehntausend Euro, die er von seinem Vater bekommen hatte, waren schon ein gutes Startkapital. Ein paar Euro würde er vielleicht auch noch für den Verkauf seines alten Autos bekommen. Wenngleich er auch nicht viel Zeit hatte, sich damit zu befassen. Nach den Feiertagen wollte er nach Frankfurt, um so schnell wie möglich einen Flieger nach Kanada zu bekommen. Denn da wollte er hin. Und zwar nach Toronto. Er rechnete sich dort am ehesten Chancen aus, erst einmal einen Job zu bekommen und vielleicht auch eine Aufenthaltsgenehmigung. Den Versuch war es jedenfalls wert.

Er drehte das Radio an „Radio Charivari" brachte Regionalnachrichten. Als der Sprecher vermeldete, dass in Kirchfeld sogar am Heilig Abend ein Einbruch ins Pfarrhaus verübt worden war, wurde ihm schlagartig klar, dass er so schnell wie möglich verschwinden musste. Denn der erste Verdacht würde zwangsläufig auf ihn fallen. Er griff zum Telefonbuch und suchte die Nummer der Airports von Frankfurt und Nürnberg, um sich über die nächsten Flüge nach Kanada zu informieren.

Die Weihnachtsfeiertage waren vorbei. Jetzt galt es nur noch Silvester gut zu überstehen. Dann kannte man wieder etwas Luft holen, nach all dem guten und reichhaltigen Essen. Martin Härtlein war zufrieden mit dem Lauf der Dinge. Jasmine war mit ihrem Freund zu dessen Familie ins Allgäu gefahren um dort Silvester und Neujahr zu verbringen. Gäste hatten sich keine angekündigt und sie selbst waren auch nicht eingeladen. Irgendwie hatte es sich nicht ergeben. Martin war es recht so. Endlich mal keine gesellschaftlichen Verpflichtungen. Später würde man mit den Nachbarn ein Glas Sekt trinken oder auch zwei.

Doch ein Problem brannte ihn noch unter den Nägeln. Er hatte sich immer noch nicht so recht entschieden, ob er bei der nächsten Kommunalwahl gegen den Horst Römer als Gegenkandidat für den Bürgermeisterposten antreten sollte. Seine „Freien Wähler" bedrängten ihn immer mehr, sich endlich zu entscheiden. Er musste mit jemandem darüber reden. Am besten mit seiner Frau. Die hatte einen gesunden Menschenverstand und würde ihm am ehesten einen vernünftigen Rat geben.

Die Eheleute saßen im Esszimmer. Betti räumte das Geschirr weg und kam mit einer Flasche Kräuergeist und zwei Gläsern zurück.

„Trinkst Du einen mit, zur Verdauung? Froh bin ich ja, dass diese Völlerei langsam zu Ende geht."

„Schenk mit halt einen ein. Schaden kann es nicht. Ob es allerdings etwas nützt, ist eine ganz andere Frage. Aber das Gewissen beruhigt es allemal."

„Nanu, hast Du was? Du klingst so negativ."

„Ich brauche Deinen Rat, Betti. Ich weiß immer noch nicht so recht, ob ich mich als Bürgermeisterkandidat zur Verfügung stellen soll."

„Ich dachte, Du wärst Dir längst im Klaren. Also lange kannst Du Dir das nicht mehr überlegen. Schließlich wollen Deine Parteifreunde ja auch wissen, wie sie dran sind." Betti war verwundert. Diese Selbstzweifel passten doch überhaupt nicht zu ihrem Mann.

„Es ist halt wegen des Betriebs. Ich hatte halt immer gehofft, dass unsere Tochter mal einen Mann bringt, der etwas vom Weinbau versteht. Doch so wie es aussieht, wird die Verantwortung für das Weingut ja doch noch lange an uns hängen bleiben. Und dann noch die Belastung als Bürgermeister."

Betti lächelte.

„Vorausgesetzt, Du wirst gewählt. Du scheinst Dir ja ziemlich sicher zu sein. Wenn Du Dir so sicher bist, dann solltest Du kandidieren. Aber ich mach Dir einen Vorschlag. Setz Dir noch eine Frist. Aber nicht zu lange. Sag das auch Deinen Parteifreunden. Dann entscheide Dich endgültig. Und egal, wie Du Dich entscheidest, bleib dabei. Ich stehe jedenfalls hinter Dir."

„Du hast recht, so werde ich es machen. Übrigens, verstehe mich nicht falsch. Das alles hat nichts mit Felix zu tun. Ich finde, einen besseren Schwiegersohn hätten wir nicht bekommen können. Ich mag ihn wirklich sehr gerne."

„Noch sind die beiden ja nicht verheiratet. Aber ich mag ihn auch sehr gerne. Das wird schon alles werden. Also zerbrich Dir nicht zu sehr den Kopf.."

„Weißt Du was?" Martin hatte plötzlich eine Idee. „Wie wäre es, wenn wir beide mal eine Woche wegfahren würden. Einfach irgendwohin. In ein schickes Hotel wo wir uns mal verwöhnen lassen."

„Da hätte ich absolut nichts dagegen. Und was stellst Du Dir vor, wo das sein könnte."

„Alles, außer Mallorca. Ich überlasse Dir die Auswahl."

Betti hätte am liebsten aus vollem Halse losgelacht. Das war mal wieder typisch für ihren Mann

Er hatte zwar gute Ideen, aber die Ausführung überlies er gerne anderen. Und nachdem er nicht gerne flog, war die Auswahl schon von vorneherein etwas eingeschränkt. Am besten wäre es wohl, wenn sie gleich eine Ferienwohnung irgendwo in Südtirol oder im Bayerischen Wald buchen würde. Aber allemal besser, als gar nicht wegfahren.

„Sag mal, geht das denn überhaupt, dass Du Dich eine Woche frei machst. Ihr probt doch für die Chormusiktage."

„Eine Woche geht schon. Schließlich haben wir ja übernächste Woche das Chorprobenwochenende in Hammelburg an der Musikakademie. Das bringt erfahrungsgemäß mehr als vier normale Chorproben. Da kann ich schon einmal einen Freitag fehlen. Außerdem, ab dem Frühjahr, wenn es in den Weinbergen wieder richtig losgeht, bleibt sowieso keine Zeit zum Wegfahren."

„Also gut, ich bin dabei. Ich werde mich im Internet einmal nach etwas Passendem umsehen. Das wäre ja dann die Woche nach Fasching."

Betti nutzte gerne ihren PC, während Martin nur notgedrungen sich damit beschäftigte.

„Lieb von Dir" Für Martin war das Thema jetzt erledigt. Er würde sich erst wieder dazu äußern, wenn seine Frau mit den ersten Vorschlägen auf ihn zukam.

Er vertiefte sich in einen Bildband über historische Geräte, die im Weinbau Verwendung gefunden hatten. Er sah kurz noch einmal auf.

„Ich mag den Felix wirklich sehr gerne. Vielleicht könnte ich ihn ja für den Weinbau begeistern und er überlegt es sich und steigt nach dem Studium in den Betrieb ein. Ich werde ihr demnächst einmal fragen, was er davon hält."

„Tu das." Mehr sagte Betti dazu nicht. Sie hatte ihre eigene Philosophie. Die lautete: „Kommt Zeit, kommt Rat." Wenn der Rat allerdings nicht von alleine kommt, dann such ihn. Mit dieser Devise war sie bis jetzt in ihrem Leben immer gut gefahren.

XIII. Kapitel

Der Alltag hatte auch für Felix und Jasmine wieder begonnen. Sie hatten drei Tage in Flintsbach, in der Nähe von Garmisch-Partenkirchen im Elternhaus von Felix verbracht. Mit der Familie Silvester gefeiert. Jasmine war herzlich willkommen geheißen worden. Es war alles sehr familiär gewesen. In keiner Weise irgendwie gekünstelt oder aufgesetzt. Man hatte sie so behandelt, als gehöre sie schon jahrelang zur Familie. Besonders von Felix Vater war Jasmine geradezu entzückt. Ein gestandener Oberbayer. Er war ihr auf Anhieb sehr symphatisch. Ein richtiger Patriarch. Aber im positiven Sinne. Dabei dem Modernen nicht abgeneigt. Und vor allen Dingen sehr gebildet. Doch auch die restliche Familie kam ihr mit großer Offenheit entgegen. Lediglich die Mutter von Felix strahlte eine gewisse Kühle aus. Aber die meisten Mütter sind nun einmal sehr kritisch, wenn Söhne ihre Herzallerliebste das erste Mal mit nach Hause bringen. Das durfte man nicht überbewerten. Jasmine war sich sicher, dass sich das noch legen würde. Es waren jedenfalls drei wunderbare Tage. Dazu kam die tief verschneite Märchenlandschaft. Jasmine konnte sich auf Anhieb vorstellen, hier zu leben. Sie mochte Würzburg. Aber an heißen Sommertagen, wenn die Luft so richtig zwischen den Häusern stand und man kaum durchatmen konnte, war sie immer heilfroh, aus der Stadt herauszukommen, Hier in

Flintsbach schien die Luft um ein vielfaches besser zu sein, als in Würzburg. Jedenfalls empfand sie es so.

Jetzt, wieder im vertrauten Würzburg angelangt, gehörten diese drei Tage fast schon wieder der Vergangenheit an. Jasmine ließ den Blick durch das große Fenster schweifen. Felix hatte großes Glück gehabt, als er sein Studium begann, diese wunderschöne Altbauwohnung im Stadtviertel Sanderau zu finden. Sie lag zwar im vierten Stock. Doch als junger Mensch hat man keine Probleme mit dem Treppensteigen. Und was am wichtigsten war, die Wohnung war bezahlbar. Felix hatte sie geschmackvoll eingerichtet. Und der Blick auf die Festung Marienberg und das Käppele war sowieso grandios.

Sie wandte den Blick ab, um Felix zuzusehen, wie er Kaffeewasser aufsetzte. Sie waren die Strecke von Flintsbach nach Würzburg ohne nennenswerte Pause durchgefahren und ein Kaffee würde nach der langen Fahrt gut tun. Die Nacht wollten sie hier und das Wochenende in Kirchfeld verbringen.

„Schön hast Du es hier. Ich bin immer wieder begeistert von diesem Blick."

Felix lächelte.

„Ach weißt Du, wenn man das jeden Tag hat, dann nimmt man das gar nicht mehr so richtig wahr. Darüber hinaus, bin ich froh, wenn ich aus

Würzburg rauskomme. Zumindest an den Wochenenden. Ich bin nur mal nicht fürs Stadtleben geboren.

Das war Jasmine auch nicht.

„Vielleicht hat es mir deshalb so gut bei euch in Flintsbach gefallen. Aber vor allen Dingen fand ich es ganz toll, wie mich Deine Familie aufgenommen hat. Und Deinen Vater finde ich total symphatisch."

Felix schenkte Kaffee ein und legte Jasmine ein riesiges Stück Kuchen auf den Teller. Einen selbst gebackenen von seiner Mutter.

„Sag mal, willst Du mich mästen?"

„Natürlich Du musst schließlich jetzt für zwei essen. Liebevoll schaute Felix seine Jasmine an. Zu sehen war freilich noch nicht viel. Nur ihr Gesicht schien voller zu sein.

„Ach Felix, so ganz habe ich mich mit der Rolle der werdenden Mutter noch nicht abgefunden. Manchmal, wenn ich darüber nachdenke, dann denke ich, ich hab das alles nur geträumt."

Felix gab Jasmine einen Kuss.

„Kann ich versteh`n. Geht mir genau so. Nur, mit dem Unterschied, dass ich das Kind nicht neun Monate mit mir herum tragen muss. Aber das kriegen wir schon. Mach Dir keine Sorgen. Aber mal was anderes. Du findest meinen Vater also ganz toll?"

„Ja, klar, habe ich Dir doch vorhin schon gesagt. Wieso fragst Du so komisch?"

„Weil ich mit meinem alten Herrn fast einen handfesten Streit gehabt hätte." Felix war es gewohnt, Dinge, die ihn auf der Seele lagen, schnell und direkt anzusprechen.

„Weißt Du, mein Vater versteht es vorzüglich, seine wahren Absichten durch seine charmante und unverbindliche Art zu verbergen. Dabei kann er knallhart sein. Ein Geschäftsmann durch und durch eben. Er hat mir jedenfalls unmissverständlich klar gemacht, dass er mein Studium nicht deshalb finanziert, damit ich womöglich irgendwo in Unterfranken hängen bleibe. Das heißt im Klartext, er erwartet von mir, dass ich die Brauerei nach erfolgreich abgelegten Studium übernehme. Da heißt auch, dass Du ihm als Schwiegertochter genehm und willkommen bist. Aber gefälligst als meine baldige Ehefrau. Ein Glück, dass Du wenigstens katholisch bist. Und wohnen werden wir dann selbstverständlich in Flintsbach."

Jasmine konnte im ersten Moment seine Erregung nicht verstehen. Ihr Vater, konnte sie sich vorstellen hätte vielleicht ähnlich reagiert.

„Wo ist das Problem? Ich kann mir durchaus vorstellen als Frau Unterwalcher in Flintsbach zu wohnen. Du etwa nicht?"

„Darum geht es doch überhaupt nicht. Natürlich kann ich das. Ich stelle mir das sogar wunderschön vor. Aber ich lasse mich nicht gerne unter Druck setzen. Schon gar nicht von meinem Vater."

„Hat er denn gar schon mit Enterbung gedroht?" Jasmine versuchte eine heitere Note in das Gespräch zu bringen.

„Damit habe ich kein Problem. So lange er mir meinen monatlichen Scheck schickt, damit ich mein Studium beenden kann. Danach denke ich, dass ich durchaus in der Lage bin, mir einen entsprechenden Job zu suchen, mit dem ich in der Lage bin, meine Familie zu ernähren. Ich kann es nun mal nicht ausstehen, wenn sich jemand einbildet, über mein Leben zu bestimmen egal wer es auch ist. Schließlich bin ich ein erwachsener Mensch. Außerdem, was soll das Ganze. Ich bin doch sowieso erst in gut zwei Jahren mit meinem Studium fertig."

„Ach, Felix lass es gut sein. Vielleicht klärt sich ja alles als ein Missverständnis auf." Jasmine umarmte ihn und drückte in richtig fest.

„Heute Abend machen wir es uns einmal richtig gemütlich hier und am Wochenende lassen wir uns von meiner Mutter richtig verwöhnen."

„Und ich werde mein Debüt im Gesangverein „Harmonia" geben. Im ersten Tenor. An der Seite Deines Vaters. Das ist fast noch schlimmer, als die Unterredung mit meinem alten Herrn. Aber ich werde heldenhaft auch diese Herausforderung überstehen. Wir Unterwalchers sind hart im Nehmen."

Jasmine lachte. So mochte sie ihren Felix am liebsten.

Die erste Chorprobe nach den Weihnachtsferien war sehr gut besucht. Nahezu alle Mitglieder des Männerchores waren anwesend. Es war deutlich zu spüren, dass es den meisten wieder Spaß machte, zu singen. Felix wurde mit großem Hallo begrüßt. Er nahm neben seinem künftigen Schwiegervater im ersten Tenor Platz. Peter Hartmann hielt sich nicht lange mit Begrüßungsworten auf, sondern stimmte den Chor gleich auf die kommenden Aufgaben ein. Es gab genug zu tun. Die Chormusiktage Anfang April in Würzburg standen als nächstes auf dem Plan. Auf dieses Ereignis galt es hin zu arbeiten. Die Auswahl der Lieder stand schon lange fest. Am übernächsten Wochenende würde man dann an der Bayerischen Musikakademie in Hammelburg, beim Probenwochenende die Chorsätze noch vertiefen und intensiv daran arbeiten.

Nach einer Viertelstunde, die mit Einsingen sowie Stimm- und Atemübungen ausgefüllt war, ging es richtig los. Felix war überrascht über die Disziplin, mit der hier gearbeitet wurde. Das war kein überalterter Landchor, der hier die Zeit totschlug, sondern hier wurde hochwertiges Liedgut geprobt. Er konnte sich nicht erinnern, dass er in seiner Heimat schon einmal einen Laienchor gehört hatte, der auf einem dergleichen hohen Niveau sang. Und es wurde gerne und viel gesungen in Flintsbach und Umgebung. Felix musste sich sehr konzentrieren. Er war zwar ein hochmusikalischer Mensch. Aber es war schon etwas anderes, alleine zur Gitarre zu singen, oder mit neunundzwanzig anderen zusammen. Nun, niemand erwartete von ihm Wunder, nach der ersten Chorprobe. Er bemühte sich erst einmal ein Verhältnis zu den Liedern herzustellen. Und so nach und nach, bereitete es ihm Freude, mitzusingen. Die Zeit verging wie im Fluge. Und kurz nach einundzwanzig Uhr war dann Schluss.

Jetzt kam die große Viertelstunde seines Schwiegervaters. Dieser pflegte nämlich nach der Singstunde mit vielen passenden und unpassenden Worten, Organisatorisches bekannt zu geben. Heute ging es hauptsächlich um die Zimmerbelegung in Hammelburg. Wer mit wem das Zimmer teilte. Abfahrtstermin usw. Außerdem hatten zwei Chormitglieder Geburtstag gehabt und wurden mit einem Bocksbeutel aus dem Weingut Härtlein beschenkt. Dann wurde noch der Geburtstagskanon gesungen.

Nun hielt die Sänger aber nichts mehr im Proberaum zurück. Der harte Kern strebt mit Macht dem „Anker" zu. Nur wenige gingen gleich nach Hause.

Felix wäre zwar auch lieber nach Hause zu seiner Jasmine gegangen. Aber sein Schwiegervater hatte ihn schon vor der Singstunde angedeutet, dass es sozusagen eine heilige Pflicht eines neuen Sängers sei, seinen Einstand zu bezahlen. Gleichzeitig hatte er ihn auch zugeflüstert, dass er sich wegen der Kosten keine Sorgen machen solle. Er wisse schließlich, dass Studenten nicht unbedingt zu den Wohlhabenden im Lande gehörten. Solchermaßen beruhigt, hatte Felix sein Einverständnis gegeben. Es war ihm ganz recht so, denn gar so üppig fiel der monatliche Scheck seines Vaters auch wieder nicht aus.

Die Stimmung war dann auch wirklich gut im „Anker". Felix hatte zusammen mit Martin an einem Tisch Platz genommen, an dem noch Franziskus Götzelmann, Peter Schuster, Karl Bauer, Simon Bauerreis, sowie Pfarrer Nüsslein saßen. Es war sozusagen der Honoratiorentisch. Plätscherte die Unterhaltung anfangs noch so vor sich hin, so wurde es nach einiger Zeit sehr lebhaft. Dafür sorgte wieder einmal der zweite Vorstand, Peter Schuster. Das „Sticheln" wie in Franken das Lästern heißt, war ihm offensichtlich in die Wiege gelegt worden.

„Na junger Mann, wie hat Dir denn die erste Chorprobe gefallen. Ich hoffe, wir sehen Dich weiterhin in unseren Reihen. Aber das wird schon klappen. Da machst Du Dich gleich bei deinem zukünftigen Schwiegervater beliebt. Und der Altersdurchschnitt sinkt auch ganz gewaltig."

„Also, der Felix ist alt genug, um selbst zu entscheiden, ob er weiterhin bei uns mitsingen will oder nicht."

Martin spürte Verärgerung in sich aufsteigen. Dem musste sofort ein Riegel vorgeschoben werden. Konnte der Peter denn nie sein Lästermaul halten.

Felix ging jedoch nicht auf die Bemerkung Peter Schusters ein. Jedenfalls nicht so, wie dieser es gerne gehabt hätte.

„Also, mir hat das heute Abend sehr gut gefallen. Ich bin überrascht auf welchen hohen Niveau der Chor singt."

„Das musst Du unserem Chorleiter sagen. Dem geht das runter wie Öl." Simon Bauerreis, der wie immer versuchte, ernsthafte Diskussionen erst gar nicht aufkommen zu lassen, hatte gleich Gefallen an dem Neuzugang gefunden. Von der Sorte konnten sie ruhig noch ein paar mehr im Chor brauchen.

„Und das Gesellschaftliche ist, wie Du siehst auch nicht zu verachten, mein Sohn." Pfarrer Nüsslein trug auch seinen Teil zur Unterhaltung bei. Er hob sozusagen durch seine Anwesenheit das sonst übliche Niveau um etliches. Witze bestimmter Art, würden heute Abend erst einmal gar nicht erzählt werden. Zumindest am Anfang nicht.

„Ja, bei uns ist immer etwas los.“ Endlich hatte Peter Schuster wieder eine Möglichkeit gefunden, sich ins Gespräch einzuklinken und in eine Richtung zu steuern, die ihm am Herzen lag.

„Sogar Fahnen werden bei uns geklaut. Hat sich denn irgendetwas neues ergeben in der Angelegenheit?“ Peter Schuster sah seinen ersten Vorstand gespannt an. Dabei wusste er ganz genau, dass es nichts Neues gab. Er wollte nur wieder einmal stänkern.

„Über dieses Thema müssen wir heute Abend nicht reden.“ Martin Härtlein wischte das Thema mit der ihm eigenen Autorität vom Tisch.

„Heute wird erst einmal der Einstand von Felix gefeiert.“

Er winkte Margot, die Vereinswirtin, zu sich.

„Der junge Mann möchte seinen Einstand geben. Vielleicht klärst Du ihn auf, was so üblich ist.“

Diese Pflicht nahm Margot Schmittke gerne auf sich. Und nach wenigen Augenblicken standen auf jedem Tisch drei Flaschen Wein. Wer die Sänger

kannte, wusste genau, dass noch weitere folgen würden.

XIIII. Kapitel

Es war spät geworden. Sehr spät. Martin und Felix waren bei den letzten gewesen, die den Anker verließen. Felix war es zwar gewohnt, spät ins Bett zu gehen. Studenten gehören ja bekanntlich nicht zu den Menschen, die um einundzwanzig Uhr ins Bett gehen, um dann früh mit den Hühnern wieder aufzustehen. Aber er war es nicht gewohnt, so viel Wein zu trinken. Jetzt war er schon leicht angeschlagen. Und wollte nur noch ins Bett. Doch sein Schwiegervater in spe hatte offensichtlich noch nicht die nötige Bettschwere.

„Noch einen kleinen Absacker?" Martin wartete die Antwort gar nicht ab sondern entkorkte bereits einen Kirchfelder Sonnenhügel, einer Silvaner Spätlese. Einen Wein, den er nur zu ganz besonderen Anlässen kredenzte. Felix wollte schon ablehnen. Besann sich aber doch und nahm das Glas, das ihm Martin reichte. Er bemühte sich seine Begeisterung über diesen edlen Tropfen gebührend zu demonstrieren.

„Ein ganz hervorragender Wein." Felix nippte an seinem Glas.

„Allerdings. Aber Du musst mir gegenüber jetzt nicht so tun, als würdest Du davon etwas verstehn."

Martin ließ sich nichts vormachen. Dafür war er ein viel zu großer Kenner, der wirklich etwas von seinem Metier verstand. Und Felix konnte vielleicht sagen, dass der Wein ihm schmeckte. Mehr aber nicht. Aber was nicht ist, konnte ja vielleicht noch werden. Jedenfalls schien die Gelegenheit günstig, ein Gespräch unter Männern zu führen, über ein Thema, dass Martin schon lange unter den Nägeln brannte.

„Aber ich freue mich, wenn er Dir schmeckt. Ich möchte Dich etwas fragen, Felix. Du weißt, dass ich mich freue, dass Du und Jasmine zueinander gefunden habt. Ich weiß auch, dass Du von Wein und Weinbau nicht gerade viel verstehst. Aber das könnte sich ja ändern. Vielleicht hättest Du ja Lust, Dich näher mit der Materie zu beschäftigen. Ich könnte einen Juniorpartner gut gebrauchen. Und wenn Du fertiger Betriebswirt bist, könntest Du ja zusammen mit mir, dafür sorgen, dass das hier alles ein bisschen moderner aufgezogen wird. Ja; und noch etwas. Ich wollte Dir anbieten, dass Du hier bei uns wohnst Du wirst ja ohnehin die meiste Zeit demnächst hier in Kirchberg verbringen. Warum also Geld für eine Wohnung in Würzburg ausgeben."

Felix war erst einmal sprachlos. Er wusste nicht, was er von diesem Angebot halten sollte. Er wollte schon ablehnen. Irgendwie erinnerte ihn Martin an seinen eignen Vater. Immer nur den eigenen Vorteil im Kopf. Doch etwas hielt ihn zurück, mit einem „Nein" zu antworten.

„Ich werde darüber nachdenken. Momentan bin ich viel zu müde, um darauf zu antworten. Außerdem hat mein Studium im Moment absolute Priorität."

„Du musst Dich ja auch nicht heute entscheiden. Und wenn Du nein sagst, ist das auch in Ordnung. Das ändert nichts an meiner Einstellung Dir gegenüber. Ich würde mich nur riesig darüber freuen, wenn Du von meinem Angebot Gebrauch machen würdest. Schnuppere einfach mal in die Materie rein. Vielleicht macht es Dir ja sogar Spaß."

„Werde ich" Martin war jetzt wirklich viel zu müde und wohl auch etwas angetrunken, um noch klarte Gedanken fassen zu können.

„Sag mal, enden alle Chorproben so, wie heute Abend?"

„Natürlich nicht. Aber einige schon. Das ergibt sich halt ab und zu so. Aber jetzt lass uns schlafen gehen. Nicht dass unsere Frauen uns noch vermissen.

Bei Jasmine war das bestimmt nicht der Fall. Denn als Felix auf leisen Sohlen die Einliegewohnung betrat, hörte er seine Allerliebste schon an der Türe. Sie war gerade dabei, die letzten Bäume der Wüste Sahara abzusägen und leistete dabei ganze Arbeit. Felix war es recht. So musste er nicht von seiner ersten Chorprobe berichten. Dazu hatte er nämlich absolut keine Lust. Er wollte nur noch schlafen.

XIV.Kapitel

Die Probierstube des Weingutes Härtlein sah einem großen Ereignis entgegen. Sollte doch heute die erste Probe des neu gegründeten Frauenchores stattfinden. Martin hatte, selbstlos wie er nun einmal war, die Räumlichkeit zur Verfügung gestellt. Allerdings hatte er auch gleich darauf hingewiesen, dass es keine Bewirtung nach der Singstunde geben würde. Denn für solche Zwecke sei schließlich das Vereinslokal der „Anker“ zuständig. Das ganze sollte sowieso erst einmal eine Schnupperprobe sein. Danach würde man sich um die Einzelheiten kümmern. So schadete es auch nicht, dass kein Klavier zur Verfügung stand. Frank Berwanger, der vorgesehene Chorleiter, hatte sein Keyboard mitgebracht. Das reichte erst einmal aus. Zwanzig Frauen unterschiedlichen Alters, stellten sich dann auch mehr oder weniger pünktlich ein. Martin Härtlein, begrüßte als Vereinsvorstand die Damen mit launigen Worten und gab seiner Freude Ausdruck, dass sich nun in Kirchfeld auch ein Frauenchor etablieren wollte. Er tat das in erstaunlich kurzer Zeit und ließ die Frauen dann mit ihrem Dompteur alleine. Frank Berwanger begann sein Programm mit Atem- und Stimmübungen. Dann nach einer Viertelstunde, holte er Noten aus seiner Tasche. Bald darauf erklang ein schlichtes Volkslied. Und es hörte sich nicht schlecht an, was die Damen zum Besten gaben. Er ließ darauf einen Gospelsong anstimmen.

Und da gingen die Frauen richtig aus sich heraus. Frank merkte gleich, hier konnte sich eine Truppe finden, die mit Freude und Begeisterung bei der Sache war. Nach zwei Stunden, die wie im Flug vergangen waren, ging man mit einem guten Gefühl auseinander.

Christel Gösswein machte den Vorschlag, dass man noch auf einen Schoppen zum „Anker" gehen könnte. Und nicht wenige der Damen folgten diesem Aufruf. Fast die Hälfte fand sich an dem runden Tisch wieder, an dem sich schon am Freitag ihre Männer die Köpfe heiß redeten. Freilich, die Gesprächsthemen unterschieden sich mit der Zeit doch wesentlich von denen der Herrn. Es wurde nicht so sehr über die Rettung der Welt oder über Ratschläge, die man der Bundesregierung in Berlin geben konnte, um anständig zu regieren, debattiert. Nein, die Gespräche drehten sich mit der Zeit doch mehr um so banale Dinge, wie Kindererziehung, Familie oder Geschehnisse im Ort. Und natürlich bekamen die Männer auch wieder ihr Fett weg.

Barbara Götzelmann, die ihr Vorhaben wahr gemacht hatte und ebenfalls diese erste Chorprobe besucht hatte, spitzte die Ohren. Doch heute Abend kam nichts zur Sprache, was sie nicht schon wusste. Nur einmal horchte sie auf, als erzählt wurde, dass der Sohn vom Bürgermeister eine Freundin habe und diese Freundin sogar eine Adelige sein sollte. Und dann wusste noch jemand zu berichten, weiß der Teufel, woher die Information kam, dass der kleine Römer mit seiner Freundin in den Osterferien sogar nach Paris reisen wollte.

Barbara merkte rasch, dass sich auch hier bestimmte Gruppen und Grüppchen bildeten. Sie würde sich es gut überlegen, ob sie weiterhin im Kirchenchor singen oder beim Frauenchor einsteigen wollte. Beides nebeneinander würde ihr bestimmt zu viel werden. Und dann war sie auch noch im Pfarrgemeinderat tätig. Freilich der Informationsfluss wäre natürlich größer.

Sie beschloss, gründlich darüber nachzudenken. Sie würde sich jedenfalls schnell entscheiden.

Am darauf folgenden Freitag standen dreißig Männer an der Bushaltestelle. Sie warteten auf den Bus, der sich nach Hammelburg bringen sollte. Koffer und Taschen standen auf dem Gehsteig und die Herren waren bestens aufgelegt. Die Fahrt dauerte höchstens ein dreiviertel Stunde. Die Zimmerbelegung war auch schon vorher geklärt. Endlich fuhr der Bus vor. Das Gepäck wurde verstaut und dann ging es auch schon los.

Zwei Neue waren diesmal auch dabei. Felix Unterwalcher und Pfarrer Nüsslein. Hochwürden hatte es bisher noch nie geschafft, mit auf ein Probenwochenende mitzufahren. Seine geistlichen Pflichten hatten es bisher nie zugelassen. Diesmal ging es aber auch nur deshalb, weil zur Zeit ein Kaplan aus Polen in Kirchfeld weilte und die Vertretung übernahm. Martin Härtlein begrüßte alle Teilnehmer und bemerkte, dass es bestimmt wieder eine gute Sache werden würde, wo man dieses Mal sogar einen geistlichen Beistand dabei hätte und so der Segen von ganz oben gewährleistet war.

Bald darauf wurden die ersten Witze erzählt und auch Felix ließ sich von der ausgelassenen Stimmung anstecken. Diese Wochenende schienen ja wirklich etwas ganz Besonderes zu sein. Gegen siebzehn Uhr fünfundvierzig fuhr man dann auf dem Gelände der Akademie vor. Das Einchecken ging zügig vonstatten und kurz nach achtzehn Uhr saß man schon im Speiseraum und ließ sich die aufgetragenen Speisen und Getränke schmecken.

Chorleiter Peter Hartmann gab dann den weitern Ablauf bekannt. Schon heute Abend würde die erste Probe sein. Morgen dann, am Samstag kämen drei weitere Probeeinheiten dazu, verteilt auf den Vor- und Nachmittag, sowie den Abend. Am Sonntag-Vormittag würde man sich dann das letzte Mal zu Singen treffen.

Peter Hartmann hatte keine leichte Kost vorgesehen. Ein Stück des zeitgenössischen, schwedischen Komponisten Sandström. Das „Agnus Dei" zeichnete sich durch viele Dissonanzen aus, die sich erst spät, bis zur Schmerzgrenze, auflösten.

Den Sängern wurde einiges abverlangt. Und nicht wenig sehnten das Ende dieser ersten Chorprobe herbei, um den Abend im Felsenkeller ausklingen zu lassen.

Gegen zweiundzwanzig Uhr erlöste der Chorleiter endlich seine Männer. Alle strebten nun mit Macht den Felsenkeller zu. Allerdings nicht ohne vorher noch von ihren Zimmern die mitgebrachten Brotzeiten und Weinflaschen zu holen. Denn nach solcherlei Anstrengungen bedurfte es schon einer ausgiebigen Stärkung. Da wurde dann nach Herzenslust geschmaust und getrunken. Später würde Simon Bauerreis sein Gitarre holen und dann würde man Liedgut zum Besten geben, dass sich doch erheblich von dem unterschied, was vorher unter so großen Mühen einstudiert worden war.

Peter Hartmann zog es zu diesem Zeitpunkt, mit der Bemerkung, dass er sich auf morgen vorbereiten müsse vor, sich zu verabschieden. Das störte seine Sänger jedoch so gut wie gar nicht. Schließlich gehörte es dazu und war gewissermaßen schon Tradition, den Abend auf solche Art und Weise ausklingen zu lassen.

Auch wenn das Niveau mit zunehmendem Alkoholgenusse mit Sicherheit nicht steigen würde. Leben und leben lassen, war die Devise und vor Mitternacht ging sowieso kaum einer ins Bett.

Doch so weit war man noch nicht. Jetzt saß man erst einmal an den langen Tischen und ließ es sich schmecken. Da gab es Spezialitäten, wie angemachten Camenbert, hausgemachte Wurst in Dosen. Schinken und Salami. Große Laib Brote lagen auf den Tischen. Es war erstaunlich was jetzt noch verdrückt wurde. War man doch erst vor drei Stunden vom Abendessen aufgestanden. Aber Singen ist anstrengend und für eine gute Kondition und eine gute Stimme mussten halt Opfer gebracht werden. „Essen und Trinken hält Leib und Seele zusammen. Dieses Sprichwort galt überall.

Die Stimmung jedenfalls wurde immer ausgelassener. Und der Geräuschpegel stieg dementsprechend. Nur Chorleiter Peter Hartmann saß ziemlich wortkarg dabei, nachdem ihm einige Sänger zu verstehen gegeben hatten, dass sie der Meinung seien, dass dieses „Agnus Dei" vielleicht doch einige Nummern zu hoch für den Chor sei. Doch Peter Hartmann war nicht bereit so schnell die Flinte ins Korn zu werfen.

Die meisten juckte das aber im Moment herzlich wenig. Jetzt war Feiern angesagt und nicht diskutieren und nachdenken. Das konnte man morgen wieder tun.

Felix saß mal wieder am Honoratiorentisch. Allerdings war es ihm gar nicht so recht, sich immer nur im Dunstkreis seines zukünftigen Schwiegervaters aufzuhalten. Er nahm sich vor, im Laufe des Abend einmal mit den Sangesbrüdern zu unterhalten, die er noch nicht so gut kannte. Doch so weit kam es nicht. Denn Simon Bauerreis holte jetzt seine Gitarre aus dem Koffer. Felix, der ebenfalls vorsorglich seine Gitarre mitgenommen hatte, fragte ob er mitspielen könnte. Und nach kurzer Zeit klappte das Zusammenspiel zwischen den beiden ganz hervorragend.

Als Felix dann einige Lieder aus seiner oberbayrischen Heimat vortrug, fand das großen Anklang. Seine selbst geschriebenen Lieder traute er sich allerdings noch nicht vorzutragen.

„Na Dein zukünftiger Schwiegersohn ist ja ein richtig guter Musiker.“ Peter Schuster gab ausnahmsweise einmal Positives von sich.

„Ja, ich könnte mir keinen besseren wünschen.“

Es war Martin Härtlein anzusehen, dass er sich über das Kompliment seines Stellvertreters freute.

„Hat denn Deine Tochter nichts dagegen, dass sie das Wochenende alleine verbringen muss?“

Karl Bauers Frage war natürlich nicht ernst gemeint.

„In dieser Hinsicht ist sie ganz die Tochter ihres Vaters Außerdem zieht sie ab und zu auch mit ihren Freundinnen ganz gern um die Häuser. Was soll hier auch schon passieren. Felix ist hier ja sozusagen dauernd unter Aufsicht. Und weit und breit ist hier von der holden Weiblichkeit nicht viel zu sehen."

„Das stimmt. In früheren Jahren probte hier ab und zu schon einmal Frauenchor." Man konnte fast meinen, dass Karl Bauer das Fehlen solcher geballter Weiblichkeit sehr bedauerte.

„Ja das war manchmal ganz schön, wenn man sich mit der Damenwelt kulturell austauschen konnte."

Peter Schuster erinnerte sich ebenfalls gerne an solche Probenwochenende, an denen die Männer nicht nur unter sich waren.

„Die Jugend von heute ist jedenfalls besser als ihr Ruf." Pfarrer Nüsslein kehrte mit seiner Bemerkung wieder zum eigentlichen Thema zurück. Bevor sein Sangesbrüder noch weiterhin in nostalgischer Verklärung früherer Chorprobenwochenende gedachten, schien es ihm doch unverfänglicher, das Gespräch wieder auf eine sachlichere Ebene zu bringen.

„Wenn ich da an meinen Pfarrjugendführer, den Matthias Römer denke. Das ist ein ganz vorbildlicher junger Mann.

„Sei Dir da nicht so sicher. Den habe ich letzte Woche händchenhaltend mit einer sehr aparten, jungen Dame gesehen Der scheint langsam auch auf den Geschmack zu kommen."

Peter Schuster war wieder einmal vorzüglich informiert.

„Das Mädchen soll sogar von Adel sein. Hat mir jedenfalls meine Schwester erzählt." Fraziskus war richtig stolz, dass er zum allgemeinen Dorfklatsch auch etwas beitragen konnte.

„Uralter Landadel sozusagen. Die Römersche läuft jedenfalls jetzt schon mit hoch erhobenem Haupt durch Kirchfeld. In der Hoffnung, dass sie selbst in den Adelsstand erhoben wird."

Diesmal hatte Peter Schuster die Lacher auf seiner Seite.

„Am liebsten würde sie sich ja jetzt schon als Freifrau von Römer anreden lassen."

„Vielleicht wird sie sogar gefürstet." Martin Härtlein hatte auch schon einen Schoppen über den Durst getrunken..

„Ist das irgendetwas Unanständiges?" Karl Bauer schaute unschuldig in die Runde.

„Dabei hätte der Martin sie schon als freies Fräulein haben können. Aber er hat sie damals verschmäht und damit das Glück seines Lebens mit Füßen getreten.

„Du warst auf die Römer scharf? So einen guten Geschmack hätte ich Dir ja gar nicht zugetraut."

Franziskus hieb jetzt voll in die gleiche Kerbe.

„Die Waltraud war damals ein bildhübsches Mädchen, dass ihrs nur wisst. Aber sie hatte damals schon den gleichen Fehler, wie heute. Sie redete damals schon zu viel.“

„Und das kann der Martin überhaupt nicht leiden. Denn bei ihm zu Hause hat nur er das Sagen, wie wir ja alle wissen. Gell Martin.“

Es klang etwas Häme in der Bemerkung von Peter Schuster nach.

„Ach jetzt tut doch nicht so. Bei mir ist es nicht anders wie bei euch zu Hause. Für die großen Dinge, wie die Außenpolitik z.B. bin ich zuständig. Und meine Betti entscheidet die kleinen unwichtigen Dinge die halt so tagsüber anfallen. Aber das ist doch ganz im Sinne der katholischen Familienethik. Nicht wahr Hochwürden?“

„Da kann ich nicht mitreden, Freunde. Wie ihr ja wisst, habe ich ja Ehelosigkeit gelobt. Ich kann nur so viel sagen. Mit meiner Barbara komme ich sehr gut zu recht.“

„Diese Zufriedenheit sieht man Dir auch an.“ Martin kippelt sich gerne mit dem Geistlichen, Der hatte Gott sei Dank viel Sinn für Humor.

„Seid einmal ruhig. Ich glaube der Felix will wieder was zum Besten geben.“ Karl Bauer lenkte die Aufmerksamkeit seiner Sangesbrüder auf den Neuling.

So war es auch. Felix hatte sich getraut und hatte einen Song, den er selbst geschrieben hatte, angestimmt. Einen Blues in oberbayerischem Dialekt. Er wurde für diese Darbietung mit reichlich Applaus bedacht. Auch so etwas kam bei den Sängern gut an. Man war eben offen für alles.

Doch dann gab es nichts mehr, was die Runde davon abhielt, populäres deutsches Liedgut anzustimmen. Lieder aus den Fünfzigern und Sechzigern folgten. Aber auch einige Moritaten und Lieder, die nur noch einige ältere Sänger kannten.

Jetzt war die Zeit gekommen, wo sich Dirigent Peter Hartmann verabschiedete. Nicht ohne den Hinweis, dass man doch bitte nicht zu spät ins Bett gehen sollte, da morgen doch wieder ein anstrengender Tag bevorstünde. Die meisten nahmen das zwar zur Kenntnis. Vergasen es aber ganz schnell wieder. Die Stimmung hatte ihren Höhepunkt noch lange nicht erreicht. Und spät würde man sowieso nicht ins Bett gehen. Höchstens früh. Erfahrungsgemäß gingen die Letzten so gegen drei oder vier Uhr schlafen.

Am Samstagmorgen sah man dann auch beim Frühstück, Sänger an den Tischen sitzen, denen deutlich anzumerken war, dass es spät geworden war. Doch um neun Uhr dreißig war Chorprobe angesetzt. Da gab es keine Entschuldigung. Und es fiel auch keinem ein, dort etwa nicht zu erscheinen.

Peter Hartmann versuchte es noch einmal mit dem Sandström. Doch er musste sehr zu seinem Leidwesen einsehen, dass der Chor damit wirklich überfordert war. Die Kritik war also doch nicht ganz unberechtigt gewesen. Um zwölf Uhr war Mittagessen. Danach Freizeit bis fünfzehn Uhr.

Franziskus war auf sein Zimmer gegangen, um sich eine halbe Stunde hinzulegen. Danach wollte er mit Martin und Eduard einen Spaziergang zur nahe gelegenen Burgruine Saaleck unternehmen. Doch er hatte kaum zehn Minuten geruht, als sein Handy klingelte. Seine Schwester rief ihn an, um mitzuteilen, dass es keinerlei Probleme mit dem Struppi gab. Was sie allerdings dann noch zum Besten gab, war alles andere als erfreulich. Und Franziskus musste sich erst einmal hinsetzen, um das was Barbara ihm unter dem Siegel der Verschwiegenheit mitteilte, zu verarbeiten. Sie hatte die verschwundene Fahne entdeckt. Sie stand ordentlich in die dazugehörige Fahnenhülle eingerollt in einem alten Schrank in der Sakristei der Pfarrkirche. Sie hatte den Struppi zum Saubermachen mitgenommen. Und dieser hatte, wie es sich für einen ordentlichen Hund gehört, überall herumgeschnüffelt. Plötzlich hatte er laut gebellt und sich ganz verrückt gebärdet.

Als Barbara nachsah, warum der Hund sich gar so verrückt aufführte, entdeckte sie die Fahne. Und es gab keinen Zweifel. Es war die Fahne des

Gesangvereins. Fein säuberlich in der dazugehörigen Fahnenhülle verpackt, stand sie in diesem Schrank in der Sakristei. Wie das gute Stück allerdings hierher gekommen war, darauf konnte sich Franziskus` Schwester überhaupt keinen Reim machen. In dem Schrank wurden sonst nur alte Kleidungsstücke und nicht mehr benötigte sakrale Gegenstände aufbewahrt. Zur Zeit war er allerdings fast leer, da Barbara die alten Klamotten vor einigen Tagen mit dem Fahrrad in das Wochenendhaus gefahren hatte. Sie wollte sie dort in einer Kiste aufzubewahren. Denn ab und zu werkelte ihr Hochwürden dort draußen im Garten. Und da war es vielleicht ganz gut, ein paar Arbeitsklamotten vorrätig zu haben.

Franziskus hatte keinen Grund an den Worten seiner Schwester zu zweifeln. Er bat sie auf jeden Fall darum, Stillschweigen zu bewahren und weiter zu beobachten. Er selbst konnte sich im Moment auch keinen rechten Reim darauf machen, wieso diese bescheuerte Fahne ausgerechnet in der Sakristei in einem Schrank versteckt war. Einen kurzen Moment brachte er Pfarrer Nüsslein damit in Verbindung. Verwarf diesen Gedanken aber sofort wieder als völlig absurd. An Schlafen war natürlich jetzt nicht mehr zu denken. Er ging zum Nachbarzimmer in dem der Pfarrer und Martin Härtlein ihr Quartier hatten. Nachdem er ihnen kurz geschildert hatte, worum es ging, beschlossen die drei einen Spaziergang zu machen, um ungestört darüber zu sprechen, was hier vorging. Aus diesem Grund gaben sie auch ihr ursprüngliches Vorhaben auf, der nahe gelegenen Burgruine Saaleck einen Besuch abzustatten, denn dorthin waren auch noch andere Sangesbrüder unterwegs.

So bogen die drei in einen Seitenweg ab, der Richtung Hammelburg führte. Hier waren sie so gut wie ungestört. Eduard Nüsslein war für einen Moment richtig schockiert, dass das Corpus Delicti ausgerechnet in seiner Sakristei aufgefunden war. Doch nachdem ihm die beiden anderen versichert hatten, dass von ihrer Seite keinerlei Verdachtsmomente ihm gegenüber bestanden, hatte er sich schnell wieder beruhigt.

Franziskus versuchte erst einmal, die ganze Angelegenheit von der humorvollen Seite zu sehen.

„Also gut, lieber Eduard, nach reiflicher Überlegung kann ich zu fünfundneunzig Prozent ausschließen, dass Du als Täter in Frage kommst. Aber wer ist sonst noch so bescheuert, und versteckt eine Vereinsfahne ausgerechnet in der Sakristei?"

„Vielleicht Deine Schwester!" Auch Martin Härtlein war bemüht, das Ganze erst einmal von der lustigen Seite aus zu betrachten, obwohl es ihm nicht so recht gelingen wollte.

„Ich traue meiner Schwester zwar einiges zu. Aber für so dumm halte ich sie ja wirklich nicht, dass sie das Diebesgut dann ausgerechnet an einem Ort versteckt, der zu ihrem Arbeitsbereich gehört. Nein, diese Flachserei hilft uns überhaupt nicht weiter. Lasst uns einmal logisch nachdenken. Sag mal Eduart hast Du in Kirchfeld Feinde, die Dir irgendwie ans Zeug flicken wollen? Du weißt schon, so nach dem Motto, ,"Kirchfelder Dorfpfarrer entwendet Gesangvereinsfahne".

„Nicht, dass ich wüsste. Heutzutage ist zwar ein Pfarrer in einer Landgemeinde auch nicht mehr die Respektperson, die er vielleicht noch vor dreißig Jahren war. Aber ich kann mich glaube ich, nicht beschweren, was den Respekt meiner Pfarrkinder mir gegenüber betrifft."

„Vielleicht ging es dem Dieb ja darum, mir eine auszuwischen." Martin hatte bisher nicht viel zur Unterhaltung beigetragen. Aber sein Gesichtsausdruck hatte zusehends immer mehr verdüstert,

„Wie um Himmels Willen kommst Du denn darauf?" Franziskus sah seinen Freund mit großen Augen an.

„Nun ja. Es ist doch schon irgendwo merkwürdig, dass ausgerechnet jetzt die Fahne auftaucht, wo fast der ganze Chor hier in Hammelburg ist. Mir scheint es fast so, als wäre jemand sehr stark daran interessiert, dass meine Führungsqualtitäten hier quasi vor versammelter Mannschaft angezweifelt werden sollen."

"Jetzt machs mal halblang." Franziskus verstand jetzt nur noch Bahnhof. „Einmal davon abgesehen, dass ja niemand damit rechnen kann, dass meine Schwester ausgerechnet jetzt diese Fahne findet. Wen in drei Teufels Namen sollte das plötzliche Auftauchen denn von Nutzen sein?"

„Ich stimme Franziskus zu. Wenn er auch in seinen Ausführungen den Teufel ruhig weg lassen sollte." Pfarrer Nüsslein konnte sich auch keinen Reim darauf machen, was seinen Vorstand dazu bewog, anzunehmen, dass man ihm einen vor den Karren fahren wollte.

Doch Martin hatte sich offensichtlich in irgend etwas verrannt, das er den beiden anderen nicht, oder noch nicht mitteilen wollte.

Er bat seine Sangesbrüder nur darum, hier in Hammelburg nichts davon verlauten zu lassen, dass die Vereinsfahne wieder da war.

Das Chorprobenwochenende sollte schließlich harmonisch und mit Erfolg zu Ende gehen.

Die beiden versprachen ihm dies. Und auch Franziskus bedrängte Martin nicht mehr. Eines war jedoch sicher. Der Vorstand hatte irgend jemand im Verdacht. Und das schien ihm so ungeheuerlich, dass er darüber nicht reden wollte. Und plötzlich fiel es dem ehemaligen Kriminalbeamten wie Schuppen von den Augen. Er wusste mit einem Male, wen Martin Härtlein verdächtigte. Seinen Vize, Peter Schuster. Aber wie sollte das den zusammengehen. Da war in Franziskus Augen völlig absurd. Doch er beschloss mit dem

Freund reden, bevor der sich in etwas verrannte, was völliger Unsinn war.

Er würde heute Abend noch einmal mit seiner Schwester telefonieren , Vielleicht hatte sie ja eine Idee oder konnte einige Dinge aufklären.

Den drei Männern war jetzt alles andere als nach großer Unterhaltung. Jeder hing seinen eigenen Gedanken nach und so stapften sie schweigend durch den Schnee.

Zu Hause, in Kirchfeld, saß Barbara in ihrem Fernsehsessel. Die Glotze lief zwar, doch Barbara achtete nicht auf das laufende Programm. Sie dachte nach. Und das konnte sie am besten, wenn der Fernseher an war. Zu ihren Füßen hatte es sich der Struppi bequem gemacht. Er hatte seinen Kopf auf ihre Füße gelegt, was als großer Vertrauensbeweis anzusehen war. Er fühlte sich, so weit man das von einem Hund behaupten darf, sauwohl. Ab und zu bewegten sich seine Pfoten, so als verfolge er jemanden. Er träumte. Offensichtlich waren es angenehme Träume. Anfänglich hatte er zwar ein wenig getrauert, weil Franziskus nicht da war. Doch das hatte sich schnell gelegt. Und das eine oder andere Zusatzleckerli hatte schnell über die erste Trauer hinweggeholfen.

Nein, der Hund bereitete Barbara kein Kopfzerbrechen. Aber der Fund der entdeckten Vereinsfahne schon eher. Sie kam zu keinem Ergebnis. Wie um alles in der Welt, kam die Fahne ausgerechnet in diesen Schrank. So weit sie sich erinnern konnte, waren in diesem Schrank schon lange keine wichtigen Gegenstände aufbewahrt worden. Er war im Grunde genommen nichts anderes als eine Art Ablageplatz für Dinge, die man nicht mehr oder selten benötigte. Z.B. ein altes Weihrauchfass. Einige Stolen von Pfarrer Nüsslein, die er nicht mehr benutzte. Man könnte fast meinen, derjenige, der die Fahne dorthin gestellte hatte, war genau darüber informiert, dass selten in diesem Schrank hineingesehen wurde. Doch wer außer ihr selbst, hatte solche Kenntnisse. Und die Überlegung war ja gar nicht so verkehrt gewesen. Denn hätte der Hund nicht herumgeschnüffelt, wer weiß, wann sie selbst in diesen Schrank hineingesehen hätte. Doch dann lief es ihr heiß über den Rücken. Denn es fiel ihr plötzlich wieder ein, dass sie irgendwann ein paar abgetragene Kleidungsstücke, die sich in diesem Schrank befanden in das Gartenhaus gebracht hatte. Denn ihr Hochwürden hatte es ganz gerne, wenn er, was zwar selten vorkam, sich auf dem Wochenendgründstück aufhielt, leger gekleidet zu sein. So dass ihn nicht jeder unbedingt als Pfarrer erkannte. Barbara war sich aber sicher, dass sich zu diesem Zeitpunkt die Fahne nicht im Schrank befunden hatte. Oder doch? Sie hatte damals in aller Eile einige Kleidungsstück herausgenommen, um sie dann mit dem Fahrrad zum Wochenendhaus zu bringen. Sie hatte mit Sicherheit nicht sehr darauf geachtet, was sonst noch im Schrank war. Außerdem war es nicht sehr hell, da sie kein Licht angemacht hatte.

Aber warum hatte der- oder diejenige die Fahne ausgerechnet in diesem Schrank versteckt. Um dem Pfarrer zu schaden. Das ergab überhaupt keinen Sinn. Denn Hochwürden Nüsslein hatte in Kirchfeld so gut wie keine Feinde. Sollte ihr Bruder vielleicht doch recht haben, dass es nur ein dummer Jungenstreich war.

Es nützte alles nichts. Sie konnte sich den Kopf zermartern, wie sie wollte. Sie kam zu keinem greifbaren Ergebnis. Vielleicht kamen ihr beim Gassigehen mit dem Hund ein paar vernünftige Gedanken.

Später würde sie noch einmal mit ihrem Bruder telefonieren. Vielleicht hatte der ja eine Idee.

Struppi ließ sich bereitwillig an die Leine nehmen. Gassi gehen war immer willkommen. Egal wer am anderen Ende der Hundeleine war.

Barbara kontrollierte kurz noch einmal beim Pfarrhaus, ob alles in Ordnung war. Fand nichts zu beanstanden und lief dann mit dem Hund an der Leine, mit schnellen Schritten, Richtung Rentnerweg.

Die Probeneinheit am Nachmittag brachte ganz unterschiedliche Ergebnisse. Zum einen musste Chorleiter Hartmann erkennen, dass er den „Sandström“ wohl endgültig zur Seite legen konnte. Der Chor war einfach nicht in der Lage, die Vorgaben seines Dirigenten umzusetzen. Er nahm darauf hin ein Marienlied von Edward Grieg ins Programm. Auch dieses Lied war zwar mit einigen Dissonanzen gesegnet. Allerdings lösten sie sich wesentlich früher auf. Außerdem kannte ein Großteil der Sänger das Lied schon, da man es schon vor einigen Jahren auf einem Chorprobenwochenende einstudiert hatte. Die doch etwas gedämpfte Stimmung besserte sich daraufhin merklich. Und beim gemeinsamen Abendessen war man schon wieder bester Laune. Nur den großen Vorsitzenden Martin Härtlein schien eine Laus über die Leber gelaufen zu sein. Er beteiligte sich kaum am Gespräch. Doch den meisten fiel das gar nicht auf. Nach dem Abendessen würde man das heute Nachmittag gelernte Liedgut vertiefen. Danach war natürlich wieder gemütliches Beisammensein im Felsenkeller angesagt. Es gab zwar einige, die es vorgezogen hätten, etwas früher ins Bett zu kommen. Doch Erscheinen war sozusagen Pflicht Und die Reste der mitgebrachten Brotzeiten und Getränke mussten schließlich auch noch verzehrt und getrunken werden. Um neunzehn Uhr dreißig traf man sich wieder im Proberaum und zum ersten Mal an diesem Wochenende zeigte sich Peter Hartmann einigermaßen zufrieden mit dem Gehörten.So war man bester Stimmung, als man sich im Felsenkeller zum letzten gemütlichen Beisammensein traf.

Felix hatte sich mit Simon zusammengetan. Sie wollten später einige von Felix selbst geschriebenen Liedern vortragen, die sie heute Nachmittag, während die anderen spazieren gingen, eingeprobt hatten.

Doch erst mussten die leiblichen Bedürfnisse befriedigt werden. So war es eben üblich in Hammelburg. Und Traditionen sollt man schließlich nicht vernachlässigen.

XV. Kapitel

Waltraud Römer saß wieder einmal alleine zu Hause. Das tat sie die letzten Jahre immer öfter. Ihr Mann war seit dem er Bürgermeister von Kirchfeld war, mehr unterwegs als daheim. Als Mitglied der staatstragenden Partei, gab es immer wieder einmal eine Parteiversammlung, auf der Erscheinen sozusagen Pflicht war. Es gab Einladungen von Verbänden und Vereinen, wo Grußworte zu sprechen waren. Dann die Gemeinderatssitzungen, Ausschusssitzungen etc. So ein Bürgermeister hatte schon viele Pflichten zu erfüllen. Doch nicht alle Verpflichtungen waren unangenehm. Machte man seine Sache gut, dann war einem Anerkennung und Bewunderung sicher. Auch ihr Mann nahm gerne ein Bad in der Menge. Nicht, dass Waltraud Römer damit Probleme gehabt hätte. Ganz im Gegenteil. Auch sie genoss es, sozusagen die „Firstlady" von Kirchfeld zu sein. Und sie liess sich gerne mit Frau Bürgermeister ansprechen.

Sie ließ ihr Leben wieder einmal Revue passieren. In jungen Jahren war sie eine heiß begehrte Schönheit gewesen. An jedem Finger hätte sie zehn Verehrer haben können. Doch ausgerechnet der eine, den sie begehrte, brachte ihr außer freundschaftlichen Gefühlen nichts entgegen. Martin Härtlein war ihre große Jugendliebe gewesen. Für ihn wäre sie durch die Hölle gegangen. Doch er hatte immer nur Augen für seine Betti gehabt. Waltraud spürte Verärgerung in sich hochkommen. Ja, und mit einigen Hektar Weinbergen als Mitgift konnte sie halt auch nicht aufwarten. Dann trat Horst in ihr Leben. Seine ehrgeizige und dynamische Art faszinierte sie von Anfang an. Er bekam nichts geschenkt. Doch mit eiserner Disziplin arbeitete er sich hoch. Die große Liebe war es bei ihr sicher nicht. Aber sie bewunderte seinen Ehrgeiz und als sie dann mit Matthias schwanger war, gab es für sie keine andere Möglichkeit, als Horst zu heiraten. Doch spätestens als ihr Mann zum Bürgermeister von Kirchfeld gewählt wurde, hatte sie sich darin bestätigt gefühlt, dass sie die richtige Wahl getroffen hatte. Zum ersten Mal in ihrem Leben war sie richtig glücklich. Sie unterstützte ihren Mann, wo sie konnte und stand hundertprozentig hinter ihm. Doch je mehr Horst in den Vordergrund trat, um so weniger Zeit blieb ihm für seine Frau und die Familie. Er zog in den Kreistag ein, lernte einflussreiche Leute kennen und es gab Insider, die munkelten, dass er durchaus Chancen hätte, ein Kandidat für die nächste Landtagswahl zu sein. Doch so weit war es nun doch noch nicht.

Leider schritt die Entfremdung zwischen ihnen immer weiter fort. Waltraud hatte außerdem den Verdacht, dass ihr Mann sie betrog. Noch fehlten ihr die nötigen Beweise. Doch die häufige Abwesenheit von Horst und gewisse Anspielungen seitens lieber Mitbürger hatten ihr die Augen geöffnet. Um ganz sicher zu sein, hatte sie vor einigen Wochen einen Privatdetektiv beauftragt, ihren lieben Horst zu beschatten. Gestern hatte der Ermittler nun seinen Bericht abgeliefert. Es bestand kein Zweifel. Ihr Mann betrog sie. Mit einer dreißigjährigen Ilonka aus Tschechien. Einer wasserstoffblonden, vollbusigen Silikonschönheit, die in der Verwaltung irgend einer dubiosen Stiftung beschäftigt war. Wie und wo ihr Mann sie kennen gelernt hatte, war zwar nicht heraus zu bekommen, doch das war auch nicht so wichtig. Er besuchte sie jedenfalls regelmäßig.

Doch Waltraud war nicht die Frau, die sich so etwas ohne weiteres bieten ließ. Sie würde sich rächen. Sie würde nicht die in Tränen aufgelöste Ehefrau spielen. Wenn sie wollte, konnte sie eiskalt sein. Sie lächelte, und genehmigte sich einen Whiskey. Ihr würde schon etwas einfallen. Und zwar etwas, was ihr lieber Horst ein Leben lang nicht vergessen sollte. Sie würde ihm der Lächerlichkeit preisgeben. Phantasie hatte sie schließlich genug. Sie konnte sogar ausgesprochen kreativ sein. Nicht umsonst hatte die örtlichen Laienspielgruppe schon ein von ihr geschriebenes Theaterstück aufgeführt.

Ihre Gedanken schweiften wieder ab. Journalistin hatte sie werden wollen. Vielleicht sogar einmal eigene Romane schreiben oder Theaterstücke eben. Doch nichts war aus alledem geworden. Ihrem Mann und der Familie hatte sie alles untergeordnet. Doch damit war jetzt Schluss. Sie schenkte sich noch einmal nach, stellte die Flasche ins Barfach zurück und ging zum Bücherschrank. Dort griff sie sich einen Band heraus. Es war ihr Lieblingskrimi, denn sie schon einige Male gelesen hatte. „Der perfekte Mord“, war der Titel. Sie schlug das Kapitel auf, in dem beschrieben wurde, wie ein Bürgermeister durch eine gezielte Rufmordkampagne um Amt und Würden gebracht wurde und war mit der Lektüre dieses erbaulichen Lesestoffs versunken.

Erfahrungsgemäß ist es oft so, dass die Abende, von denen man sich nicht so viel verspricht, die schönsten werden. So war es auch an diesem Samstag in Hammelburg. Nicht wenige Sänger hatten sich noch beim Abendessen dahingehend geäußert, dass es heute bestimmt nicht so spät werden würde. Höchstens ein, zwei Schoppen und eine kleine Brotzeit. Und dann ab in die Federn. Schließlich hatte man ja am Sonntag Vormittag auch noch eine Probeneinheit zu bewältigen.

Doch unverhofft kommt oft.

Kaum hatten nämlich Simon und Felix ihre Gitarren ausgepackt und begonnen, ihre Lieder zu spielen und zu singen, da war den meisten schon klar, dass es wieder ein langer Abend werden könnte.. Felix trug einige seiner selbst geschriebenen Lieder vor und Simon gab sich alle Mühe mitzuhalten. Heute wurde nicht nur triviales deutsches Liedgut zum Besten gegeben. Und selbst Peter Hartmann musste anerkennen, dass Felix sein Handwerk verstand und eine Bereicherung für den Chor war.. Auch wenn die Art Musik, wie sie hier gespielt wurde, nicht unbedingt den Hörgewohnheiten des Chorleiters entsprach.

Peter Schuster war von der Musikalität des neuen Chormitgliedes hellauf begeistert.

„Dein zukünftiger Schwiegersohn hat ja echt was drauf. Der könnte damit ja richtig Geld verdienen. Und nicht nur nullachtfünfzehn Schlager. Das sind richtig gute Texte. Allen Respekt."

„Du musst es ja wissen! Ich hab gedacht, Du findest nur die „Kastelruther Spatzen" gut. Martin Härtlein versuchte erst gar nicht, seine Bemerkung witzig klingen zu lassen.

„He Martin, was ist denn mit Dir los? Welche Laus ist Dir denn über die Leber gelaufen?"

„Ach lass mich in Ruhe. Mir ist heute nicht nach großer Unterhaltung und Remmi Demmi."

Der erste Vorstand stand heute Abend alles andere, als über den Dingen.

Peter schluckte eine entsprechende Entgegnung hinunter und konzentrierte sich wieder auf den nächsten Liedbeitrag von Felix. Der sang gerade einen Blues mit bayerischem Dialekt. Er hatte damit die Lacher auf seiner Seite.

Dann legte er die Gitarre auf die Seite. Das viele Singen hatte ihn durstig gemacht. Von allen Seiten wurde er mit Komplimenten überhäuft. Die

Stimmung war womöglich noch besser, als gestern Abend. Nur Martin ließ sich merkwürdigerweise nicht davon anstecken und blieb ziemlich einsilbig. Er verließ dann auch relativ bald den Felsenkeller. Es war ihm deutlich anzumerken, dass er ein Problem mit sich herum schleppte.

Franziskus überlegte sich, ob er dem Freund folgen und vielleicht noch heute Abend mit ihm reden sollte. Er verwarf den Gedanken aber allsbald wieder.

Schließlich glaubte er zu wissen, was Martin bedrückte. Er würde die nächsten Tage mit ihm reden. Er hatte am Abend noch kurz mit seiner Schwester telefoniert. Doch dabei war nichts greifbares herausgekommen. Doch auch Bärbel fand den Gedanken, dass Peter Schuster als Fahnendieb in Frage käme, mittlerweile völlig absurd.

Franziskus beschloss deshalb, sich wegen ein paar Problemchen den Abend nicht verderben zu lassen. Wenn andere schlechte Laune hatten, war das schließlich nicht seine Sache.

Peter Schuster war wie aufgedreht.

„Leute, ich sag` euch was. Den Felix müssen wir uns unbedingt warm halten. Wenn wir schon so einen tollen Liedermacher in unseren Reihen haben, dann sollten wir das auch ausnutzen. Wie ist das, Felix, hättest Du nicht Lust, einmal einen eigenen Liederabend mit Deinen Songs zu machen. Die Scheune auf meinem Hof, wäre bestens als Auftrittsort geeignet. Vielleicht zur Federweißen-Zeit.?"

„Warum nicht. Lust hätte ich schon dazu" Felix war von der Idee geradezu fasziniert. Bisher hatte er seine Lieder immer nur im Freundeskreis vorgetragen. Einmal testen, wie er vor einem großen Publikum ankam. Das wäre schon einmal reizvoll.

Auch die anderen fanden die Idee gut. Und Peter Schuster hatte endlich wieder einmal ein Erfolgserlebnis.

Dann ging auch Peter Hartmann schlafen. Pflichtgemäß erinnerte er noch einmal daran, dass auch morgen Vormittag noch eine Probe anstand. Man nahm es zur Kenntnis. Jedenfalls fiel es keinem ein, deswegen eher ins Bett zu gehen. Im Gegenteil. Es gab einige Sänger, die über das frühe Zubettgehen ihres Vorstandes und ihres Chorleiters ihre Witze machten und es an jeglichen Respekt fehlen ließen. Aber jetzt galt die Devise „Heut ist heut und Morgen ist morgen.

Barbara war, nachdem sie vom „Gassigehen" zurück war, noch einmal ins Pfarrheim hinüber gegangen. Da sie ja sozusagen in Abwesenheit von Hochwürden Nüsslein Schlüsselgewalt hatte, kontrollierte sie lieber noch einmal, ob alles in Ordnung war. Der junge Geistliche, der den Ortspfarrer die drei Tage vertrat, war nicht im Pfarrhaus untergebracht, sondern logierte privat.

Barbara kontrollierte, ob das Pfarrhaus abgeschlossen war und ging dann weiter, um den Räumlichkeiten des Pfarrheims einen Besuch abzustatten. Ein unbestimmtes Gefühl trieb sie dazu, diesen Kontrollgang vorzunehmen. Sie hatte fast schon alle Räumlichkeiten kontrolliert, ohne etwas verdächtiges bemerkt zu haben, als sie zu guter Letzt den Versammlungsraum der „Katholischen Jugend" betrat. Auch hier schien auf dem ersten Blick alles in Ordnung zu sein. Doch dann sah sie es. Der Schrank, in dem normalerweise die Fahne der „KJG" aufbewahrt wurde, war leer. Die Türe ließ sich ohne weiteres öffnen. Es hatte also niemand versucht, die Schranktüre gewaltsam zu öffnen. War die Fahne auch gestohlen worden. Nein, das konnte sie sich beim besten Willen nicht vorstellen. Sie würde bei der nächsten sich bietenden Gelegenheit Matthias Römer fragen. Es gab sicher eine ganz normale Erklärung für das Verschwinden der Fahne. Sie wollte sowieso einmal ein paar Worte mit dem Pfarrjugendführer wechseln. Der junge Mann kam ihr nämlich die letzte Zeit ziemlich merkwürdig vor. Wie ein Schlafwandler lief er durch die Gegend und schien seine Umgebung gar nicht richtig wahrzunehmen. Gut, seine Mutter hatte zwar voller Stolz damit geprahlt, dass ihr Sohn mit einer Adligen befreundet sei. Aber das alleine konnte ja wohl nicht der alleinige Grund für sein merkwürdiges Verhalten sein. Denn Matthias war sonst die Freundlichkeit in Person. Jetzt, wenn er ihr über den Weg lief, grüßte er kaum, und war recht einsilbig.

Sie beschloss jedenfalls dran zu bleiben. Ihren Bruder wollte sie erst einmal nichts davon sagen. Sie hatte nämlich das Gefühl, dass Matthias Römer in irgend etwas verstrickt war, was ihm große Sorgen bereitete. Und sie war der Meinung, dass eine Frau besser über die Probleme reden konnte, die ein verliebter Jugendlicher hatte. Männer hatten da einfach nicht das nötige Fingerspitzengefühl.

Der Sonntag Vormittag in Hammelburg ging mit der letzten Probeneinheit zu Ende. Nach dem Frühstück forderte Peter Hartmann seine Männer noch einmal richtig. Es ging darum, das Gelernte noch einmal zu vertiefen. Zu Hause würde man dann auf den regulären Chorproben weiter an den Liedern arbeiten. Der Chorleiter bedankte sich nach der Probe bei seinen Sängern für deren Geduld und für die Aufmerksamkeit. Nach dem letzten gemeinsamen Mittagessen hatten alle ein gutes Gefühl, als man dann in den Bus stieg. Um dreizehn Uhr war man dann wieder zu Hause in Kirchfeld.

Struppi gebärdete sich wie ein Verrückter. Er fetzte durch den Garten, sprang an Franziskus und dann wieder an Barbara hoch. Er freute sich ganz närrisch, dass sein Herrchen nach so langer Zeit endlich wieder da war.

„Siehst Du, Bärbel. Das ist das Schöne bei einem Hund. Er zeigt seine Freude immer offen und ehrlich. Der kleine Kerl freut sich wirklich, dass ich wieder da bin."

„Ich freue mich auch. Aber erwarte jetzt von mir nicht, dass ich im Garten umher renne und Männchen vor Dir mache."

„Das würde ganz bestimmt gut aussehen. Vielleicht kannst Du es ja einmal versuchen." Franziskus sah seine Schwester mit liebevoll spöttischen Augen an.

„Komm, lass uns ins Haus gehen. Mir wird langsam kalt."

„Klar." Franziskus ließ seiner Schwester den Vortritt. Struppi drehte noch eine Ehrenrunde, hob noch einmal ein Beinchen und folgte dann seinen Menschen ins Hausinnere, um seinen angestammten Platz auf dem Sofa einzunehmen.

„Gibt es irgend etwas Neues Schwesterherz?"

Barbara schwieg einen Moment bevor sie auf die Frage ihres Bruders antwortete. Sie hatte sich doch dazu entschlossen, im das Verschwinden der KJG-Fahne zu berichten und auch das merkwürdige Verhalten des Matthias Römer flocht sie ins Gespräch ein.

Franziskus überlegte einen Moment, ehe er seine Meinung dazu kundtat.

„Also, ich glaube zwar auch, dass der Matthias Römer irgendwie in der Geschichte mit drinhängt. Aber mit dem Verschwinden der Vereinsfahne hat er mit Sicherheit nichts zu tun. Langsam glaube ich überhaupt nicht mehr daran, dass jemand mit einer bösen Absicht das getan hat. Vielleicht beruht dieser ominöse „Fahnenklau" nur auf einem riesigen Missverständnis. Was mich viel mehr beschäftigt, ist der Diebstahl an Heilig Abend. Auch da bin ich mir sicher, dass der Sohn vom Pfarrer nichts damit zu tun hat. Und da könnte ich mir vorstellen, dass Matthias da einer der Hauptverdächtigen ist. Wenn ich auch nicht weiß, warum ein bisher unbescholtener junger Mann so etwas tun sollte."

„Vielleicht aus Liebe?" Barbara hatte auch ihr Problem damit, sich vorzustellen, dass ausgerechnet Matthias ein gemeiner Dieb sein sollte. Sie hatte den jungen Mann sehr gerne. Aber dass er irgend etwas mit sich herumschleppte, dass war ihm deutlich anzumerken.

„Überlass den Matthias mir. Ich werde ihn bei einer passenden Gelegenheit einmal auf den Zahn fühlen. Wir beide können ganz gut miteinander. Vielleicht ist er ja sogar froh, wenn ihm jemand aus der Patsche hilft.,"

„Ja, tu das. Ist vielleicht sogar das Beste." Franziskus gähnte herzhaft. Das Wochenende hatte ihm doch einiges abverlangt.

„Weißt du was? Ich haue mich für eine Stunde aufs Ohr. Wenn Du magst kannst Du ja so gegen sechzehn Uhr zum Kaffee vorbeikommen. Und bring am besten gleich einen Kuchen mit."

Barbara musste lachen. Das war mal wieder typisch. Aber sie würde selbstverständlich kommen. Mit einem Kuchen.

„Also dann bis später. Aber eines muss ich Dir schon sagen, lieber Bruder. Es gab Zeiten, da musstest Du Dich nicht hinlegen, nur weil es am Wochenende mal etwas später geworden ist, als normal. Gesungen habt ihr aber auch?"

„Wir haben, und wie. Das war ja das Anstrengende. Ich bin nicht nur hundemüde sondern total abgesungen. Und außerdem. Komm Du erst einmal in mein Alter. Dann kannst Du vielleicht mitreden. Als ich so ein junger Hupfer war, wie Du, hat mir das auch nichts ausgemacht."

Barbara verabschiedete sich von ihrem Bruder. Der ging in sein Schlafzimmer, um sich in sein Bett zu legen, nachdem das Sofa im Wohnzimmer ja schon belegt war. Er schlief rasch ein. Wäre er noch drei, vier Minuten länger wach geblieben, dann hätte er noch mitbekommen, wie ein schwarz, weißes Fellbündel auf leisen Pfoten ins Schlafzimmer tapste, und mit einem anmutigem Satz auf das Bett sprang, wo er sich zu Füßen seines Herr und Gebieters zusammenrollte und sofort weiter schlief.

Die Wiedersehensfreude bei Jasmine und Felix war groß. Immerhin hatten sie sich fast drei Tage nicht mehr gesehen. Sie umarmten sich stürmisch und die Umarmung endete, wie es bei frisch verliebten Menschen ganz normal ist, im Bett. Sie liebten sich leidenschaftlich und voller Zärtlichkeit.

„Hast Du mich vermisst?" Felix wusste nicht, ob er diese Frage ernst nehmen sollte. Vorsichtshalber küsste er seine Allerliebste erst einmal, bevor er antwortete.

„Ich habe Tag und Nacht nur an Dich gedacht, Liebste"

„Du lügst!" Jasmine zog empört ihre hübsche Nase hoch.

„Das kann gar nicht sein. Oder euer Chorleiter müsste sich gewaltig geändert haben. Schließlich weiß ich, dass er einiges von seinen Sängern abverlangt. Wenn Du also mit ganzer Aufmerksamkeit bei den Proben warst, wie kannst Du dann an mich gedacht haben. Das schaffst nicht einmal Du. Hast Du sonst noch etwas zu beichten. Dann gestehe jetzt gleich. Vielleicht gestehe ich Dir dann mildernde Umstände zu."

„Also gut, Du willst es so." Felix machte ein bekümmertes Gesicht.

„Ich gestehe, dass ich während der Chorproben nicht an Dich gedacht habe. Aber sonst andauernd. Und in der Nacht, habe ich nur von Dir geträumt."

„Und an den Abenden, beim Feiern, im Felsenkeller. Ich weiß schließlich von meinem Vater, dass die Sänger auch beim Feiern große Klasse sind. War vielleicht nicht noch ein Frauenchor an diesem Wochenende in Hammelburg?"

Jetzt zog Felix seine schönste Schnute, die er auf Lager hatte.

„Leider nicht. Nur lauter Männer. Ach ja, bevor ich es vergesse. Ein Kinderchor war auch noch da. Und die hatten eine recht hübsche, charmante Chorleiterin. Aber nichts für mich. Zu alt."

„So zu alt, Wie alt war sie denn?" Die Frage klang nicht so beiläufig, wie sie klingen sollte.

„Na ja so Ende dreißig dürfte sie schon gewesen sein. Du siehst also, keine Gefahr. Aber lass uns jetzt mit dem Quatsch aufhören. Nicht dass wir uns womöglich noch streiten. Ich möchte mit Dir über etwas ganz anderes reden. Ich habe da nämlich tatsächlich ein kleines Problem."

Felix berichtete Jasmine kurz, was ihr Vater ihm am letzten Freitag nach der Chorprobe für ein Angebot gemacht hatte.

„Ich würde gerne hören, was Du dazu meinst.

Jasmine musste darüber nicht lange nachdenken.

„Ich meine, Du solltest unbedingt Dein Studium beenden. Danach kannst Du Dir immer noch entscheiden, in welche Richtung Du gehen willst. Wenn Du Lust dazu hast, kannst Du Dich ja trotzdem bei uns im Betrieb umsehen. Und wenn Du Vater ab und zu behilflich bist, ist das sicher kein Fehler. Die Frage, ob Du umziehen und hier wohnen willst, musst Du selbst entscheiden. Ich hätte nichts dagegen."

„Du hast Recht. .Genau so, werde ich es Deinem Vater sagen. Hast Du Lust auf einen Spaziergang?

„Daraus wird nichts. Mutter hat uns zum Kaffee eingeladen. Und Du kannst schließlich Deine zukünftige Schwiegermutter nicht vor den Kopf stoßen.

Also mach, dass Du dich anziehst und lieg hier nicht so faul und schamlos auf meinem Bett herum."

„Ein Ton ist das." Felix spielte den Empörten.

„Ich sollte mir wirklich ernsthaft überlegen, ob ich in eine solche Familie einheirate."

„Ja, ja, Du bist halt wie alle Männer. Erst ein unschuldiges, unerfahrenes Mädchen schwängern und dann in ihrem Unglück sitzen lassen. Schäm Dich."

Felix senkte schuldbewusst den Kopf.

„Ich bitte Dich um Entschuldigung, Geliebte. Nie mehr werden solch schändliche Worte über meine Lippen kommen."

„Ich nehme Deine Entschuldigung ausnahmsweise an." Jasmine reichte ihm huldvoll die Hand. Und mit einem angedeuteten Handkuss bekundete Felix seine Unterwerfung, was auf Grund der Tatsache, dass er nackt war, nicht gerade vornehm aussah.

Jasmine warf ihm als Beweis ihrer Gunst noch ein Kissen an den Kopf. Doch dann zogen sich beide an, um nicht zu spät zur Kaffeetafel zu erscheinen.

Die Begrüßung zwischen den Eheleuten Härtlein war zwar nicht ganz so leidenschaftlich, doch nicht minder herzlich. Nach fünfundzwanzig Ehejahren fällt man halt nicht unbedingt über einander her, nur weil man sich ein paar Tage nicht gesehen hat. So saßen Betti und Martin im Wohnzimmer und warteten auf die Jugend. Martin hatte seiner neugierigen Ehefrau alles erzählt, was ihm erzählenswert erschien. Auch mit seinem Verdacht gegen Peter Schuster hielt er nicht hinter dem Berg.

„Das glaubst Du doch selbst nicht, was Du da sagst. Der Peter klaut doch keine Fahnen. Wenn es einen gibt, der alles für den Verein tun würde, dann er. Außer Dir natürlich. Außerdem wann hätte er das bewerkstelligen sollen?

Er war doch die ganze Zeit bei euch beim Frühschoppen"

„Na ja, vielleicht hat er ja auch seine Helfeshelfer, so wie der Römer."

„Martin mach Dich nicht lächerlich. Ich gebe ja zu, dass der Peter sich damals maßlos geärgert hat, dass Du und nicht er erster Vorstand geworden ist. Aber er würde nie etwas tun, was den Verein in Misskredit bringen kann. Ich halte ihn absolut für loyal. Vielleicht solltet ihr euch einmal richtig aussprechen.. So von Mann zu Mann."

„Ja, ja, Du hast sicher Recht."

Martin wirkte mit einem Male gar nicht mehr so souverän, wie gewohnt. Da hatte ihm seine Betti einmal ganz gehörig zurechtgestutzt.

Doch Betti wusste genau, wie sie ihn zu nehmen hatte. Sie nahm ihn ganz herzlich in den Arm, und drückte ihn einen Kuss auf den Mund.

„Wenn Du willst, können wir ja heute Abend noch einmal darüber reden. Aber ich glaube die Kinder kommen.

Die „Kinder" kamen tatsächlich polternd die Treppe herunter. Die beiden schienen bester Laune zu sein. Der Kaffee duftete und auch der Kuchen sah verlockend aus.

So war es nicht verwunderlich, dass Martin fürs erste seine Probleme ganz vergaß und sich darüber freute, dass sich seine Tochter und ihr Felix so gut verstanden.

XVI. Kapitel

Matthias Römer wusste nicht, wo ihm der Kopf stand. Er war in Würzburg gewesen. Bei seiner Freundin. Silvia hatte ihm zu verstehen gegeben, dass sie sich keineswegs eine so enge Beziehung vorstellte, wie sie Matthias vorschwebte, und die ihr, wie sie sagte, keine Luft mehr zum Atmen lies. Sie mochte Matthias wirklich sehr gerne. Aber sie mochte auch ihre Freiheit. Als Matthias ihr sagte, dass er sie eben lieben würde und er sich nichts schöneres vorstellen könne, als mit ihr zusammen zu sein, da hatte sie ihm

geantwortet, dass das ja wohl sein Problem sei, und nicht ihres. Ja, und die Fahrt nach Paris, hatte er sie dann noch gefragt. Ja, sie würde auf jeden Fall fahren. Wenn er mitkommen würde, hätte sie nichts dagegen. Wenn nicht, dann würde sie halt alleine fahren, oder mit einer Freundin. Wobei sie, bevor sie das Wort Freundin aussprach, eine kleine Kunstpause einlegte und ein leises Lächeln ihre wundervollen Lippen umspielte. Matthias konnte sich schon recht gut vorstellen, was das für eine „Freundin" sein konnte. Männliche Interessenten gab es schließlich genug, die mit Freuden mit Silvia ein Wochenende verbracht hätten. Er raste vor Eifersucht und war wutentbrannt davon gelaufen.

Jetzt saß er zu Hause auf seiner Bude und versuchte Klarheit in seine Gedanken zu bringen. So langsam dämmerte es ihm, dass Silvia und er unterschiedliche Auffassungen in Bezug auf ihre Beziehung hatten.

Fakt war, dass er hoffnungslos in sie verliebt war. Andererseits die Begabung zum Martyrer hatte er noch nie gehabt. Dann lieber ein schnelles Ende. Matthias war nicht einer, der, wenn eine Sache einmal aussichtslos war, noch zu viel Energie in etwas steckte, was nicht lohnte. Da war er seinem Vater sehr ähnlich. Eine Sache gab es allerdings noch zu regeln, um seinen Kopf wieder frei zu bekommen. Und dann würde er sich wieder der Schule und der Vorbereitung auf sein Abitur widmen. Vielleicht wäre es aber auch gut, wegen der Sache mit Silvia sich einmal mit einem vernünftigen Menschen zu unterhalten. Aber mit wem? Mit seinen Eltern sicher nicht. Die hatten scheinbar momentan genug Probleme mit sich selbst.

Ach was! Für heute beschloss er nicht mehr über den verarmten Landadel im allgemeinen und über Silvia im Besonderen, nachzudenken. Erst einmal darüber schlafen. Eigentlich wusste er schon, was zu tun war.

Er setzte sich die Kopfhörer auf, legte eine CD von AC-DC auf, drehte die Lautstärke seiner Anlage auf maximal und ließ sich von der brachialen Musik der australischen Rockband die Ohren volldröhnen.

Barbara Götzelmann kam kurz vor sechzehn Uhr. Sie hatte den versprochenen Kuchen dabei. Franziskus ließ die Kaffeemaschine laufen und die Geschwister machten es sich gemütlich. Der Struppi hatte von Barbara ein getrocknetes Schweineohr geschenkt bekommen, dass er jetzt mit Eifer und Begeisterung zusammennagte. Dabei ließ er sich von niemandem stören. Das wäre auch nicht ratsam gewesen. Denn wenn er beim Fressen gestört wurde, konnte er schon einmal recht böse werden. Ein drohendes Knurren war dann das mindeste, was zu erwarten war. Doch niemand hatte vor, ihm die Köstlichkeit abzunehmen. Franziskus nahm das Thema der mittäglichen Unterhaltung wieder auf.

„Was ich nicht verstehe, ist die Tatsache, dass diese bescheuerte Fahne in einem Schrank in der Sakristei der Pfarrkirche auftaucht. Wenn ich einmal davon ausgehe, dass unser hochwürdigster Pfarrer damit nichts zu tun hat, und dafür lege ich meine Hand ins Feuer, geht es mir absolut nicht in den Kopf hinein, wer es sonst getan haben könnte. Wer kommt denn sonst noch in die Sakristei?"

„Außer dem Pfarrer und mir halt noch die Ministranten, die zum Gottesdienst eingeteilt sind. Und natürlich der Küster."

„Der Küster? Und wer bitteschön ist denn der Küster?"

„Du scheinst kein sehr eifriger Kirchgänger zu sein. Sonst wüsstest Du es vielleicht. Küster ist nun schon seit über sechs Jahren niemand anders als unser allseits geliebter und geachteter Bürgermeister persönlich. Und wenn er verhindert ist, dann vertritt ihn sein geliebtes Eheweib Waltraud."

„Der Römer ist Küster? Ausgerechnet der Römer. Also an den hätte ich im Traum nicht gedacht. Ich war immer der Meinung, wenn man ein solches Amt ausübt, muss man mindestens kurz vor der Seligsprechung bzw. Heiligsprechung stehen."

„Manchmal genügt auch scheinheilig. Aber die Sache ist einfach erklärt. Als der Horst sich als Bürgermeisterkandidat zur Verfügung stellte, gefiel es dem Allmächtigen just zu diesem Zeitpunkt unseren alten Küster zu sich zu rufen. Die Kirchengemeinde suchte also einen Ersatz. Und Horst Römer, selbstlos wie er nun einmal ist, stellte sich sofort zur Verfügung. Es gab keine Einwände und so versah er mit heiligem Eifer dieses schwere Amt. Natürlich brachte das bei der Wahl einige Stimmen mehr für ihn. Nachdem er es sich allerdings im Bürgermeisterstuhl gemütlich gemacht hatte, verblieb ihm immer weniger Zeit für den Kirchendienst. So kam es immer öfter vor, dass ihn seine Waltraud vertrat. Auch hier hatte niemand etwas dagegen, da sie ja eine innige Seelenverwandtschaft zu unserem Seelsorger hat. Denn niemand sonst versteht Pfarrer Nüsslein so gut, wie sie. Meint sie jedenfalls."

Franziskus verarbeitete das so eben gehörte in seinem Kopf.

„Dann scheint die ganze Römersippe ja höchst verdächtig. Aber sag mal, diese Gerüchte, dass Waltraud Römer mehr als religiöse Gefühle für den Eduard hegt, sind doch aus der Luft gegriffen?"

„Natürlich ist das ausgesprochener Blödsinn. Hochwürden ist in dieser Hinsicht ein völlig integrer Mensch. Was allerdings nicht so ganz von der Hand zu weisen ist, dass die Ehe zwischen Waltraud und Horst Römer nicht mehr so ganz in Ordnung sein soll. Es gibt sogar Gerüchte, dass unser Bürgermeister ein Verhältnis haben soll."

Franziskus grinste.

„Sodom und Gomorra. Da zieht man aufs Land, um der sündigen Großstadt zu entkommen. Und dann tun sich Abgründe auf, die in ihrer Verderbtheit nicht zu überbieten sind."

„Du hättest Prediger werden sollen. Meinst Du, dass wir hier auf dem Lande so rückständig sind, und keine Skandale haben? Das wäre ja noch schöner.. Ganz so hinter dem Mond leben wir doch nicht. Aber ich denke, Du siehst schon, dass der Peter Schuster nichts mit der Angelegenheit zu tun hat."

„Ich habe das auch noch nie so recht geglaubt. Ich werde auf jeden Fall heute noch den Martin anrufen, damit er dass mit der Vorstandssitzung sein lässt. Mir geht diese leidige Geschichte mittlerweile gewaltig auf die Nerven. Als gäbe es nichts wichtigeres auf der Welt, als eine Vereinsfahne. Außerdem, wenn wir noch weiter ermitteln, dann kommt wahrscheinlich noch heraus, dass jeder zweite hier in Kirchfeld irgend etwas zu verbergen hat."

„Ganz so schlimm ist es sicher nicht. Aber Du hast recht. Langsam reicht es. Ich werde mir auf jeden Fall in den nächsten Tagen den Matthias einmal vornehmen. Und Du kümmerst Dich darum, dass der Martin Härtlein Ruhe gibt und keinen Wirbel veranstaltet. Den können wir nämlich überhaupt nicht gebrauchen. Vielleicht kann ja dieser hochkriminelle Fall dann endlich als aufgeklärt zu den Akten gelegt werden." „Darauf trinken wir einen. Magst Du auch einen Cognac?" Franziskus ging zum Wohnzimmerschrank, um aus dem Barfach das entsprechende Getränk zu holen.

„Ein Whiskey wäre mir lieber. Aber bitte einen Scotch, wenn Du einen hast."

„Ich habe, liebes Schwesterlein. Magst Du einen Doppelten?"

„Nein, ich möchte mir meine grauen Zellen nicht durch übermäßigen Alkoholgenuss kaputtmachen."

„Also ich brauche jetzt schon einen. Aber bei mir ist ja auch nicht mehr so viel an grauen Zellen vorhanden. Wolltest Du doch bestimmt jetzt sagen. Oder?"

„Seit wann bis Du unter die Gedankenleser gegangen? Wenn Dir danach zu Mute ist, dann nur zu. Zum Wohle lieber Bruder."

Die Geschwister prosteten sich zu.

„Weißt Du was, Franzl. Mir wäre wieder einmal nach einer Partie Schach. Hast Du Lust?"

„Meinetwegen. Jetzt wo ich so gut wie volltrunken bin, habe ich zwar ohnehin keine Chance gegen Dich. Aber sei es drum."

Horst Römer saß in seinem Büro im Rathaus und ging noch einmal seine Rede durch, die er vor der Gemeinderatsfraktion seiner Partei halten wollte. Es galt die Strategie für den kommenden Wahlkampf festzulegen. Er selbst neigte dazu, mit dem Slogan „Keine Experimente" sein Programm für die nächste Legislaturperiode festzuschreiben. Die Gemeindekasse war zwar zum gegenwärtigen Zeitpunkt nicht gerade üppig gefüllt. Aber was für Römer viel wichtiger war, Kirchfeld hatte so gut wie keine Schulden. Es gab zwar immer wieder Kritiker, auch in den eigenen Reihen, die ihm vorwarfen, er tue aus leider Sparsamkeit nichts, um die Gemeinde nach vorne zu bringen. Andere Gemeinden im Landkreis wären da viel weiter. Aber Römer hatte sich nun einmal zum Ziel gesetzt, seine Politik der finanziellen Absicherung, beizubehalten. Reformen, die sich die Gemeinde leisten konnte, und die bezuschusst wurden, befürwortete er. Aber Pläne, die ein gewisses Risiko enthielten, lehnte er strikt ab. Gott sei Dank, hatte seine Fraktion, die im Gemeinderat die Mehrheit hatte, diese Politik bis jetzt immer mitgetragen.

Was ihm jedoch wirklich Sorge bereitete, war die Befürchtung, nicht mehr gewählt zu werden. Nein, er war kein machthungriger Kommunalpolitiker, der die Überzeugung hatte, dass es ohne ihn nicht ging. Aber im Falle einer Abwahl, wäre er gezwungen, in seinen vorherigen Beruf zurückzukehren. Er hatte eine gut gehende Versicherungsagentur betrieben, die er jedoch, nachdem er zum Bürgermeisters gewählt worden war, abgegeben hatte. Sollte er nicht mehr als Chef ins Rathaus zurückkehren, müsste er sich nach etwas anderem umsehen, denn in seinem alten Beruf hätte er keine Chance mehr. Es musste ganz einfach klappen. Denn nach zwei Amtsperioden als erster Bürgermeister stand im ein Ehrensold, ähnlich einer Pension vom Freistaat Bayern zu. Damit wäre er aller finanziellen Probleme ledig.

Noch etwas bereitete ihm großes Kopfzerbrechen. Aus einer Laune heraus, hatte er eine Affäre mit der zwanzig Jahre jüngeren Ilonka angefangen. Einer Sekretärin, die bei einer Stiftung arbeitete, die kein Mensch kannte. Für ihn war es nicht viel mehr als die Bestätigung seiner Männlichkeit.. Es war ein tolles Gefühl zu wissen, dass man auch noch bei jungen Frauen punkten konnte. Doch langsam wurde ihm die Geschichte lästig. Zudem er sich nicht mehr sicher war, ob die Affäre noch so geheim war, wie er es bisher geglaubt hatte. Sicher, seine Ehe mit Waltraud war längst nicht mehr das, was sie einmal gewesen war. Sie konnte seinen geistigen Höhenflügen einfach nicht folgen. Aber wenn er wieder gewählt werden wollte, musste er eine intakte Familie im Hintergrund haben, die mitzog. Sonst konnte er das Unternehmen Wiederwahl gleich abhaken. Diese Affäre musste schon aus politischen Gründen so schnell wie möglich ein Ende haben.

Nun, am kommenden Mittwoch wollte sich der Ortsverein im Schützenhaus treffen, um über das Konzept für den Wahlkampf zu beraten.

Das Wichtigste jedoch, war jetzt erst einmal, sich mit seiner Waltraud auszusprechen. Hoffentlich würde sie ihm verzeihen und ihn noch einmal unterstützen.

Auch Martin Härtlein saß in seinem Büro und versuchte sich Klarheit zu verschaffen. Denn langsam musste er sich entscheiden, ob er sich als Bürgermeisterkandidat aufstellen ließ. Felix hatte ihm zugesagt, dass er sich, wie er es nannte, gerne in die Geheimnisse des „Weinmachens" einweihen lassen würde. Auch sei es keine Frage, dass er bei den anfallenden Arbeiten in den Weinbergen mithelfen würde. Auch wie man einen Weinbaubetrieb führt, sei durchaus interessant für ihn. Auch da wolle er sich gerne einen Überblick verschaffen. Aber halt nur in dem Ausmaße, wie es seine Freizeit erlaube. Priorität habe nach wie vor sein Studium. Hinzu komme ja noch, dass er in absehbarer Zeit Familienvater werden würde, und er nicht die Absicht habe, sich bei der Erziehung seine Kindes auszuklinken.

Martin sah ein, dass er nicht mehr erwarten konnte. Er hätte es an Stelle seines zukünftigen Schwiegersohnes genau so formuliert. Er hatte auch noch einmal mit Betti darüber gesprochen. Doch die hatte ihm klipp und klar erklärt, dass es ganz alleine seine Entscheidung sei, ob er sich als Kandidat zur Verfügung stellen wolle. Mit einem leichten Lächeln hatte sie dann noch hinzugefügt, dass, egal wie er sich entscheiden würde, sie selbst ohne Vorbehalte hinter seiner Entscheidung stehen würde. Diese Antwort kam Martin zwar ein bisschen wie der Spruch des Orakels von Delphi vor. Doch es nutzte schließlich alles nichts. Entscheiden musste er sich ja wirklich selbst.

Nein, er würde nicht antreten. Die Entscheidung war gefallen. Sein Betrieb ging vor. Man konnte nur eine Sache richtig machen. Allerdings, als Gemeinderat wollte er schon ins Rathaus einziehen. Sollte sich Felix wirklich entscheiden, zusammen mit Jasmine, den Betrieb zu führen, dann konnte er ja immer noch bei der übernächsten Wahl als Bürgermeisterkandidat antreten. Vorausgesetzt, seine Parteifreunde waren damit einverstanden. Aber da sah er keine so große Probleme auftauchen. Vielleicht ließ sich ja mit Horst Römer zum

Wohle der Gemeinde ein Gentleman-Agreement aushandeln. Z.B. in der Form, dass er, im Falle seiner Wahl in den Gemeinderat, als zweiter Bürgermeister gewählt werden würde, um sich schon einmal auf kommende Aufgaben als Ortsoberhaupt vorzubereiten. Er und Römer waren zwar nicht die dicksten Freunde. Aber man hatte Respekt voreinander. Auf jeden Fall würde er, so bald wie möglich, den Horst anrufen, um sich einmal von Mann zu Mann mit ihm zu unterhalten. Martin schob wichtige Angelegenheiten nicht gerne auf die lange Bank.

XVII. Kapitel

Barbara Götzelmann hatte nicht die Absicht, so schnell ein klärendes Gespräch mit Matthias Römer zu führen . Doch, nachdem sich am Montag Abend Gelegenheit dazu ergab, nützte sie die Gunst der Stunde. Matthias hielt nämlich das erste Mal nach den Ferien Gruppenstunde mit seiner Jungschar. Das waren Jungs zwischen zehn und dreizehn Jahren. Matthias war bei den Kids sehr beliebt und er tat auch einiges dafür, dass es so blieb. Jetzt nach Beendigung der Gruppenstunde, stürmten die Jungs auf die Straße hinaus, und Matthias war im Begriff, die Türe abzuschließen, als unerwartet Barbara hinter ihm stand. Sie hatte aus dem Proberaum des Kirchenchores, der sich gleich nebenan befand, ihre Notenmappe geholt, um einige Lieder zu Hause auf dem Klavier durchzuspielen.

„Na Matthias! Die erste Gruppenstunde nach den Ferien? Hat es Spaß gemacht?

„Klar, Frau Götzelmann, macht es doch immer." Matthias schien es eilig zu haben. Auch wirkte er etwas verlegen. So, als hätte er Angst, sich in ein längeres Gespräch verwickeln zu lassen.

„Und, wie geht es Ihnen, Frau Götzelmann? Haben Sie den Weihnachtsstress gut überstanden?"

„Sicher, außer dass ich zwei Kilo mehr auf die Waage bringe, als zuvor. Aber sag mal, Matthias, weil ich Dich gerade sehe. Ich war vor einigen

Tagen in eurem Clubraum. Pfarrer Nüsslein hat mich gebeten, nachzusehen, ob die Handwerker nichts vergessen haben und alles in Ordnung ist, und da habe ich gesehen, dass die Fahne der KJG nicht an ihrem Platz steht. Weißt Du davon etwas?"

„Ach so," Matthias wirkte auf einmal sichtlich erleichtert. Er entspannte sich merklich.

„Da kann ich Sie beruhigen, Frau Götzelmann. Die Fahne ist bei mir zu Hause, in meinem Zimmer. Sie musste mal wieder vom Staub der Jahrhunderte befreit werden. Aber gut, dass Sie mich darauf ansprechen. Ich werde sie so schnell wie möglich wieder an ihren Platz bringen. Ich war die letzte Zeit gedanklich etwas abwesend. Aber das wird sich ändern."

„Probleme?" Barbara versuchte die Frage so beiläufig wie nur möglich zu stellen.

„Na ja! Sagen wir sie sind im Abklingen. Ein bisschen Liebeskummer. Nichts Schlimmes. Da muss man halt durch. Ist ja wohl schon jedem passiert."

„Dann ist es ja gut." Barbara nahm dem jungen Mann nicht so ganz ab, dass es sich nur um Liebeskummer handeln sollte, der ihn bedrückte. Obwohl das für einen neunzehnjährigen, der gerade die Liebe seines Lebens kennen gelernt hat, schon schlimm genug ist.

„Ah, Matthias, was ich Dir noch sagen wollte. Wenn Du mal jemand brauchst, bei dem Du Dich mal so richtig ausquatschen möchtest. Du weißt, wo ich wohne."

„Ja klar, Frau Götzelmann. Aber entschuldigen Sie mich jetzt bitte. Ich möchte nach Hause. Will noch ein bisschen was tun für die Schule. Sie wissen ja, das Abi steht an. Gute Nacht."

„Gute Nacht!" Barbara sah nachdenklich dem davon eilenden jungen Mann nach.

Vielleicht hatte er ja so viel Vertrauen zu ihr, dass er ihr offenbarte, was ihn noch bedrückte. Denn irgend etwas schleppte der mit sich herum. Da war sie sich sicher.

Sie hatten sich gestritten, wie nie zuvor in ihrem Leben. Alles, was sich die letzten Jahre an Vorwürfen und Verdächtigungen angehäuft hatte, was unter den Teppich gekehrt worden war, kam jetzt zum Vorschein. Und das in einer Lautstärke, dass die Nachbarn nicht einmal die Fenster zu öffnen brauchten, um mitzuhören. Jetzt saßen Horst und Waltraud Römer jeder in einer Ecke des großen Wohnzimmers und starrten vor sich hin. Alles war gesagt und für einen Moment war nur noch eine große Leere zu spüren.

„Und was jetzt? Willst Du Dich scheiden lassen?" Horst Römer konnte diese plötzliche Stille nicht mehr ertragen.

„Jetzt wo alles davon abhängt, ob ich noch eine zweite Amtsperiode anhängen kann."

„Das ist typisch für Dich. Selbst in dieser Situation denkst Du schon wieder an Deinen Scheißjob. Ich, die Familie, alles piepegal. Hauptsache Du bleibst Bürgermeister. Sag mal, merkst Du eigentlich noch etwas. Merkst Du, dass Du einen Sohn hast, der offensichtlich im Moment eine Menge Probleme mit sich herum schleppt, die er mir nicht anvertrauen will. Nein, für Dich ist das größte Problem, dass Du eventuell nicht mehr gewählt wirst. Und da behaupten die Männer immer, dass Frauen eitel sind. Dabei gibt es keine eitleren Geschöpfe als Männer. Der Herr Bürgermeister, bewundert und geliebt. Und wenn ich dann noch höre, dass Du Dich dieser Ilonka auch nur an die Brust geworfen hast, weil sie Dir die Bewunderung gegeben hat, die Du von mir nicht angeblich nicht bekommen hast. Wenn alles nicht so traurig wäre, könnte man darüber nur noch lachen."

„Jetzt halt mal die Luft an und höre mir ausnahmsweise auch einmal zu. Weißt Du überhaupt, warum ich mich wieder zur Wahl stelle. Hast Du schon einmal überlegt, wenn ich nicht mehr Bürgermeister bin. Von was wir dann leben? Ich habe in meinem alten Beruf so gut wie keine Chance mehr. Ich bin also auf diesen Ehrensold angewiesen, den ich nach einer zweiten Amtsperiode von der Staatsregierung bekomme. Und was Ilonka angeht. Mit Liebe hatte das wirklich nichts zu tun. Höchstens mit Sex und dass mir jemand mal zugehört hat. Dabei bin ich mir nicht einmal sicher, ob sie mir wirklich zugehört oder nur so getan hat. Aber für Dich gab es ja ab einem bestimmten Zeitpunkt nur noch Pfarrer Nüsslein. Den einfühlsamen und intelligenten Nüsslein, der die Menschen, und vor allen Dingen die Frauen, und natürlich Dich am allermeisten versteht. Dabei kann dieser tolle Mensch manchmal ein ganz ausgekochter Gauner sein, wenn es um die Belange seiner Kirchengemeinde geht. Was Matthias angeht, so weis ich selbst, dass wir uns die letzte Zeit aus dem Wege gegangen sind. Aber Dir hat er sich ja auch nicht anvertraut. Und dann noch eins Waltraud, früher hattest Du für mich und meine Sorgen immer ein offenes Ohr.

„Du bist ja kaum noch zu Hause. Nur noch Bürgermeister. Parteiversammlungen, Vereinsfeste und was der Teufel noch alles. Wann soll ich denn für Dich ein offenes Ohr haben?"

Horst Römer fand darauf kein Erwiderung. Für eine Weile war es wieder ganz still. Hatte seine Frau nicht recht, mit dem was sie ihm vorwarf? Er hatte die letzten Jahre immer mehr in seiner eigenen Welt gelebt. Hatte gar nicht mehr wahrgenommen, dass er auch noch eine Familie hatte. Aber er war wirklich auf diese zweite Amtsperiode angewiesen. Er konnte und wollte nicht als

Versicherungsagent wieder Klinken putzen. Er gab sich einen Ruck.

„Waltraud, können wir nicht noch einmal von vorne anfangen. Verdammt noch mal, wer ist das denn schon wieder?“ Das Telefon klingelte.

Er nahm den Hörer ab. Er meldete sich und sagte eine ganze Zeit lang erst einmal gar nichts. Dann brachte er noch einen Satz über die Lippen, dass er darüber nachdenken werde, legte auf, und ließ sich mit einem Seufzer auf das Sofa sinken.

„Weißt Du wer das war? Das war der Martin Härtlein. Deine große Jungendliebe. Er hat mir vorgeschlagen, sich mit mir zu treffen. Er möchte sich mit mir unter vier Augen über die bevorstehende Wahl unterhalten. Er hätte mir einen interessanten Vorschlag zu unterbreiten. Was hat der nun schon wieder ausgeheckt. Der macht doch nichts ohne Hintergedanken. Was soll ich tun?“

„Dich mit ihm treffen!“ Waltraud sah ihren Mann mit nachdenklichem Blick an. Ihr war während des Telefongesprächs einiges durch den Kopf gegangen. Vielleicht war diese Wahl ja wirklich für sie beide eine Chance zum Neuanfang. Sicher, man würde viele Gespräche führen müssen. Aber ihr war klar, dass auch sie einen Teil Schuld daran hatte, dass sie sich die letzten Jahre entfremdet hatten. Einfach würde es sicher nicht werden. Aber versuchen sollte man es schon noch einmal.

„Hör zu Horst! Ich bin bereit, es noch einmal mit Dir zu versuchen. Alles was ich von Dir will, ist Aufrichtigkeit, und dass Du mich wieder in Deine Gedanken mit einbindest. Ich möchte nicht nur Dein Anhängsel sein, dass Du hervor holst, wenn Du es benötigst. Ich bin bereit, Dich wie früher zu unterstützen, wo ich kann. Und ich bin bereit, darüber nachzudenken, dass auch ich bei mir selbst etwas verändern muss. Aber eins muss auch klar sein. Keine Eskapaden, wie mit dieser Ilonka. Sollte ich feststellen, dass Du wieder fremdgehst., ist bei mir Schluss. Was Deine Frage bezüglich eines Treffens mit Martin angeht, bin ich der Meinung, dass Du nichts zu verlieren hast, wenn Du Dir anhörst, was er zu sagen hat. Schließlich seit ihr ja nicht verfeindet."

„Befreundet aber auch nicht gerade. Aber Du hast recht. Ich werde mich mit ihm treffen. Und noch eins. Ich verspreche Dir, in Zukunft nicht nur ein guter Bürgermeister zu sein, sondern auch ein guter Ehemann und Familienvater. Und so etwas, wie mit der Ilonka wird nie mehr passieren. Das schwöre ich Dir."

„Schwören musst Du mir das nicht. Es reicht, wenn Du Dein Versprechen hältst. Politiker, die schwören, sind mir suspekt."

Waltraud brachte schon wieder ein kleines Lächeln zustande. Vielleicht würde ja doch noch alles gut werden.

Felix hätte es nicht für möglich gehalten, dass die Weichen für seine berufliche Zukunft, schon so bald gestellt würden. Und zwar in eine Richtung, die er nicht unbedingt so angestrebt hatte. Er war am Dienstag Vormittag nach Würzburg gefahren, um in seiner Wohnung wieder einmal nach dem Rechten zu sehen. Jetzt in den Semesterferien, war er die überwiegende Zeit in Kirchfeld. Außerdem hatte er vor, ganz nach Kirchfeld zu ziehen. Der Briefkasten quoll fast über. Das meiste davon waren allerdings Werbeprospekte. Fast hätte er den Brief übersehen und weggeworfen. Als er den Absender sah, setzte sein Herzschlag für einen Moment aus. Der Brief war von seinem Vater.

Es schwante ihm nichts gutes, als er den Brief mit zittrigen Händen öffnete.

Der Inhalt bestätigte seine Befürchtungen dann auch voll und ganz.

Sein Vater kam gleich zur Sache. Sein alter Herr war nun mal keiner, der lang um den heißen Brei herum redete.

Er fragte in diesem Brief, ob er, Felix, sich denn nun endlich entschieden hätte, nach erfolgreichem Studium die Brauerei zu übernehmen. Wenn nicht, dann müsse er ihm leider mitteilen, dass er davon Abstand nehmen müsste, ihm die Brauerei zu überlassen. Seine Schwester hätte nämlich eine jungen, dynamischen und sehr netten Mann kennen gelernt, der den ehrsamen Beruf eines Braumeisters ausüben würde, und dessen Eltern ebenfalls eine Brauerei besäßen. Er selbst sei ja, wie Felix wüsste, nicht mehr der jüngste und gesundheitlich nicht mehr so fit. Und so wolle er endlich Nägel mit Köpfen machen und die Dinge in Ordnung bringen. Falls Felix sich also gegen die Brauerein entscheiden sollte, dann sollte er es ihm baldmöglichst schreiben.

Und dann stand da noch, dass er, falls er das wolle, sich sein Erbteil natürlich auch schon jetzt auszahlen lassen könne.

Felix war paff. Das war ein Ultimatum erster Güte. Sein Vater ließ wahrlich nichts anbrennen. Warum nur auf einmal diese Eile. War sein alter Herr vielleicht kränker, als er sich nach außen hin anmerken ließ. Felix wusste von leichten Herzproblemen. Aber seinen Kindern gegenüber hatte er immer den großen Boss gegeben, der alles im Griff hatte und nach dessen Pfeife alle zu tanzen hatten.

Doch Felix musste nicht lange überlegen, was er zu tun hatte. Erpressen ließ er sich auch von seinem Vater nicht. Die schnelle Antwort, die sein Vater haben wollte, die sollte er bekommen. Ob sie ihm schmecken würde, bezweifelte Felix allerdings. Sollte seine Schwester und ihr Zukünftiger doch glücklich werden, mit der verdammten Brauerei. Er hatte sich nie danach gedrängt, den elterlichen Betrieb zu übernehmen. Hatte es aber als gottgegeben angesehen, dass er als Ältester eben in die Fußstapfen seines Vaters treten müsse. Mit einem Male fühlte er sich sogar freier, als die ganze Zeit vorher. Sicher, er konnte seinen Vater schon verstehen. Und wenn er wirklich krank war, konnte er es doppelt nachempfinden. Aber deswegen musste man doch nicht gleich einen solchen Brief schreiben und gleich mit den größten Geschützen auffahren.

Felix las den Brief noch einmal durch und legte ihn dann auf die Seite. Er würde die Angelegenheit noch einmal mit Jasmine besprechen und dann so schnell wie möglich seinem Vater seine Entscheidung mitteilen. Außerdem wollte er sich erst einmal mit seiner Mutter unterhalten, die über sehr viel gesunden Menschenverstand verfügte und ihm bestimmt einen guten Rat geben konnte, wie das Verhältnis zwischen Vater und Sohn wieder in normalen Bahnen laufen konnte.

Die dritte Januarwoche hatte noch einmal Schnee gebracht. Dazu war es bitter kalt. Der Winter hatte Unterfranken fest im Griff. Diese Wetterverhältnisse waren für die Region eigentlich ungewöhnlich. Denn normalerweise waren die Winter hier relativ mild und es herrschte meistens Schmuddelwetter.

Felix war solche Winter gewohnt. Ihm machte die Kälte nicht sehr viel aus. Er hatte sich mit Jasmine besprochen. Die beiden waren in Würzburg ein Stück am Main entlanggelaufen. Jasmine hatte sich in eine dicke Winterjacke eingemummt. Im Gegensatz zu Felix war sie sehr verfroren. Aber sie genoss es trotzdem mit ihrem Liebsten in der guten, klaren Winterluft spazieren zu gehen. Sie war schon verwundert, dass ihr zukünftiger Schwiegervater plötzlich einen so harten Kurs fuhr. Aber Felix hatte schon recht. Erpressen lassen musste er sich nicht. Sie hackte sich bei ihm ein und die beiden liefen eine Zeit lang schweigend nebeneinander her. Da war plötzlich ein starkes Zusammengehörigkeitsgefühl da und das musste man nicht durch irgendwelche belanglose Worte stören.

„Was soll ich denn jetzt tun, was meinst Du, Jasmine?"

„Ich denke Du weißt genau, was Du tun willst. Warum, fragst Du?"

Jasmine hielt nichts von verbalen Zustimmungen für etwas, was längst entschieden war.

„Ich weiß, aber ich möchte auch nichts tun, was ich vielleicht später bereue."

„Schreib Deinem Vater das Gleiche, was Du meinem Vater gesagt hast. Dass Dein Studium Priorität hat und Du Dich schon aus diesem Grund nicht festlegen kannst und willst. Du, sag mal, weiß Dein Vater eigentlich, dass er Großvater wird?"

„Äh, ich glaube nicht. Felix stotterte ganz verlegen herum. Er hatte es seiner Familie noch nicht mitgeteilt.

„Was heißt, Du glaubst nicht?"

„Nun, ich habe noch nichts gesagt. Irgendwie habe ich es nicht fertig gebracht."

„Feigling!" Jasmine spürte für einen Moment Ärger aufkommen.

„Aber vielleicht ist das auf der anderen Seite ganz gut gewesen. Da hast Du jetzt ein weiteres Argument zu sagen, dass Du sowieso nicht alleine Herr Deiner Entscheidungen bist. Denn schließlich ist es für Mutter und Kind auf jeden Fall besser, erst einmal in der gewohnten Umgebung zu bleiben."

„Du hast Recht." Felix war froh für dieses Argument. Vielleicht wäre es auch gut, wenn er demnächst einmal alleine nach Hause fahren und ein Gespräch mit seinem alten Herrn unter vier Augen führen würde. Doch schaden würde es nicht, wenn er seinem Vater erst einmal ein Brief schreiben würde. Und der würde es in sich haben.

„Felix, mir ist kalt. Lass uns zurückgehen und irgendwo einen Kaffee trinken."

Felix schreckte aus seinen Gedanken auf.

„Ja, und ein schönes Stück Kuchen dazu essen."

Die beiden liefen Händchen haltend Richtung Innenstadt, um das nächste Kaffee anzusteuern.

Martin Härtlein und Horst Römer saßen im Büro des Weingutes Härtlein und redeten sich die Köpfe heiß. Der Bürgermeister fühlte sich höchst unbehaglich. Irgendwie kam er sich wie ein Schulbub vor, der vor seinen Klassenlehrer zitiert worden war, um sich sagen zu lassen, dass seine schulischen Leistungen durchaus besser sein könnten, wenn er sich nur etwas mehr anstrengen würde. Martin bemühte sich um einen kumpelhaften Ton, was ihm allerdings nur halb gelang. Es war aber auch starker Tobak, was er seinem Rivalen zu sagen hatte.

„Also Horst, es ist abgemacht. Ich kandidiere nicht gegen Dich bei der nächsten Wahl. Dafür schlägst Du mich, wenn ich in den Gemeinderat gewählt werde, als zweiten Bürgermeister vor. Bin ich zweiter Bürgermeister, dann arbeitest Du mich pö a pö in den Bürgermeisterjob ein. Und bei der übernächsten Wahl unterstützt Du und Deine Parteifeinde meine Kandidatur. Es muss allerdings jetzt nicht gleich jeder mitbekommen, dass wir ein solches „Gentleman-Agreement" getroffen haben. Aber es wäre uns damit beiden geholfen. Du erhältst Deine zweite Amtsperiode und ich habe Zeit, mir einen geeigneten Nachfolger für meinen Betrieb zu suchen, bzw. aufzubauen."

Römer nickte. Das hörte sich alles sehr vernünftig an. Allerdings so selbstlos kannte er sein Gegenüber gar nicht.

„Und das ist alles, was Du an Bedingungen stellst? Keine Hintergedanken, keine kleine Erpressung, die Du dann irgendwann vorhast. Ich kann das gar nicht glauben. Ich bin viel zu lange schon politisch tätig, um das zu glauben."

Martin sagte eine Weile gar nichts. Doch dann sprudelte es nur so aus ihm heraus.

„Hör zu Horst! Auch wenn Du es nicht glaubst. Mir liegt unser schönes Kirchfeld sehr am Herzen. Ich will, das etwas vorwärts geht. Ich möchte nach Möglichkeit, dass wir zusammen in dieser Periode schon etwas auf die Füße stellen, dass ich, dann, wenn ich einmal Bürgermeister bin, fortführen kann. Möglich, dass es jetzt in Deinen Ohren ziemlich überheblich klingt. Aber ich weiß was ich will. Also schlag ein. Wir beide können dabei nur gewinnen. Du bekommst Deinen Ehrensold und einen starken Abgang. Und ich kann auf einer soliden Basis das Ganze dann fortführen."

Horst Römer zögerte einen Augenblick. Doch dann reichte er Martin seine Rechte und mit einem kräftigen Handschlag besiegelten die beiden ihre zukünftige Zusammenarbeit.

„Sag mal Martin, wieso bist Du eigentlich sicher, dass Du auch gewählt wirst?"

„Ich habe nun mal ein gesundes Selbstvertrauen. Aber mal im Ernst. Wenn ich es recht anstelle, dann traue ich mir das schon zu. Und sollte sich wirklich ein so starker Gegenkandidat finden, dass ich Angst haben müsste, dann ist das ja mein Problem. Und im Gegensatz zu Dir bin ich finanziell so gut abgesichert, dass ich mir um meine Zukunft keine Sorgen machen muss. Du siehst also, Du gehst bei diesem Deal so gut, wie kein Risiko ein. Und um mich musst Du Dir ebenfalls keine Sorgen machen."

Der Bürgermeister musste wider Willen lachen.

„Also ein gesundes Selbstvertrauen hast Du wirklich. Das muss man Dir lassen. Aber Du hast recht. Wir probieren es einfach."

„Das will ich meinen." Martin ging in die Küche hinaus und kam mit einem Bocksbeutel und zwei Gläsern zurück.

„So, das muss begossen werden. Es ist doch selbstverständlich, dass das hier Besprochene unter uns bleibt. Ich kann mich auf Dich verlassen?"

„Das kannst Du hundertprozentig."

„Dann lass uns darauf trinken. Kirchfelder Sonnenleite. Eine Scheurebe. Eine Auslese, die ich nur zu besonderen Anlässen kredenze. Also genau der richtige Tropfen. Zum Wohle Horst."

„Zum Wohle Martin!"

Damit stand einer segensreichen Zusammenarbeit von Bürgermeister und Oppositionsführer nichts mehr im Wege. Die Zweifler in den eigenen Reihen, würde man schon zur Vernunft bringen. Kirchfeld stand vor einer großen Zukunft.

Während sein Vater große Politik machte, schlug sich sein Sohn mit ganz anderen Sorgen herum. Er hatte noch einmal versucht, mit Silvia zu reden. Doch die hatte ihn nach allen Regeln der Kunst abblitzen lassen. Wie ein dummer Junge kam er sich vor. Er hatte ja damit gerechnet. Aber er hatte es halt noch einmal versucht. Jetzt, nachdem alles klar war, beschloss er auch mit seinen restlichen Problemen aufzuräumen. Das Angebot von Barbara Götzelmann kam ihn wieder in den Sinn. Ja, er konnte verdammt noch mal jetzt jemanden zum Reden gebrauchen. Warum nicht gleich damit anfangen. Barbara wohnte ja nicht weit. Gleich über die Straße. Er zog nicht einmal eine Jacke über und lief nur im Pullover hinaus in die Kälte. Als Matthias dann vor der Wohnungstür stand, musste er erst einmal tief durchatmen. Sein Herz klopfte wie wild. Doch dann fasste er sich ein Herz und drückte auf den Klingelknopf. Es dauerte ein kleine Weile. Dann öffnete Barbara die Wohnungstür.

„Hallo Matthias! Was verschafft mir die Ehre Deines Besuches. Brauchst Du irgend etwas für Deine Jungschar?"

„Nein, nein.“ Matthias kam vor Aufregung fast ins Stottern.

„Aber Sie haben mir doch angeboten, dass ich mich an Sie wenden kann, wenn mich etwas belastet. Ja, und mich belastet einiges. Ich weiß im Moment weder ein noch aus.“

„Na ganz so schlimm wird es ja nun auch wieder nicht sein. Jetzt komm erst einmal herein.“

Barbara lies sich ihre Überraschung nicht anmerken. Sie hatte nicht angenommen, dass Matthias so schnell auf ihr Angebot zurück kommen würde.

„Magst Du was trinken? Einen Tee oder ein Glas Saft?“

„Ehrlich gesagt, ein Bier wäre mir am liebsten. Frau Götzelmann.“

Barbara brachte das Verlangte und ein Glas.

„Da hast Du aber Glück, dass ich noch eine Flasche im Kühlschrank hatte. Also wo drückt der Schuh?“

Matthias nahm erst einmal einen tiefen Schluck. Doch dann gab es kein Halten mehr. Er beichtete alles. Dass er die tausend Euro an Heilig Abend aus dem Schreibtisch von Pfarrer Nüsslein genommen habe. Er hatte ja den Haustürschlüssel noch. Von dem Geld habe er deswegen gewusst, weil ihn der Pfarrer voller Stolz von der Spende berichtet habe und ihn Matthias gefragt hatte, ob er vielleicht einen Teil für die Jugendarbeit gebrauchen könne. Und als ihn Silvia die Pistole auf die Brust gesetzt hatte, da habe er halt für einen Moment die Kontrolle über sich verloren. Der Moment kam ihm günstig vor, weil er zufällig mitbekommen hatte, dass sich Hochwürden mit seinem Sohn wegen Geld gestritten hatte. Und das auch nur deswegen, weil er an Heilig Abend noch aus dem Gruppenraum seiner Jungschar etwas geholt hatte. Und wenn ihm der Pfarrer auf die Schliche gekommen wäre, dann hätte er halt den Geistlichen damit erpresst, dass er von seinem Fehltritt wüsste. Ja, und als er Silvia freudestrahlend berichtet hatte, dass er das Geld für die Parisfahrt endlich habe, hatte diese so reagiert, als wäre das ja wohl selbstverständlich. Und da war ihm bewusst geworden, dass die junge Dame nur mit ihm ein Spiel spielte. Und zum Affen lasse er sich nun mal nicht machen. Voller Wut und Enttäuschung hatte er dann in einem wahren Kaufrausch den größten Teil des Geldes ausgegeben. Für Bücher und CDs. Und eine neue Gitarre hatte er sich auch noch geleistet. Dabei habe er fest vorgehabt, das Geld auf Heller und Pfennig zurückzugeben.

Als er fertig war mit seiner Beichte, sagte Barbara erst einmal gar nichts.

Sie sah den jungen Mann nur nachdenklich an. Dann endlich, nach quälend langen Minuten, erlöste sie Matthias aus seiner Angespanntheit.

„Also, mein Junge“, diese Anrede schien ihr in diesem speziellen Fall die angemessenste. Also, da hast Du Dir ja eine schöne Suppe eingebrockt. Und das alles nur aus Liebe zu einer verzogenen launenhaften jungen Dame, der man erst einmal den Hosenboden strammziehen sollte. Ich denke, das dumme Ding wird irgend einmal vielleicht selbst darauf kommen, was sie an Dir hatte. Denn eins muss klar sein für Dich. Von Deiner Seite aus keine Kontakte mehr. Wenn sie irgend etwas für Dich empfindet, dann ist sie jetzt am Zug. Und außerdem, andere Mütter haben auch noch schöne Töchter. Du hast etwas besseres verdient, als ein verzogenes Gör vom verarmten Landadel. Mit dem Geld, das ist allerdings etwas ganz anderes.

Hast Du mit Hochwürden schon geredet?“

„Nein, ich traue mich nicht. Wo er doch immer so zu mir gehalten hat, und mich auch immer unterstützt hat, wo es nur ging.“

„Nun, ich glaube nicht, dass er seine Meinung über Dich so schnell revidiert. Aber sein Vertrauen hast Du natürlich schon missbraucht. Aber wenn Du das möchtest, dann lege ich ein paar gute Worte für Dich ein. Den Rest musst Du allerdings schon selbst erledigen. Wie schaut es denn mit der Rückzahlung des Geldes aus?“

„Ehrlich gesagt, sehr schlecht. Ich habe sonst ja immer nebenbei gejobbt. Aber nachdem, ich dieses Jahr Abitur schreibe, möchte ich halt meine ganze Zeit dafür verwenden, ein möglichst gutes Abi zu machen."

„Das ist auch richtig so. Und wenn Du deswegen mit Deinem Vater sprichst?"

Jetzt hatte Barbara einen ganz wunden Punkt, bei Matthias getroffen.

„Oh je, der würde mir höchstens eine Standpauke halten in der er mir die Hölle heiß machen würde, was mir einfallen würde, als Sohn eines Bürgermeisters und so weiter bla bla.bla."

„Also gut! Ich strecke Dir die Summe vor. Unter der Bedingung, dass Du so schnell wie möglich mit Pfarrer Nüsslein redest. Ja und das Ganze werden wir natürlich schriftlich vereinbaren. Du zahlst mir das Geld zurück, wie Du kannst, spätestens in zwei Jahren, Dem Pfarrer sagen wir allerdings nichts davon, dass das Geld von mir stammt. Einverstanden?"

Matthias hatte plötzlich einen Kloß im Hals. Am liebsten hätte er losgeheult.

Aber diese Blöße wollte er sich doch nicht geben.

„Sind Sie mir jetzt nicht böse, Frau Götzelmann. Aber ich muss jetzt einen Augeblick alleine sein. Ja, und Danke für alles. Vielleicht kann ich einmal auch etwas für Sie tun."

„Ist schon gut Matthias. Wäre ja noch schöner, wenn ich als Pfarrköchin nicht ein Herz für den Jugendführer der Pfarrgemeinde hätte."

Als Matthias gegangen war, wischte sie sich ein par Tränen aus dem Gesicht. Wenn ich den richtigen Mann gefunden hätte, könnte das auch mein Sohn sein, dachte sie sich. Doch dann mit einem Male hatte sie richtig gute Laune. Es war doch schön, wenn man einem Menschen aus der Patsche helfen konnte.

Es schien ganz so, als hätte die Familie Römer in dieser Woche das große Mitteilungsbedürfnis heimgesucht. Denn auch Waltraud Römer wurde von dem Verlangen getrieben, ihr Herz einmal jemandem auszuschütten. Kein anderer schien dafür geeigneter zu sein, als der von ihr hoch verehrte Pfarrer Nüsslein. Überzeugt davon, dass niemand anderer ihre verwundete Seele wieder heilen könne, läutete sie um zwanzig Uhr an dessen Wohnungstür. Nüsslein war zwar ganz verwundert über den späten Besuch und alles andere als erfreut. Hatte er sich es doch gerade mit einem Glase Rotwein gemütlich gemacht, um sich in aller Ruhe wieder einmal seine geliebten Bach anzuhören. Doch die Frau des Bürgermeisters konnte er wohl schlecht zurückweisen, wenn sie gekommen war , ihm ihr Herz auszuschütten.

So bat er sie herein und bot ihr erst einmal einen Platz an.

„Ja, Herr Pfarrer, ich möchte mir etwas von der Seele reden, was mich schon lange bedrückt."

„Aber liebe Frau Bürgermeister, wenn Sie beichten wollen, dann haben sie am Samstag doch ausreichend Gelegenheit dazu."

„Ich will keine Beichte ablegen. Ich möchte Ihren Rat als Pfarrer und auch als Mensch." Waltraud sah ihren Seelsorgen mit tränenumflorten Augen an.

Eduard Nüsslein war über diese Gesprächseröffnung alles andere als begeistert. Die Probleme der Frau Bürgermeister schienen offensichtlich größerer Art. Wenn sein Rat als Mensch gefragt war. Wobei es ihm schon ein bisschen sauer aufstieß, dass hier eine solche Unterscheidung getroffen wurde. Aber was blieb ihm anderes übrig, als der „Firstlady" von Kirchfeld zuzuhören.

„Ich habe eine große Dummheit begangen. Und ich möchte es wieder gut machen. Weiß aber nicht wie."

„Erzählen sie nur weiter!" Eduard Nüsslein setzt seinen „Berufsblick" auf, wie er es nannte. Dieser bestand aus zwei Dritteln Güte und Verständnis. Das letzt Drittel strahlte jedoch eine gewisse Strenge aus, mit dem er seinem Gegenüber zu verstehen gab, ich verzeihe Dir vielleicht, aber ganz ungeschoren kommst Du nicht davon.

„Ich habe große Verwirrung gestiftet und wissentlich versucht, einem Menschen Schaden zuzufügen.“ Waltraud senkte schuldbewusst die Augen.

„Ich haben außerdem einen Diebstahl begangen, allerdings nicht vorsätzlich. Ich habe nämlich, also Sie wissen schon“ Waltraud fiel es sichtlich schwer, weiter zu sprechen. Doch Nüsslein lies sie zappeln wie den Fisch an der Angel. Zudem war seine Neugier aufs Äußerste gereizt. Was er dann allerdings zu hören bekam, übertraf seine kühnsten Erwartungen. Und er war einiges gewohnt.

„Also ich habe die Fahne vom Gesangverein gestohlen.“

„Was? Das ist doch nicht wahr? Ich bitte Sie, Frau Bürgermeister. Überlegen Sie sich, was Sie da sagen.“ Was sollte denn dieses Bekenntnis. Hatte die Frau Römer seit neuestem einen an der Klatsche. Er rief sich sofort wieder zur Ordnung, ob solcher Gedanken. Aber er wusste wirklich nicht, was er davon halten sollte. Am liebsten hätte er losgelacht. Doch Waltraud fuhr unerbittlich in ihrer Beichte fort.

„Nun ja, ich wusste nicht, dass es die Fahne vom Gesangverein war. Das kann ich als einzig Entschuldigung anführen. Ich dachte, es sei die Fahne der Katholischen Jugend, die da an der Mauer lehnte. Sie erinnern sich vielleicht. Ich habe meinen Mann, wie so oft die letzte Zeit, am Volkstrauertag doch als Küster vertreten. Ich mache das ja auch gerne. Wo er doch immer so viel unterwegs ist. Na ja als Politiker. Nachdem ich die Sakristei aufgeräumt hatte, bin ich eben etwas später aus der Kirche herausgekommen. Und da war die Veranstaltung schon vorbei. Kein Mensch war zu sehen. Nur die Fahne lehnte noch an der Kirchenmauer. Ordentlich zusammengerollt und in der Hülle verstaut.. Ja, und da hab ich halt gedacht, dass mein Sohn die Fahne hat stehen lassen. Weil er doch die letzte Zeit immer so vergesslich und zerstreut ist. Nur weil ihm diese kleine Baroness den Kopf verdreht hat. Und da wollte ich ihm halt einen kleinen Denkzettel verpassen. Ich hab die Fahne dann einfach mit nach Hause genommen und in den Keller gestellt. Erst einige Tage später habe ich dann festgestellt, dass es sich um die Fahne des Gesangvereins handelte.

„Und warum haben Sie die Fahne nicht einfach dem Martin Härtlein zurückgegeben bzw. ihn wenigstens verständigt?"

„Weil ich, weil ich den Martin ebenfalls eine auswischen wollte. Diesem arroganten Pinsel. Ich wollte ihn lächerlich machen. Einmal, wegen meines Mannes, wegen der Wahl. Und dann halt noch, weil er mich damals hat sitzen lassen. Wegen der Betti. Wie eine Dahergelaufene hat er mich damals behandelt. Dabei war sie die Dahergelaufene. Aber sie hat halt einige Hektar Weinberge mit in die Ehe gebracht. Und da habe die Fahne halt in den alten Schrank in der Sakristei gestellt, wo sowieso niemand nachschaut."

Pfarrer Nüsslein verstärkte den „Strenge-Blick" und bedankte sich bei seinem Schöpfer, dass der seine Nachfolger auf Erden mit der Weisheit versehen hatte, das Zölibat für seine Diener einzuführen.

„So ganz verstehe ich allerdings nicht, wieso sie die Fahne dann ausgerechnet in den Schrank in der Sakristei gestellt haben. Damit hätten Sie doch eigentlich mehr mir geschadet, als dem Martin Härtlein."

„Um Gottes Willen, Herr Pfarrer, Ihnen wollte ich bestimmt nicht schaden. Aber ich wusste nicht wohin mit dem Ding. Und ich dachte halt, wenn der Martin als Vorstand nicht in der Lage ist, die Fahne wieder zu finden, und sie dann sogar bei einem Vereinsmitglied auftaucht, dass er sich vielleicht schon ein bisschen lächerlich machen würde."

„Tja, so schlimm ist das alles nicht. Hauptsache, das gute Stück ist wieder da. Ich werde das mit dem Martin schon klären. Trotzdem! Eduard Nüsslein erhöhte den „Strenge-Blick" jetzt noch deutlicher. „Trotzdem, Frau Römer, muss ich Ihre Handlungsweise natürlich tadeln. Auch wenn das heute keine Beichte im üblichen Sinne ist. Eine gehörige Buße haben Sie schon verdient. Ich würde sagen fünfundzwanzig Vaterunser und eine nicht zu kleine Spende für die Orgelsanierung könnten dabei helfen, dass ihr Seelenheil wieder in Ordnung kommt. Ich hatte da mindestens an einen Betrag von fünfhundert Euro gedacht."

„Aber gewiss, Hochwürden." Waltraud war heilfroh, dass der Geistliche es dabei bewenden ließ. Die Vaterunser waren schnell herunter gebetet. Und was die Spende anging. Sie hatte ja noch ihr Sparbuch. Ihren Mann wollte sie nicht darum bitten.

Wieder einmal, so wie vor drei Wochen, war das Gartenhaus Treffpunk dreier Personen, die nicht gestört sein wollten. Die Geschwister Götzelmann und Eduard Nüsslein hatten sich für den Nachmittag dieses Sonntags hier verabredet. Der Struppi war natürlich auch dabei. Auch diesmal gab es Kaffee und Kuchen und im Kachelofen blubberte ein lustiges Feuer, dass eine wohlige Wärme und eine gemütliche Atmosphäre verbreitete. Alle drei sprachen dem Kuchen kräftig zu, so dass davon bald nichts mehr zu sehen war. Auch der Hund hatte seinen Knochen bekommen und lag, zufrieden mit sich und der Welt neben dem Ofen.

Pfarrer Nüsslein strahlte heute eine gute Laune aus, die richtig ansteckend wirkte.

„Also, meine Lieben, ich habe euch heute aus dem Grund eingeladen, weil ich mit euch etwas besprechen möchte, dass vorerst noch unter uns bleiben soll. Darüber hinaus, möchte ich euren Rat wegen der weiteren Vorgehensweise. Vorab aber noch etwas, was zwar in erster Linie mich persönlich betrifft, worüber ich mich aber so freue, dass ich meine Freude unbedingt mit jemandem teilen muss. Mein Sohn hat mir geschrieben."

Barbara fiel bei dieser Eröffnung fast die Kuchengabel aus der Hand.

„Ihr Sohn? Sie meinen doch nicht etwas diesen missratenen, jungen Mann, der versucht hat, sie zu erpressen.?"

„Doch genau, den meine ich. Und es besteht auch kein Zweifel, dass er tatsächlich mein Sohn ist. Herr Wagner hat mir geschrieben. Er hat ja, wie euch bekannt ist, noch einmal Recherchen durchgeführt. Das Ergebnis ist eindeutig. Tobias ist mein Sohn. Und stellt euch vor. Er hat mir aus Kanada geschrieben, aus Toronto. Er will versuchen, eine Aufenthaltsgenehmigung bzw. eine Arbeitserlaubnis zu bekommen Es geht ihm gut. Und das Beste überhaupt. Er hat sich bei mir für sein schlechtes Benehmen entschuldigt. Und er möchte auf jeden Fall, sobald er kann, mir einen Teil des Geldes zurück zahlen. Ist das nicht toll?"

„Wenn er sein Versprechen hält, dann ja." Franziskus hatte da gewisse Zweifel. Papier ist bekanntlich geduldig. Aber wenn der junge Mann es tatsächlich ernst meinte, dann war es um so besser für ihn und seinen Vater.

„Also ich bin zwar eine gutgläubige Katholikin. Aber ich glaube das erst, wenn die erste Rate sich auf ihrem Konto befindet." Auch Barbara glaubte nicht so recht an die Wandlung vom Saulus zum Paulus.

„Aber Hochwürden, Sie müssen ja schon von Beruf`s wegen an das Gute im Menschen glauben."

‚Ganz recht, liebe Frau Götzelmann. Dabei wollen wir es jetzt auch erst einmal bewenden lassen" Eduard Nüsslein wollte sich seine gute Laune nicht von irgend welchen Unkenrufen verderben lassen.

„Aber mir liegt noch etwas ganz anderes auf dem Herzen. Versprecht mir aber, dass ihr über das jetzt Gesagte nichts nach außen verlauten lasst. Also, um es kurz zu machen. Frau Römer hat mir ihre Sünden gebeichtet."

„Aber Herr Pfarrer. Sie werden doch nicht das Beichtgeheimnis verletzen?"

Barbara war für einen Moment schockiert."

„Nun, es war ja auch keine Beichte im eigentlichen Sinn. Nein, sie hat mir nur vorgestern unter Tränen gestanden, dass sie die Fahne des Gesangvereins in den Schrank in der Sakristei gestellt hat."

„Was die Römer hat die Fahne gemopst." Auch Franziskus verschlug es die Sprache.

„Hat die denn überall ihre Finger im Spiel?"

Eduard Nüsslein erzählte den beiden, was die Frau Bürgermeister ihm unter dem Siegel der Verschwiegenheit gebeichtet hatte. Für einen Moment war es im Gartenhaus ganz ruhig. Dann aber fing Franziskus plötzlich so laut zu lachen an, dass der Struppi aus seinen schönsten Hundeträumen hoch schreckte. Franziskus musste so heftig lachen, dass es ihm die Tränen in die Augen trieb.

„Das gibt es nicht. Die späte Rache einer verschmähten Frau. Und da zappeln wir uns ab, versuchen Täter und Motiv zu ermitteln. Aber auf das Naheliegendste kommen wir nicht. Ach, ist das schön. Wir sollten die Sachen wirklich auf sich beruhen lassen. Wenn Du einverstanden bis, Eduard, dann werde ich dem Martin ans Herz legen, dass er ebenfalls keinen großen Wirbel veranstaltet. Er muss es halt seinen Vorstandkollegen plausibel machen, dass die Fahne einfach wieder aufgetaucht ist. Aber es wird ihm schon das Passende einfallen. Reden kann er ja."

„Das halte ich auch für das Beste. Wenn nicht, dann werde ich ihn auch noch einmal darauf hinweisen, dass mir die Frau Römer ihr Geheimnis nur deshalb anvertraut hat, weil ich ihr geistlicher Beistand bin. Was meinen Sie, Barbara?"

„Ich meine, dass die alte Giftspritze schon eine Strafe verdient hat. Aber wie ich Sie kenne, Herr Pfarrer, werden Sie sicher schon das Nötige veranlasst haben. Nur schade, dass dieser größte Kriminalfall aller Zeiten in Kirchfeld jetzt quasi vor seinem Abschluss steht. Und so ganz ohne Leiche. Dabei habe ich meine Fähigkeiten noch gar nicht richtig ausschöpfen können."

„Also, ich bin eigentlich sehr zufrieden, dass diese Posse endlich zu Ende ist."

Franziskus hatte nämlich die letzte Zeit die Nase gestrichen voll.

„Nur schade, liebes Schwesterlein, dass Du jetzt Deinen Spürsinn nicht weiter einsetzen kannst. Aber tröste Dich mit den Gedanken, dass irgendwann bestimmt ein neuer Fall Deine Ermittlerfähigkeiten erfordert.

„Da magst Du recht haben, Franziskus. Aber wenn wir nun schon alle beim Beichten sind, ich habe euch auch etwas mitzuteilen. Hat sich der Matthias schon bei Ihnen gemeldet, Hochwürden?"

„Nein, hat er nicht. Sollte er das tun?"

„Ich habe es ihm angeraten. Er hat ein ähnliches Geständnis abzulegen, wie seine Mutter. Allerdings geht es dabei um etwas mehr, als eine Vereinsfahne. Sind Sie nicht zu streng mit ihm. Er hat die Tat nämlich im Zustand geistiger Verwirrung getan."

"Wie das?"

„Na ja er war bis über beide Ohren das erste Mal verliebt."

„Diese ganze Familie Römer scheint einen Hang zu Kriminellen zu haben." Franziskus konnte es nicht unterlassen, Öl in`s Feuer zu gießen.

„Lassen wir es für heute dabei bewenden. Es ist ja eigentlich nichts wirklich schlimmes passiert." Nüsslein wollte das Kaffeegeschirr aufräumen, als Barbara sich noch einmal zu Wort meldete.

„Ich habe noch etwas."

„Oh weh!" Ihr Bruder machte ein sorgenvolles Gesicht.

„Lass mich raten, Du willst heiraten und kündigst hiermit Deine Stellung beim Hochwürden und mir in Küche und Haus. Und stürzt damit zwei allein stehende Männer in`s Unglück."

„Quatsch!" Barbara`s Gesicht überzog eine leichte Röte.

„Nein, ich möchte euch hiermit nur mitteilen, dass ich im August endlich wieder einmal einen richtigen Urlaub verbringen werde."

„Im August? Da gibt es von meiner Seite aus keine Probleme. Ich habe ja auch im August Urlaub.

Und da muss sich mein Vertreter halt von der Gemeinde durchfüttern lassen.“

„Wo soll`s denn hingehen?“

Franziskus hatte einen Verdacht.

„Herr Wagner hat mich zu einer Reise mit dem Postschiff entlang der norwegischen Küste eingeladen. Du weißt ja, das war schon immer ein großer Wunsch von mir.“

„So, so, mit dem Wagner`s Heinz. Meinst Du nicht, dass der schon ein bisschen zu alt für Dich ist?“

„Ich will ihn nicht heiraten sondern nur mit ihm verreisen. Außerdem ist er für sein Alter noch ganz schön fit. Sowohl körperlich als auch geistig. Und im Gegensatz zu Dir verfügt er über eine enorme Bildung und ein umfassendes Allgemeinwissen.“

„Und die Pension, die er bekommt, ist auch nicht von schlechten Eltern. Du könntest,, wenn Du ihn ehelichen würdest, einmal eine wohlhabende Witwe werden.“ Franziskus konnte es nicht lassen, seine Schwester aufzuziehen.

„Hören Sie nicht auf Ihren Bruder, Barbara. Er ist nur neidisch.“ Eduard Nüsslein kam seinem guten Geist zur Hilfe. Doch die konnte sich ganz gut auch alleine wehren.

„Ich kenne seine komische Art von Humor schon lange, Herr Pfarrer. Aber wenn man ein Leben lang Verbrecher gejagt hat und in den Niederungen der menschlichen Gesellschaft herum wühlt, dann färbt das halt ab. Im Grund genommen, sind solche Menschen aus ganzem Herzen zu bedauern."

„Gut gekontert Bärbel. Aber ich bin weder neidisch, noch will ich Dir Moral predigen. Ich gönne Dir von ganzen Herzen diesen Urlaub. Und der Heinz ist bestimmt der ideale Reisebegleiter. Aber sag mal Eduard, hast Du in Deinem Landhaus vielleicht irgendwo einen Schnaps lagern. Ich könnte durchaus ein Stamperl vertragen"

Der Geistliche musste nicht lange suchen. Er zauberte tatsächlich aus der Tiefe eines Schrankes ein bauchige Flasche hervor, deren Inhalt sich als ein zehn Jahre altes Mirabellenwasser herausstellte.

„Prosit noch einmal, auf ein gutes neues Jahr."

„Prosit! Und Dir Bärbel wünsche ich schon heute einen ganz tollen Urlaub"

Struppi, der die ganze Zeit geschlafen hatte, hob kurz den Kopf, um nachzusehen, warum seine Menschen auf einmal so fröhlich waren. Doch offensichtlich war alles im grünen Bereich. Er rollte sich wieder zusammen und schlief weiter, um von einem überdimensionalen getrocknetem Schweineohr zu träumen.

Noch am gleichen Abend setzte Franziskus seinen ersten Vorstand über die Hintergründe des

Fahnendiebstahls in Kenntnis. Martin versprach, die Sache so diskret wie möglich zu behandeln, verschwieg aber, dass er dieses Hintergrundwissen durchaus verwenden würde, sollte Horst Römer evtl. von der gemachten Zusage Abstand nehmen. Ein diskreter Hinweis auf die kriminelle Veranlagung seiner Ehefrau könnte in einem solchen Fall wahre Wunder wirken. Ansonsten lief alles wieder prima. Ganz in seinem Sinne. Er würde in den nächsten Tagen wieder einmal eine außergewöhnliche Vorstandssitzung einberufen. Damit dieses leidige Thema endlich durch war. Dann konnte sich man wieder den wirklich wichtigen Dingen widmen. Nämlich den Würzburger Chormusiktagen. Felix hatte ihm vor einigen Tagen signalisiert, dass er sich durchaus vorstellen könnte, in seinen Betrieb mit einzusteigen. Nur mit dem geplanten Kurzurlaub schien es nicht zu klappen. Betti hatte nichts passendes gefunden. Aber das war nicht so schlimm.

Ganz so selbstzufrieden blickte Felix nicht in die Zukunft. Nicht dass er sich Sorgen machte. Im Studium lief es gut. Mit Jasmine verstand er sich prächtig. Und mit seiner Vaterschaft hatte er sich auch abgefunden. Mittlerweile freute er sich sogar darauf. Was ihm gewaltig wurmte, war dieser Brief von seinem Vater. Diese Art, wie er von seinem alter Herrn da abserviert wurde, hatte ihn schon sehr verletzt. Denn eines war klar. Die Brauerei in Flintsbach war für ihn gestorben. Sollte seine Schwester mit ihrem Braumeister doch zusehen, wie sie damit zurecht kamen. Eigentlich war er sogar froh, dass er nicht mehr die Verantwortung dafür übernehmen musste.

Felix hatte auch nicht vorgehabt, seine Wohnung in Würzburg aufzugeben. Aber Jasmine hatte ihn davon überzeugt, dass er ja ohnehin die meiste Zeit in Kirchfeld verbrachte. Das Geld könne er sich sparen. Später könnten sie sich ja dann etwas Eigenes suchen. Jetzt gelte es erst einmal, Wichtigeres in Angriff zu nehmen. Nämlich Hochzeitsvorbereitungen. Denn schließlich könnte man ja damit nicht warten, bis das Kind da war.

Bei dem Wort „Hochzeitsvorbereitungen" war es ihm ganz heiß geworden. Musste denn gleich geheiratet werden. Aber seine Freundin hatte darauf bestanden und nach seiner halbherzigen Zusage gleich einen Termin beim Pfarrer Nüsslein vereinbart. Brautgespräch nannte man das. Als müsste man darüber auch noch mit einem Pfarrer reden. Für einen Moment war er sich vorgekommen, als würde er mit einem Male seine Freiheit verlieren. Doch er rief sich zur Ordnung. Nein, er liebte Jasmin schließlich von ganzen Herzen und sie würden bestimmt eine glückliche Familie.

Die Vorstandschaft der „Harmonia Kirchfeld" hatte sich wieder einmal zu einer außerordentlichen Vorstandssitzung zusammengefunden. Ort des Geschehens war, wie konnte es anders sein, die Probierstube des Weingutes Härtlein. Der einzige Unterschied zur letzten Sitzung war der, dass Martin von Anfang an gleich einen besseren Wein kredenzt. Ein „Kirchfelder Schloßhügel" stand auf dem Tisch. Ein Riesling, der sich durch sein fein-herbes Bukett auszeichnete. Martin hatte dafür bei der letzten Weinprämierung eine Goldmedaille erhalten. Schließlich gab es ja etwas zu feiern.

Der erste Vorstand ergriff auch gleich das Wort, um mit Freude und Rührung in der Stimme zu verkünden, dass die vermisste Fahne sich endlich wieder im Besitz des Vereines befand.

„Liebe Freunde! Ich habe diese Sitzung eigentlich nur aus dem Grund angesetzt, um euch die freudige Mitteilung zu machen, dass unsere Vereinsfahne wieder aufgetaucht ist. Ein bedauerliches Missverständnis hatte zum Verschwinden dieses uns so teueren Stückes geführt. Ich hoffe, ihr habt Verständnis dafür, dass ich euch keine näheren Einzelheiten mitteilen kann. Aber ich habe Stillschweigen gelobt und mein Ehrenwort gegeben, nichts darüber verlauten zu lassen. Und ihr kennt mich gut genug, um zu wissen, dass ich unter keinen Umständen ein von mir gegebenes Wort breche."

„Ganz so einfach ist das aber nicht Martin!" Es war natürlich wieder einmal Peter Schuster, der Einwände hatte.

„Du kannst doch nicht einfach zur Tagesordnung übergehen, so als wäre nichts geschehen. Ich jedenfalls verlange eine lückenlose Information."

Auch Karl Bauer, der erste Kassier, war der Meinung, dass man schon ein bisschen mehr wissen sollte. So erfreulich es auf der anderen Seite auch war, dass das gute Stück wieder aufgetaucht war.

„Ach was, jetzt macht doch kein so ein Theater, wegen dem Fetzen."

Simon Bauerreis zeigte deutlich seine Verärgerung.

„Es gibt wichtigeres als ein Stück Tuch. Seid froh, dass sie wieder in unserem Besitz ist. Ich jedenfalls gebe mich mit der Erklärung von Martin zufrieden."

„Du bist halt noch nicht so lange beim Verein, um zu verstehen, dass uns diese Fahne heilig ist." Peter Schuster zeigte sich empört über so viel Respektlosigkeit.

„Wenn Du damit ausdrücken willst, dass ich kein Vereinsmeier bin, dann hast Du recht."

Auch bei Simon riss jetzt der Geduldsfaden. Diese Gefühlsduseleien gingen ihm gewaltig auf den Geist.

Jetzt war die Autorität des ersten Vorstandes gefordert. Offensichtlich war seine Überrumplungstaktik gescheitert. Jetzt mussten größere Geschütze aufgefahren werden.

„Also, ich sehe schon, dass es offensichtlich nicht möglich ist, dass ihr das von mir gegebene Ehrenwort akzeptiert. Das betrachte ich als Ausdruck nicht mehr vorhandenen Vertrauens in meine Tätigkeit als erster Vorstand. Hiermit bleibt mir nichts anderes übrig, als meinen Posten zur Verfügung zu stellen und zurückzutreten."

Martin meinte das allerdings alles andere als ernst. Er wusste genau, dass sich niemand um diesen Posten riss. Außer Peter Schuster natürlich. Aber der hatte keine ausreichende Hausmacht. Hoffte er wenigstens.

„Jetzt mach mal langsam." Karl Bauer war nicht bereit, dieses Spiel mitzuspielen. Auch war er Realist genug, um zu wissen, dass es keine Alternative zu Martin Härtlein gab.

„Sei nicht gleich so empfindlich. Ich für meine Person möchte nur wissen, ob diese Geschichte irgendwelche rechtlichen Konsequenzen nach sich zieht. Und ob, wenn wir das alles unter den Teppich kehren, irgendwelche Gesetze umgangen werden."

Martin lächelte. Jetzt hatte er seine Pappenheimer wieder da, wo er sie haben wollte. Die Bedenken von Karl ließen sich rasch zerstreuen und somit war die Mehrheit zu seinen Gunsten wieder hergestellt.

Peter Schuster, versuchte zwar noch einmal halbherzig seine Bedenken zu äußern. Aber niemand war bereit, ihn dabei zu unterstützen. Er wusste aus Erfahrung, da war nichts zu machen. Rasch wurde der zweite Tagungspunkt, die Gründung eines Frauenchores von den Vorstandsmitglieder einstimmig abgenickt. Und dann ging man zum gemütlichen Teil der Sitzung über. Martin hatte vor Beginn verkündet, dass er heute einige Spitzenweine präsentieren wollte. Und eine deftige Brotzeit sollte es auch geben. Er hatte nicht zuviel versprochen. Die nachfolgende Weinprobe hatte es wirklich ins sich und entschädigte voll für den ausgestandenen Stress. Es gab keinen, der nicht mit einem kleinen Zacken, aber hoch zufrieden nach Hause ging.

„Du möchtest also, dass wir uns in aller Form verloben, bevor wir heiraten?"

Felix fand dieses Ansinnen seiner Freundin ziemlich altmodisch.

„Tut man das heutzutage denn überhaupt noch?"

„Es ist nicht entscheidend, ob man das heute noch tut, sondern ob wir beide es tun. Ich bin nun mal, was solche Dinge angeht, furchtbar altmodisch und romantisch."

Jasmine ließ keinen Zweifel daran, dass sie das soeben gesagte ernst meinte. Die beiden saßen in der Wohnung von Felix und diskutierten nun schon eine ganze Weile darüber, wie, wann und wo die Hochzeitsfeierlichkeiten stattfinden sollten. Dabei war man auch auf das Thema Verlobung gekommen. Felix war der Meinung, dass eine Verlobung nur sie beide etwas anginge und dass, wenn überhaupt, eine solche Feier nur im kleinsten Kreise stattfinden sollte. Was im Klartext so viel hieß, nur mit ihnen beiden. Daraufhin hatte ihn seine Allerliebste mit ganz großen Augen angeschaut und nur gemeint, sie hätte nie gedacht dass Felix so ein sturer Kerl sein würde. Daraufhin hatte Felix erwidert, dass es doch nur wichtig sei, dass sie beide sich lieben würden und das müsste man doch nicht mit einem Riesenfest schon vor der Hochzeit nach außen hin demonstrieren. Zudem die Hochzeit ja schon wenige Monate später stattfinden sollte. Und zweimal hintereinander müsse man ja nicht die große Schau abziehen. Und wer sollte das alles schließlich bezahlen.

Mit Tränen in den Augen hatte ihn daraufhin Jasmine erklärt, dass in Franken es durchaus üblich sei, eine solche große Schau abzuziehen. Und wegen der Kosten solle er sich nun mal keine so große Gedanken machen. Schließlich wären sowohl ihre wie auch seine Eltern nicht gerade mittellos.

Und sie könne sich durchaus vorstellen, dass Felix`s Eltern durchaus genau so denken würden.

Felix sagte erst einmal gar nichts. Jasmine hatte ja recht. Seine Familie, war, was solche Familienfeierlichkeiten anging, nämlich genau so konservativ. Und mit dem letzten Argument hatte Jasmine ihn den Wind aus dem Segel genommen.

Gottergeben hatte Felix schließlich einer offiziellen Verlobung zugestimmt. Jasmine hatte daraufhin sich sofort bereit erklärt, die Organisation zu übernehmen. Den Einwand, dass Felix nicht versprechen könne, ob seine Eltern zur Verlobungsfeier kommen würden, wischte seine Braut mit der Bemerkung vom Tisch. „Dann muss es halt ohne sie gehen."

Nachdem dies alles ausdiskutiert war, gab sie ihrem Felix einen dicken Kuss und meinte, dass es doch nichts über eine Beziehung ginge, in der man offen und ehrlich miteinander die anfallenden Probleme anging. Ja, und dass es ganz wichtig sei, nicht immer nur auf seinen eigenen Standpunkt zu beharren. Sie wünsche sich, dass das eine Leben lang so bleiben würde.

Felix fiel dazu nicht viel ein. Er hatte kapiert, dass es Dinge im Leben gibt, über die man zwar reden kann, aber die Entscheidung besser dem Partner überlässt. Und darüber hinaus waren ja weder eine Verlobung noch eine Hochzeit etwas Schlimmes. So lange er sie nicht bezahlen musste...

Doch als Jasmine mit ihm gleich noch weitere Einzelheiten besprechen wollte, wie z.B. die Wahl des Hochzeitkleides oder die Liedwahl für den Traugottesdienst, befielen ihn plötzlich rasende Kopfschmerzen, die ihm leider nicht mehr ermöglichten, den Ausführungen seiner Liebsten zu folgen.

Dumm war es nur, dass diese ihn sofort dazu brachte, sich ins Bett zu legen. Er musste eine Aspirintablette schlucken und Pfefferminztee trinken. Als Felix dann nach einer halben Stunde verkündetet, dass es ihm schon wieder wesentlich besser ginge, kroch Jasmine sofort zu ihm ins Bett, um zu überprüfen, ob das auch der Wahrheit entsprach.

Als sie ihn später noch einmal nach seinem Befinden erkundigte, konnte Felix wahrheitsgemäß antworten, dass seine Kopfschmerzen wie weggeblasen wären. An ihr sei eine begnadete Ärztin verloren gegangen.

„Ja mein Lieber, sagte daraufhin dieses herrliche Wesen:

„Ja, mein Lieber, Du hast ganz großes Glück, dass Du mich kennen gelernt hast. Wer weiß, was sonst aus Dir noch geworden wäre. Wahrscheinlich würdest Du ganz schnell auf die schiefe Bahn geraten. Du solltest Tag und Nacht dem Herrgott danken, dass Du eine solche Frau bekommst."

Felix schnappte sich ein Kopfkissen und warf es mit voller Wucht seiner Braut an den Kopf."

„Schäm Dich. Man schlägt keine Frauen, schon gar nicht, wenn sie schwanger sind."

„Entschuldige mein Schatz. Hoffentlich hast Du jetzt keine Kopfschmerzen? Wenn ja, eine Aspirin ist noch da."

„Du bist ein Ekel, Felix Unterwalcher. Ich weiß wirklich nicht warum ich Dich heirate?"

„Ich bin Dir nur ebenbürtig. Es gibt außerdem nichts schöneres in einer Beziehung, wenn niemand versucht den anderen zu übervorteilen."

Diesmal verzichtete Jasmin auf eine Erwiderung. Stattdessen kuschelte sie sich an Felix Schulter.

Eng umschlungen schliefen sie ein. Der Mond der über der Festung stand und die ganze Zeit ins Zimmer geschaut hatte, zog sich daraufhin diskret hinter eine große, dicke Wolke zurück. Er hatte genug gesehen, um zu wissen, dass hier zwei glückliche Menschenkinder dem Morgen entgegen schliefen.

Der Februar verging wie im Flug. Der Männerchor probte mit Fleiß und Ausdauer für die Chormusiktage. Es schien alles so zu laufen, wie es meistens um diese Jahreszeit in Kirchfeld ablief. Und der Winter zeigte sich endlich so, wie es sich normalerweise in Unterfranken zeigte. Nämlich mit Schmuddelwetter und Temperaturen um den Gefrierpunkt.

Aus der Verlobungsfeier im großen Stil war allerdings nichts geworden. Von Felix Familie war nur seine Schwester mit Freund gekommen. Seine Eltern ließen sich mit der Begründung entschuldigen , dass es beiden gesundheitlich momentan nicht so gut ginge. Und der jüngere Bruder von Felix stand im Abiturstress. So fanden sich an diesem Sonntag im Nebenzimmer vom „Anker" lediglich Felix und Jasmine, deren Eltern die Schwester von Felix mit Freund und der Patenonkel von Jasmine mit seiner Frau ein. Es war trotzdem oder gerade deswegen eine schöne Feier. Man hatte vorzüglich gespeist und es herrschte eine lockere und fröhliche Atmosphäre.

Das wäre wahrscheinlich auch so geblieben, wenn nicht Martin auf die Idee gekommen wäre, einer seiner berühmt-berüchtigten Reden zu halten. Nun war der Anlass ja dazu gegeben. Mehr vielleicht als bei anderen Gelegenheiten. Doch was das Oberhaupt der Familie Härtlein dann von sich gab, war gar nicht im Sinne seines zukünftigen Schwiegersohnes. Er bezeichnete Felix nämlich als Nachfolger und Mitinhaber seines Weingutes und ließ ihn dann als Vater seiner zukünftiger Enkel hochleben. Felix ging das entschieden zu weit. Nur mühsam konnte er seine Verärgerung verbergen. Doch so richtig wollte es ihm nicht gelingen. Es war dann auch niemand ernsthaft böse, dass man beschloss die Tafel aufzuheben. Die gut gemeinte Einladung Martin`s den Tags noch bei einigen Spätlesen in seiner Probierstube zu beschließen, lehnten die Verlobten mit der Begründung ab, dass sie rechtschaffen müde seien. Auch die Schwester von Felix und ihr Freund entschuldigten sich mit der Begründung, dass sie am nächsten Tag eine Besichtigungstour in Würzburg machen und dafür fit sein wollten. So saßen in der Probierstube nur noch Martin und

Betti und Schwager Friedrich und dessen Frau Margot zusammen.

Friedrich war Lehrer und Martin konnte nicht besonders gut mit ihm. Denn er hatte, wie Martin sich ausdrückte, die Weisheit mit dem Löffel gefressen. Was allerdings für einen Lehrer ganz normal ist. Auch heute musste dieser begnadete Pädagoge natürlich wieder seine Statements abgeben.

„Da hast Du ja was schönes angerichtet, lieber Schwager mit Deiner Festrede. Sag mal, hast Du denn gar nicht gemerkt, dass Du damit gewaltig in`s Fettnäpfchen getreten bist?"

Martin schaute seinen Schwager mit kleinen Äuglein an. Auch bei ihm machte sich der vermehrte Alkoholgenuss bemerkbar. Er wollte nicht einsehen, was an seiner Rede so falsch oder gar schlecht gewesen sein sollte.

„Ich wüsste nicht, was ich Schlimmes gesagt habe. Aber ihr Akademiker habt natürlich ein höher entwickeltes Wahrnemungsvermögen, als wir Normalsterblichen mit unserem Schmalspurabitur. Aber ich lasse mich gerne von Dir aufklären, was für einen Lapsus ich mir geleistet haben soll."

„Du hast Deinen Schwiegersohn gehörig unter Druck gesetzt. Und das vor allen Leuten. Schließlich ist der junge Mann doch kein Bittsteller, der von Deiner Gnade abhängig ist und aus lauter

Dankbarkeit auch noch dafür zu sorgen hat, dass er recht viele Enkelkinder in die Welt setzt."

„Sag mal spinnst Du. So habe ich das doch wirklich nicht gemeint. Ganz im Gegenteil. Ich weiß doch, was der Felix drauf hat. Meinst Du, ich mache jedem Hinz und Kunz das Angebot, meinen Betrieb mit zu leiten. Das war ehrlich gemeint. Und daran sollte niemand zweifeln. Schon gar nicht Du."

„Martin!" Betti gab ihrem Gemahl unter dem Tisch einen leichten Tritt ans Schienbein.

„Martin, ich glaube nicht, dass der Fritz das so gemeint hat. Aber lass den Felix in Ruhe mit Deinem Betrieb. Der hat momentan ganz andere Sorgen. Und mehr, als er Dir ohnehin versprochen hat, wirst Du sowieso nicht erwarten können.

„Ich erwarte doch gar nichts von ihm. Ich würde mich nur wahnsinnig freuen, wenn er mein Nachfolger wird. Aber lassen wir das jetzt. Ich will keinen Streit an so einem Tag." Als die Männer allerdings dann auf die hohe Politik zu sprechen kamen, verließen die beiden Damen fluchtartig die Probierstube. Denn bei diesen Diskussionen ging es erfahrungsgemäß immer sehr laut und heftig zu. Sie zogen sich in die Küche zurück und Betti holte aus dem Kühlschrank einen sehr alten Schlehengeist hervor. Und während sich ihre Männer lautstark über das aktuelle Tagesgeschehen stritten, wurden hier ganz andere Themen abgehandelt. Auch über Männer im Einzelnen und im Besonderen wurde gesprochen. Es war gut, dass die beiden Streithähne nichts davon mitbekamen. Denn sonst hätte ihre hohe Meinung, die sich von sich selbst hatten, empfindlich gelitten.

Ein Ereignis fürchtete Peter Hartmann wie der Teufel das Weihwasser. Nämlich den Kirchfelder Fasching. Doch nicht um die Moral seiner Sänger war der Chorleiter besorgt. Nein er fürchtete um die Stimmbänder seiner Sänger. Denn wer ein echter Kirchfelder Narr war, der ließ sich durch nichts und von niemandem davon abhalten, die drei tollen Tage entsprechend durchzufeiern. Und es gab im Männerchor nicht wenige, die richtige Kirchfelder Narren waren.

Nun muss man wissen, dass der traditionelle Kirchfelder Fasching nichts zu tun hat mit importierter, rheinischer Fröhlichkeit. Diese Spielart des organisiertem Frohsinns hatte erst in den letzten vierzig Jahren so nach und nach Einzug in die fränkischen Gaue gehalten. Prunksitzungen, Rathausstürme und Gardemädchen hatten so gut wie nichts mit dem traditionellen fränkischen Fasching zu tun. Tradition war vielmehr, dass man sich an den närrischen Tagen ins Kleid warf, sich eine Maske vors Gesicht band und in Gruppen durch den Ort zog und Einlass in die Häuser begehrte. Dort wurde man mit Speis und Trank bewirtet, wobei meistens der Trank überwog, was dazu führte, dass man am Abend ziemlich alkoholisiert war. Nichtsdestoweniger besuchte man dann noch die Maskenbälle, die von den verschiedenen Vereinen abgehalten wurden.

Das sog. Kleid war nichts anderes als ein „Domino". Und ein Domino war und ist ein schwarzer Umhang. Dazu trägt man eine ebenso schwarze Kapuze, die mit Papier ausgestopft ist. Die Maske ist ebenfalls aus Stoff. Oder man trägt eine Maske aus Karton, die ein Gesicht darstellt. Es schien einige Zeit so, dass die Tradition des Straßenfaschings eingeschlafen war. Doch die letzte Zeit hatte die Zahl der Narren, die die Straße bevölkerten, wieder zugenommen. Vor allen Dingen auch deswegen, weil sich die jungen Leute wieder mehr auf diese alten Bräuche besannen. Natürlich wurde während der närrischen Tage viel gesungen und auch geschrieen. Die Sorge von Chorleiter Peter Hartmann war also nicht ganz unbegründet.

Die Gruppen, die im Fasching unterwegs waren, bestanden meist aus Männlein und Weiblein. Auch Jasmine nahm seit ihrer Kindheit am Kirchfelder Straßenfasching teil. Denn auch die Kinder pflegten bereits diese Tradition. Nur dass sie statt alkoholischer Getränke eben Süssigkeiten sammelten oder in seltenen Fällen einen kleine Geldbetrag.

Jasmine hatte Felix davon in Kenntnis gesetzt, dass sie vom Faschingssonntag bis einschließlich Dienstag mit ihrer alten Clique unterwegs sein würde. Felix könne entweder mitmachen oder aber er müsste halt ein paar Tage auf sie verzichten. Sie wollte unbedingt einmal noch dieses Vergnügen haben. Denn wer weiß, ob sie die nächsten Jahre, als junge Mutter und Ehefrau noch einmal dazu käme. Felix hatte Verständnis gezeigt. Er war zwar kein Trauerkloß. Aber Belustigungen dieser Art waren nicht unbedingt sein Metier. Er bevorzugt mehr das Ironische und ging gern zu Kabarett- und Kleinkunstveranstaltungen. Er wollte sowieso nicht die Faschingstage in Würzburg verbringen. Er hatte beschlossen, sich wieder einmal in Flintsbach bei seinen Eltern sehen zu lassen. Nach einem Telefongespräch mit seiner Mutter hatte er sich vorgenommen, sich einmal richtig mit seinem Vater auszusprechen. Außerdem schien es, wenn er seine Mutter richtig verstanden hatte, seinem Vater gesundheitlich nicht sehr gut zu gehen.

Doch ganz um den Fasching kam er nicht herum. Die Vorstandschaft des Gesangvereins hatte nämlich beschlossen am letzten Freitag vor dem Faschingswochenende eine sog. "Närrische Singstunde" zu halten. Dafür kam natürlich keine andere Lokalität als der „Anker" in Frage. Kostümierung war Pflicht. Und wenn man sich nur eine Pappnase vors Gesicht hing. Eingeladen waren aktive sowie auch passive Mitglieder mit Anhang. Selbstverständlich auch die Sängerinnen des neu gegründeten Frauenchores. So hatten Felix und Jasmine also Gelegenheit wenigstens einen Abend zusammen Fasching zu feiern.

Geplant war an diesem Abend auch eine Kostümprämierung. Felix und Jasmine rechneten sich Chancen aus. Jasmine kam gewandet als Femme Fatal im Stil der zwanziger Jahre und Felix war als Mafiosi verkleidet.

Außerdem war ausgemacht, dass keine Musik von sog. Tonträgern abgespielt wurde. Sondern alles sollte handgemacht sein. Schließlich gab es einige Sänger, die im Musikverein waren und ein Instrument spielen konnten. Und so erklangen an diesem Abend Akkordeon, Gitarre, Kontrabass und Trompete. Auch wenn es manchmal ein bisschen improvisiert klang, tat das der guten Stimmung keinen Abbruch.

Margot, die Vereinswirtin übertraf sich heute wieder einmal selbst. Küche und Keller boten einiges, was den Gaumen kitzelte und verwöhnte. Es wurde gesungen, geschunkelt und getanzt und man als zu den Klängen der Polonäse Blankenese durch das Lokal zog hatte die Stimmung ihren ersten Höhepunkt erreicht. Jasmine war, was den Alkoholgenuss anging, abstinent. Als werdende Mutter hatte man schließlich seine Verantwortung.

„Sag mal, Deine Tochter ist doch nicht bei den anonymen Alkoholikern gelandet, weil sie nicht einmal ein Glas Sekt trinkt?"

Dieter Roth, Fahnenträger des Vereins und einer der wenigen Junggesellen im Chor stellte diese nicht ganz ernst gemeinte Frage. Er war für kurze Zeit vor einigen Jahren mit Jasmine befreundet und konnte es bis heute noch nicht richtig akzeptieren, dass sie ihm den Laufpass gegeben hatte.

„Nicht dass ich wüsste, aber frag sie doch selbst." Martin Härtlein hatte keine Lust, die Schwangerschaft seiner Tochter an die große Glocke zu hängen. Das Thema würde sowieso bald Ortsgespräch sein.

Doch auch Dieter Roth hatte keine Lust, sich unbedingt eine dumme Bemerkung seitens seiner Ex-Freundin abzuholen. Er hielt sich zwar nach wie vor für einen ganz großen Draufgänger, dem keine Frau widerstehen konnte, kannte aber auch die spitze Zunge von Jasmine. So schwirrte er ab, um sich nach einem geeigneten Opfer umzusehen, dass seinem herben männlichen Charme nicht widerstehen konnte.. Christel Gösswein schien eine gewisse Bereitschaft zu signalisieren. Sie war alleine zur „Närrischen Singstunde gekommen, denn ihr Freund war mit seiner Schulklasse zum Skifahren in Tirol und kam erst am Aschermittwoch zurück.

Hochwürden Nüsslein, der sinnigerweise als Mönch erschienen war, hatte schon fleißig dem edlen Rebensaft zugesprochen. So fühlte er sich mutig genug, eine selbst verfasste Faschingspredigt vorzutragen, die bei den Zuhörern sehr gut ankam. Sie war nicht nur ironisch, sondern hatte auch nachdenkliche Passagen.

„An Dir ist ein Pfarrer verloren gegangen." Franziskus, der als Sträfling verkleidet war und eine große Eisenkugel-Attrappe hinter sich her zog, bzw. trug, schlug seinen Sangesbruder anerkennend auf die Schulter.

„Ach wenn Sie wenigstens evangelisch wären." Betti Härtlein, die im Kostüm einer Zigeunerin erschienen war, angetan mit einem weiten, roten Rock und einer Bluse, deren Ausschnitt für Kirchfelder Verhältnisse schon als gewagt bezeichnet werden konnte, warf dem Ortsgeistlichen einen verführerischen Blick zu.

„Warum?" Eduart Nüsslein, tat so, als würde er den Sinn der Frage nicht verstehen.

„Nun, dann könnten Sie die Freuden der Ehe genießen."

„Ach , liebe Frau Härtlein. Was sollte ich mit einer Ehefrau. Wo doch die schönste Frau weit und breit schon jahrzehntelang nicht mehr zu haben ist."

„Wen meinen Sie denn jetzt damit?" Betti ging voll auf das Geplänkel ein.

„Natürlich Sie, liebste Frau Härtlein. Wussten Sie denn nicht, dass alle Hobbydichter von Kirchfeld und der näheren und weiteren Umgebung das hohe Lied Ihrer Schönheit schon vor Jahren sangen?"

„Hüte Dich Weib, vor den Schmeicheleien dieses falschen Mönches." Martin Härtlein sah sich genötigt in dieses frivole Wortspiel einzugreifen. Er gab den Part des eifersüchtigen Ehemannes mit voller Überzeugung.

„Waren es doch die Mönche, die im Mittelalter die Sitten verdarben."

„Ach mein Gebieter!" Betti schlug ihre glutvollen Augen schamhaft nieder.

„Ihr wisst doch, mein Herr, dass ich nur Euch liebe und lieben werde." Sie gab ihrem Mann einen herzhaften Kuss, was diesen erröten ließ. Martin war übrigens im Kostüm eines Häckers erschienen und es passte vorzüglich zu ihm.

„Wollt ihr euch nicht aus der Hand lesen lassen, junger Mann?" Betti nahm die Hand von Felix und begann ihm seine Zukunft vorauszusagen.

„Was muss ich sehen? Ihr seid im Begriff Euch ein Weib zu nehmen. Mein armer, junger Freund. So jung und schon in festen Händen. Habt ihr Euch das auch reiflich überlegt?"

Felix fand dieses Geplänkel fabelhaft. Es fiel ihm nicht schwer, darauf einzugehen .

„Ich muss, weise Frau. Ich muss. Diese Dirne, die an Eurer Seite sitzt und so unschuldig schaut, hat mich unerfahrenen Burschen umgarnt, so dass ich nicht mehr ein und aus wusste."

Das konnte Jasmine natürlich nicht auf sich sitzen lassen.

„Was fällt euch ein. Ihr ungehobelter, aus dem tiefsten Bayernland kommender Bauernbursche. Wie könnt ihr es wagen, mich derart bloßzustellen. Auch noch vor Zeugen. Ich verlange Genugtuung. Meine Jugend, meine Unschuld habt ihr mir geraubt. Und jetzt gebt ihr mir die Schuld. Behauptet vielleicht noch, dass ich Euch verführt habe. Mein Vater ergreift diesen kecken, frechen Burschen und steckt ihn ins tiefste Verlies Eures Schlosses."

„Gemach, gemach, liebstes Töchterlein. Ich werde ihn mit harten Fronarbeiten in meinen Weinbergen bestrafen. Und wenn er nicht gehorcht, dann wird er die Peitsche zu spüren bekommen."

„Hast Du das gehört, frommer Mann?" Betti warf ihre Arme in gut gespielter Verzweiflung in die Höhe.

„Ich bin mit einem Sadisten verheiratet. All die Jahre wusste ich nichts davon. Und jetzt diese Abgründe. Ich bitte Euch inständig, lieber Mönch, befreit mich aus dieser Gesellschaft."

„So darf ich es wagen, liebe Dame, Euch zu einem Getränk einzuladen. Dort an der Theke dieser Kaschemme werde ich Euch einen Seelentröster spendieren. Danach werdet Ihr diese Gesellschaft vielleicht besser ertragen."

Galant bot der Geistliche der Zigeunerin seinen Arm und entschwand mit ihr Richtung Theke.

„Das hätte er auch einfacher haben können." Martin grinste von einem Ohr zum anderen. Auch ihm hatte das lustige Intermezzo Spaß gemacht.

„Aber ich wette, länger als fünf Minuten sind die beiden sowieso nicht weg. Denn da werden auch schon die ersten Bratwürste aufgetragen. Und die lässt sich unser hochwürdigster Herr nicht für alle Frauen der Welt entgehen.

So war es dann auch. Die Bratwürste vom Anker waren weit über die Grenzen Kirchfelds hinaus berühmt. Hausgemacht, nach einem uralten Rezept. Und das Sauerkraut schmeckte ganz einfach himmlisch dazu.

Alsbald wurde es etwas ruhiger im Anker und es kehrte eine gefräßige Stille ein.

Nachdem die meisten gegessen hatten, schlug nun die große Stunde von Chorleiter Peter Hartmann. Gewandet wie ein Schullehrer aus dem neunzehnten Jahrhundert, trug er mit einigen Sängern Spottlieder mit höchst zweideutigem Inhalt vor. Er hatte sie kurzfristig mit einigen Spitzenkräften des Männerchores einstudiert. Danach trat ein Bänkelsänger auf, der einige Moritaten zum Besten gab. Martin war richtig stolz auf seine Truppe. Fast wie in früheren, glorreichen Zeiten kam es ihm heute vor. Auf diesem Niveau konnte kein anderer Verein mithalten. Da war er überzeugt davon. Vielleicht sollte man ja, einmal im Jahr offiziell einen kulturellen Abend veranstalten. Vielleicht eine Kleinkunstveranstaltung oder dergleichen. Als er dieses Gedanken in der Tischrunde zum Besten gab, griff Peter Schuster, der sich für einen Augeblick an den Tisch gesetzt hatte diese Idee begeistert auf.

„Ja, und den Felix müssen wir unbedingt mit einbauen. Du hast ja seine eigenen Lieder nicht gehört, weil Du so früh ins Bett bist. Aber Dein Schwiegersohn hat echt was auf dem Kasten." Er war ganz besessen von diesem Gedanken.

"Ich würde meine große Scheune zur Verfügung stellen. Wenn wir die entsprechend herrichten, dann hätten wir ein klasse Ambiente. Was meinst Du dazu Martin?"

„Ja toll. Bring den Gedanken doch bei der nächsten Sitzung ins Gespräch. Oder noch besser, besuch mich einfach mal und lass uns bei einem guten Schoppen das Weitere besprechen."

„Das mach ich bestimmt." Auf einmal war nichts von der Rivalität der beiden Platzhirsche mehr zu spüren. Und Martin nahm sich vor, seinen Vize wieder mehr in seine Entscheidungen einzubinden.

Doch jetzt war es an der Zeit, dass auch er seinen Teil zum Gelingen dieses wunderbaren Abends beitrug. Mit einer wichtigen Mitteilung an seine Sangesbrüder und Schwestern. So schwang er sich mit einem kühnen Satz auf den Tisch, schlug mit der Gabel an ein leeres Glas, um die Aufmerksamkeit seiner Zuhörer zu erheischen.

„Liebe Sangesschwestern und Sangesbrüder! Ich werde eure Aufmerksamkeit nicht lange in Anspruch nehmen.“ Einige der schon etwas alkoholisierten Anwesenden ließen Worte des Zweifels hören. Martin ließ sich allerdings nicht beirren und fuhr fort:

„Doch ich möchte euch, bevor die Aufnahmefähigkeit weiter sinkt, die erfreuliche Mitteilung machen, dass unsere Vereinsfahne wieder aufgetaucht ist. Was ist ein Verein ohne Fahne. Ohne die Fahne, die alle Höhen und Tiefen unseres Vereinslebens überstanden hat. Ich will es euch sagen. Ein solcher Verein ist nur ein halber Verein. Doch jetzt befindet sie sich wieder da, wo sie sich schon immer befunden hat. Auf ihrem angestammten Platz. Und ich möchte an diesem Abend die Sänger, die für die Fahne zuständig sind gar herzlich bitten, in Zukunft noch besser auf das gute Stück aufzupassen.“ Diese Worte galten in der Hauptsache Dieter Roth, dessen schwache Blase ja schließlich an dem vorübergehenden Verlust schuld war.

Allerdings schien diese Bitte zumindest momentan an dem Angesprochenen abzuprallen. Denn er war gerade damit beschäftigt, Christel Gösswein eine besondere Kusstechnik zu erläutern.

Doch der erste Vorstand war mit seinen Ausführungen noch lange nicht am Ende.

„Doch ich habe noch eine Bitte an euch alle. Fragt mich nicht, wer uns die Fahne entwendet hat. Ich habe der Frau Bürgermeister mein Ehrenwort gegeben, nichts nach außen dringen zu lassen. Lasst uns jetzt unsere Gläser erheben, und uns alle auf diesen wunderbaren Verein trinken. „Der Männergesangverein lebe hoch, hoch, hoch." Alle Mitglieder erhoben ihre Gläser, um sich gegenseitig zuzuprosten und in den Hochruf einzustimmen. Worauf Christel Gösswein, die sich von Dieter ebenfalls auf einen Tisch hatte helfen lassen, ihre wohl tönende Sopranstimme ertönen und lautstark den Ruf erschallen ließ. „Und der Frauenchor lebe ebenfalls hoch, hoch, hoch."

Auch dieser Hochruf wurde erwidert. Nicht nur von den Frauen.

„Eine wunderbare Rede hast Du mal wieder gehalten." Betti wischte sich ein paar Tränen aus den Augen. Es hätte nicht viel gefehlt und sie hätte wirklich losgeheult. Aber vor Lachen. Manchmal übertrieb es ihr Gatte mit seinen Reden.

„Ja reden kann er. Ohne Zweifel. Er würde auf jeder Kanzel eine gute Figur machen." Es war Hochwürden Nüsslein nicht anzumerken, ob er das soeben gesagte wirklich ernst meinte.

„Oh ja, Martin, schul auf Pfarrer um. Ich habe mir schon immer gewünscht, mit einem katholischen Pfarrer zusammen zu leben. Was für ein herrlicher Skandal wäre das."

„Dann könntest Du uns trauen." Jasmine musste natürlich auch ihren Senf dazu geben.

„Ich finde, Du solltest in die große Politik wechseln. Die wichtigste Eigenschaft eines Politikers erfüllst Du jetzt schon. Mit vielen Worten wenig sagen. Und das auf sehr hohem Niveau."

Das war aber schon starker Tobak, was Franziskus da von sich gab. Martin musste aufpassen, dass er sich nicht ärgerte.

„Also Franziskus, von einem Heiligen hätte ich solche Worte nicht erwartet."

„Mach Dir nichts draus." Franziskus hatte sich schon lange nicht mehr so wohl gefühlt, wie an diesem Abend.

„Manch ein Heiliger ist eben nur ein Scheinheiliger. „Das musst Du nicht so ernst nehmen. Noch dazu, wenn es von einem Sträfling gesagt wird. Aber eines kann ich Dir sagen. Der Verein hat seine Fahne wieder. Und viele Vereinsmitglieder werden morgen ihre eigenen Fahnen vor sich her tragen. So wahr ich Franziskus Götzelmann heiße."

Dem war nichts mehr hinzuzufügen. Und alles waren sich einig. So ein wunderbares Fest war im „Anker" schon lange nicht mehr gefeiert worden.

Jasmine hatte Felix am Samstag zum Bahnhof nach Würzburg gebracht. Beide waren sie noch etwas angeschlagen von der vergangenen Nacht. So waren beide ziemlich wortkarg. Als der Zug einfuhr, verabschiedete sich Jasmine mit einem langen Kuss von ihrem Freund. Sie blieb noch einige Augenblicke stehen, um ihn nachzuwinken. Dann strebte sie mit langen Schritten den Ausgang zu. Sie hasste Abschiede. Auch wenn es nur für kurze Zeit war, die sie ihren Felix entbehren musste, so war doch eine gewisse Leere mit einem Male in ihr, die sie sich nicht erklären konnte. Ach was, sie wischte sich eine Träne aus dem Gesicht. Jetzt war erst einmal Fasching angesagt und sie hatte nicht vor, die drei tollen Tage damit zu verbringen, Trübsal zu blasen. Heute Abend wollte sie zusammen mit ihren Eltern auf den Faschingsball des Turnvereins gehen und dann würde sie sich in den Kirchfelder Straßenfasching stürzen. Nach alter Tradition mit ihrer Clique. Wer weiß, wann sich wieder die Gelegenheit bot.

Felix hatte zum Glück ein Abteil gefunden, in dem noch niemand saß´. So konnte er es sich gemütlich machen. Er zog die Schuhe aus, legte die Beine hoch, schnappte sich ein Buch und war alsbald eingeschlafen. Die „Närrische Chorprobe" hatte ihn doch ganz schön zugesetzt. Der Zug ging bis München durch und so hatte er gute zwei Stunden Zeit, sich seinen Träumen hinzugeben. Doch in Nürnberg war es mit der Ruhe vorbei. Fußballfans des FCN, die ihren Club zum Derby nach München begleiteten, stürmten den Zug. Felix zog es daraufhin vor, in den Speisewagen zu gehen, wo er sich ein zweites Frühstück gönnte. Das war zwar teuer. Aber hier hatte er wenigstens seine Ruhe. Er betrachtete die vorüberziehende Landschaft und war bald schon wieder in Gedanken versunken. Er hatte seinen Eltern nichts von seinem bevorstehenden Besuch mitgeteilt. Nur seine Schwester wusste Bescheid. Er zwang sich dazu, nicht an das Gespräch mit seinem Vater zu denken und konzentrierte sich wieder auf die Landschaft, die, je weiter man Richtung Süden fuhr, immer weiser wurde. Er bestellte sich noch einen Kaffee. Der gestrige Abend kam ihm wieder in`s Gedächtnis. Es war schön gewesen. Überhaupt, er fand es hätte alles schlimmer kommen können. Auch seinen Vaterfreuden sah er mittlerweile mit Zuversicht und Freude entgegen. Es würde schon alles gut werden.

In München blieb ihm nicht viel Zeit. Denn der Regional-Express, der ihn ins schöne Allgäu bringen sollte, fuhr bereits nach zehn Minuten nach Ankunft des ICE ab. Gut gelaunt stieg er um. Noch eine Stunde Fahrzeit, dann würde er zu Hause sein.

In Flintsbach wurde er von seiner Schwester abgeholt. Der Ort war noch tief verschneit. Die beiden Geschwister begrüßten sich herzlich. Sie hatten sich immer gut verstanden. Felix hatte auch keinerlei Probleme damit, dass seine Schwester nun die Brauerei übernehmen sollte. Deswegen würden sie nie Streit miteinander bekommen.

Das Anwesen der Unterwalchers lag etwas abgelegen am Ortsende von Flintsbach. Das Wohnhaus stand zwar nicht auf dem Betriebsgelände. Aber vom Haus zur Brauerei waren es nur zwei Minuten, die man gehen musste, um das Firmengelände zu erreichen.

Sein Besuch schlug ein, wie eine Bombe. Seine Mutter war hocherfreut und sein jüngerer Bruder sowieso. Nur sein Vater konnte im ersten Moment nicht so viel damit anfangen, dass sein Ältester so plötzlich vor ihm stand. Es war wirklich höchste Zeit, dass die beiden sich einmal richtig aussprachen, damit wieder die alte Herzlichkeit zwischen ihnen herrschte.

Doch jetzt setzte seine Mutter erst einmal Kaffee auf und kam dann mit einem Teller selbst gebackener Krapfen angerauscht.

„So, jetzt wird erst einmal Kaffee getrunken. Die Krapfen sind ganz frisch."

„Und heute Abend gehen wir gut essen." Seine Schwester Monika nutzte die Gelegenheit, ihren Freund ins Gespräch zu bringen.

„Ich schlage vor, wir gehen ins Bräustüberl. Das gehört der Familie von meinem Freund und man speist da ganz ausgezeichnet."

„Einverstanden." Auch das Familienhaupt war froh, dass man sich quasi auf neutralem Boden beschnupperte. Er hatte mit allem gerechnet. Nur nicht damit, dass sein Sohn so bald persönlich auftauchen würde. Aber Felix hatte viel von ihm und ließ nicht gerne etwas anbrennen.

„Also gut, gehen wir in` s Bräustüberl. Ich habe sowieso keine Lust, mich heute Abend in die Küche zu stellen, um zu kochen."

Felix Mutter war zwar eine hervorragende Köchin, aber heute am Faschingssamstag hatte sie absolut nichts dagegen, den Abend richtig zu genießen.

Auch Felix war es recht. Er wollte sowieso nicht gleich mit der Türe ins Haus fallen. Vielleicht konnte er ja vorher noch einmal ungestört mit seiner Mutter reden. Die war eine praktisch veranlagte Frau und hatte immer einen guten Rat parat.

Jasmine hatte diese Sorgen nicht. Das einzige Problem, dass ihr im Moment zu schaffen machte, war die Kleiderwahl für den heutigen Kostümball. Aus dem Radio war den ganzen Tag schon Stimmungsmusik zu hören. Radio „Charivari" übertraf sich mal wieder selbst. Auch Oldies und alte deutsche Schlager waren zu hören. Jasmine stand gut gelaunt vor ihrem großen Spiegel und betrachtete sich selbstkritisch. Gott sei Dank war von ihrer Schwangerschaft noch nicht so viel zu sehen. Nur wer ganz genau hinsah, konnte die leichte Rundung erkennen. Aber das konnte man mit der richtige Kostümauswahl schon noch verbergen. Sie würde ihre Mutter um Rat fragen. Vielleicht hatte die ja eine gute Idee. Vielleicht lieh sie ihr ja den Rock und die Bluse, die sie auf der „Närrischen Weinprobe" so trefflich als Zigeunerin gekleidet hatten.

„Klar, kannst Du das Kostüm haben. Ich gehe heute im Abendkleid und Dein Vater hat endlich wieder einmal Gelegenheit, seinen Smoking anzuziehen. Aber sag mal Jasmine, macht es dem Felix nichts aus, wenn Du alleine tanzen gehst? Also Dein Vater war da nicht immer so großzügig, der eifersüchtige Gockel."

„Das wäre ja noch schöner. Noch sind wir nicht verheiratet. Und selbst dann, werde ich mir schon noch meine Freiheiten nehmen. Zum Heimchen am Herd tauge ich sowieso nicht. Außerdem habe ich ja euch zum Aufpassen dabei."

„Na gerade ausgelassen klingst Du ja nicht gerade. Habt ihr euch gestritten?"

„Nein, wir haben uns nicht gestritten. Ich will mich nur diese drei Tage noch einmal richtig amüsieren. Mit oder ohne Felix. Das ist mir egal. Er hätte ja mitmachen können. Aber er ist ja ein richtiger Faschingsmuffel." Dass sie ihren Freund mehr oder weniger die Pistole auf die Brust gesetzt hatte, verschwieg sie wohlweislich."

„Er ist halt wie er ist. Und ich mag ihn sehr gerne. Das wollte ich Dir halt noch einmal sagen."

„Ich weiß selbst wie er ist, Mutter. Das musst Du mir nicht bereden. Also, bis heute Abend."

Jasmine schnappte sich Rock und Bluse und entschwand.

Zurück ließ sie eine etwas ratlose und verunsicherte Mutter, die sich aber in diesem Moment an die Zeit erinnerte, als sie Martin kennen gelernt hatte. Da war sie manchmal genau so schnippisch und gewissen Stimmungsschwankungen unterlegen.

Noch herrschte eine gewisse Vornehmheit auf dem Ball des Turnvereins. Früher, als so genannter Schwar-Weiß-Ball veranstaltet, hatten erst die letzten Jahre immer mehr kostümierte Tänzer Einlass gefunden. Freilich waren auch nur Kostüme, die wirklich etwas her machten, gerne gesehen. Narren im Domino waren an diesem Abend nicht willkommen. Was aber nicht hieß, dass zu vorgerückter Stunde, nicht doch einer oder mehrere Narren in dieser Gewandung zu sehen waren. Doch viele Besucher waren an diesem Abend in klassischer Abendgarderobe erschienen. Die Damen hatten endlich wieder einmal Gelegenheit, ihre Abendkleider zu präsentieren. Und es gab nicht wenige, die sich in gehörige Unkosten gestürzt hatten, um sich extra für diesen Anlass, etwas Neues zuzulegen. Die Herren dagegen trugen halt ihren dunklen Anzug, den sie auch zu einer Beerdigung anzogen. Einige hatten ihren Körper allerdings auch in einen „Smoking" gezwängt. Die jüngeren scherten sich allerdings herzlich wenig um diese Tradition und waren kostümiert erschienen. Und zwar in durchaus originellen Verkleidungen. Von Asterix bis Rotkäppchen war alles vertreten. Und der Wolf durfte natürlich auch nicht fehlen.

Jasmine saß am Tisch, den ihre Eltern sich hatten reservieren lassen. Am gleichen Tisch saßen noch Simon Bauerreis mit Lebensgefährtin, Peter Schuster mit Ehefrau und Franziskus Götzelmann mit seiner Schwester, sowie Kriminalrat Heinz Wagner. Sozusagen als Personenschutz für Barbara, wie sich Franziskus ausgedrückt hatte.

Jasmine saß allerdings die wenigste Zeit. Sie war eine gefragte und gute Tänzerin. Betti war schon in Sorge, dass sie sich übernehmen würde, mit der vielen Tanzerei. Doch da sie sich sonst vernünftig benahm, keinen Alkohol trank, hielt sie sich ihrer Tochter gegenüber zurück.

Dieter Roth hatte seine ehemalige Freundin aufgefordert. Jasmine wollte nicht nein sagen. Mit welcher Begründung auch. Dieter war der Freund ihrer Teenagerzeit gewesen. Doch nach der Trennung von Jasmine hatte er nicht mehr so recht den Anschluss gefunden. Er selbst hielt sich zwar nach wie vor für unwiderstehlich, ab er es gab nicht wenige, die behaupteten, dass er seitdem, immer mehr zu Junggesellen mutierte.

Doch nun tanzte er mit seiner einstigen Jugendliebe. Und er tanzte gut, das musste Jasmine ihm zugestehen. Er tanzte sogar sehr gut. Auf eine gewisse Art und Weise sah er auch gut aus. Wenn nur nicht dieses aufgesetzte Macho-Gehabe gewesen wäre. Aber ein Allerweltstyp war er nun wirklich nicht. Jasmine verglich ihn unbewusst mit Felix. Doch dann rief sie sich zur Ordnung . Sie lächelte, als ihr Dieter eines seiner typischen Komplimente in`s Ohr flüsterte. Nach Beendigung der Runde, lud er sie in die Bar ein. Den Einwand, dass sie keinen Alkohol mehr trank, wischte er mit der Bemerkung weg, dass ein Glas Sekt-Orange ja wohl nicht als Alkohol zu bezeichnen wäre.

Jasmine willigte ein. Die Bar war zu diesem Zeitpunkt zwar gut besucht, aber doch noch nicht so voll, wie das zwei Stunden später der Fall sein würde. Die beiden fanden mühelos ein Plätzchen, wo man sich unterhalten konnte.

„No, Jasmine! Wie gefällt es Dir, so alleine, ohne Deinen Freund? Hat der keine Zeit oder ist er ein Faschingsmuffel?“

„Der ist nach Hause zu seinen Eltern gefahren. Familienangelegenheiten regeln.“

Jasmine ärgerte sich über die Frage. Noch mehr ärgerte sie sich, dass sie die Frage überhaupt beantwortet hatte. Was ging es den Dieter an, wo ihr Freund war?

„Wir müssen jetzt aber nicht über den Felix reden." Jasmine nahm ihr Glas und prostete ihren Jugendfreund zu.

„Zum Wohl, Du alter Junggeselle. Immer noch auf der Flucht vor der holden Weiblichkeit?" Sie konnte nicht umhin, ihn ein bisschen aufzuziehen.

„Fliehen tu ich nur vor bestimmten Weibsbildern. Bei Dir zum Beispiel würde ich ganz bestimmt nicht davon laufen. Prost Jasmine." Dieter warf ihr einen, wie er meinte feurigen Blick zu.

„Aber Du strebst ja nach Höherem." Er trank sein Glas in einem Zug aus.

„Ich hol noch etwas zu trinken. Möchtest Du auch noch ein Glas?"

„Ja, aber nur einen Orangensaft."

Er kam mit zwei vollen Gläsern zurück.

„Sag mal Jasmine, warum ist das mit uns nichts geworden?"

„Wir passen halt nicht zusammen für eine dauerhafte Beziehung. Finde ich wenigstens. Komm, jetzt fang nicht wieder mit den alten Kamellen an und verdirb mir nicht den Abend." Sie gab Dieter einen freundschaftlichen Kuss, was dieser als Aufforderung verstand, zurückzuküssen. Allerdings war dieser Kuss alles andere als freundschaftlich. Als Jasmine ihn sanft wegdrücken wollte, verstärkte er seine Bemühungen. Da zog sie ihn so kräftig sie konnte an den Haaren, dass es ihm wehtat und er endlich von ihr abließ.

„Besonders zärtlich bist Du aber nicht gerade. Das kenn ich anders von Dir."

Er versuchte seine Enttäuschung erst gar nicht zu verbergen.

„Früher warst Du liebevoller."

„Früher war ich auch Deine feste Freundin. Doch die Zeiten sind endgültig vorbei. Merk Dir das endlich. Und jetzt lass uns bitte gehen, bevor ich Dir noch eine runterhaue."

Verärgert trank er sein Glas aus. Er wusste aus Erfahrung, dass mit Jasmine nicht gut Kirschen essen war. Er brachte sie zu ihrem Tisch und wurde den ganzen Abend nicht mehr gesehen.

Allerdings hatte sich die Laune von Jasmine nach diesem Vorfall merklich verschlechtert.. Sicher, sie wollte sich amüsieren. Aber zu den Spielregeln, die sie für richtig hielt. Und ihre Spielregeln sahen vor, dass sie nichts tun würde, für das sie sich bei Felix entschuldigen müsste.

Erst jetzt merkte sie, wie sehr ihr fehlte. Sie hatte plötzlich keine Lust mehr, sich in den Trubel zu stürzen und war heilfroh, als ihre Eltern um ein Uhr nach Hause gingen und sie einen Grund hatte, den Ball zu verlassen. Es war zwar ungewöhnlich früh, aber sie hatte fürs erste einmal die Schnauze gestrichen voll.

Endlich war es Felix gelungen, seinen Vater alleine zu erwischen. Bisher war immer etwas dazwischen gekommen. Ein Geschäftsmann ist halt auch am Wochenende nicht immer Herr seiner Zeit. Felix hatte sich am Sonntagvormittag noch mit seiner Mutter unterhalten und dabei erfahren, dass sein Vater vor vier Wochen eine leichte Herzattacke gehabt hätte. „Gerade noch einmal gut gegangen", hatte Dr. Hornbichler gemeint und seinem langjährigen Freund dringend angeraten, sofort kürzer zu treten. Vor allen Dingen sich mehr sportlich zu betätigen und sich auch mal eine Auszeit gönnen.

Sein Vater hatte diese Ratschläge offensichtlich sehr ernst genommen. Was nicht unbedingt charakteristisch für ihn war. Denn seinen Kindern gegenüber spielte er gerne den Übervater, den nichts so schnell aus der Bahn werfen konnte. Und seinem Ältesten wollte er schon gar nicht zeigen, dass es ihm nicht so gut ging. Und so hatte er ihm halt die Pistole auf die Brust gesetzt. Jetzt saßen sich Vater und Sohn im Büro gegenüber und versuchten die Wogen zu glätten.

„Versteh mich doch Papa. Ich konnte Dir wirklich keine Zusage machen und ehrlich gesagt, ich wollte auch nicht."

„Ja, ich weiß, Du hast einen gehörigen Teil Sturheit von mir geerbt."

Alfons Unterwalcher war sich nicht sicher, ob er sich darüber freuen sollte, dass sein Sohn offensichtlich eine Menge seiner Gene abbekommen hatte.

„Also, dann sag ich es noch einmal. Mein Studium hat für mich absolute Priorität. Und natürlich meine Familie. Meine zukünftige Familie."

„Na ja, ich verstehe Dich schon. Aber ich hätte mich halt sehr gefreut, wenn Du mein Nachfolger geworden wärst. Und ich muss und will kürzer treten. Ich kann nicht mehr so lange das Unternehmen alleine führen."

„Ist das wirklich so schlimm mit Deinen Herzproblemen ?"

„Hat Deine Mutter mal wieder gepetzt? Ich wollte das nicht an die große Glocke hängen. Aber Dr. Hornbichler hat mir dringend geraten, mehr auf meine Gesundheit zu schauen. Aber hätte es denn Deine Entscheidung beeinflusst, wenn Du davon gewusst hättest?"

„Wahrscheinlich nicht. Ich wollte halt noch einmal mit Dir selbst darüber reden. Ich will keinen Streit in der Familie. Nicht, dass ihr womöglich nicht zu unserer Hochzeit gekommen wärt."

„Das ist Quatsch, mein Junge. Natürlich kommen wir. Aber sag mal, warum habt ihr es denn gar so eilig mit dem Heiraten? Deine Braut ist ja wirklich ein tolles Mädchen, aber hätte das mit der Hochzeit dann nicht bis nach dem Studium Zeit gehabt?"

„Na ja, eigentlich schon." Felix druckste herum, wie ein Schulbub, der etwas Dummes angestellt hatte.

„Also, um es kurz zu machen, Du wirst mit höchster Wahrscheinlichkeit im Sommer, Großvater. So, jetzt ist es endlich heraus."

„Was, ich Großvater, Opa. Mensch, das ist ja toll. Da macht ihr mir ja eine große Freude."

„Das war aber eher unbeabsichtigt. Jasmine und ich waren erst gar nicht so erfreut darüber."

„Ach was! Kinder sind immer ein Grund zur Freude. Und wenn wir euch in irgend einer Form helfen können, dann tun wir das gerne. Weiß es Deine Mutter schon?"

„Ich habe es ihr heute Morgen gesagt."

„Und wo soll die Hochzeit stattfinden?"

„In Kirchfeld. In Unterfranken ist es Brauch, dass dort geheiratet wird, wo die Braut her kommt."

„So so, ist das Brauch in Unterfranken? Hier bei uns ist es aber Brauch, dass dort geheiratet wird, wo die Eltern wohnen, die die Hochzeit bezahlen."

Felix spürte leichtes Unbehagen aufsteigen. Fehlte noch, dass sich die Alten wegen der Ausrichtung der Hochzeit in die Haare kämen.

„Wahrscheinlich denken Betti und Martin da genau so."

„Weißt Du was? Ich werde Deinen Schwiegervater einfach einmal anrufen und mich mit ihm unterhalten. Vielleicht haben die beiden ja Lust, uns hier im schönen Allgäu einmal zu besuchen?"

„Oder ihr habt Lust, euch einmal Würzburg und Umgebung anzusehen. Eine wunderschöne Stadt übrigens."

„Man wird sehen. Genug geredet. Heute Abend wird gefeiert. Mit Sekt und Schweinswürsterln. Ich werde gleich mit Deiner Mutter reden."

Felix konnte sich nur noch wundern. Da hatte er sich fast in die Hosen gemacht. Und jetzt war alles eitel Sonnenschein. Der alte Herr war ja wie ausgewechselt. Aber so außergewöhnlich war das nun auch wieder nicht. Sein Vater stammte selbst aus einer kinderreichen Familie. Und hatte er nicht selbst zu Jasmine gesagt, dass dort wo er herkommt, Kinder willkommen sind. Er war jedenfalls heilfroh, dass es so gelaufen war. Heute Abend würde er gleich seine Allerliebste anrufen, um ihr zu berichten. Wenn er sie überhaupt an den Hörer bekam. Denn schließlich tobte in Kirchfeld der Fasching. Und Jasmine war mittendrin. Das nahm er wenigstens an. Und ganz wohl war ihm bei dem Gedanken nicht. Sollte er gar eifersüchtig sein. Das hätte noch gefehlt.

Franziskus hatte mit Fasching nicht gerade viel im Sinn. Früher, als seine Emma noch lebte, waren sie ab und zu schon in der närrischen Zeit ausgegangen. Der Polizeiball war nicht ohne und geradezu legendär. Aber seitdem er alleine lebte, hatte er für dergleichen Frohsinn nicht mehr so viel übrig. Er ging ganz gerne ins Theater und besuchte auch die eine oder andere Kleinkunstveranstaltung. Doch den Fasching verbrachte er auch heuer so, wie jedes Jahr, nämlich vor dem Fernsehgerät. Einen Unterschied gab es allerdings schon. Denn dem Struppi war es völlig egal, ob Fasching war oder nicht. Er verlangte auch in der fünften Jahreszeit nach seinen „Geschäftsgängen." Allerdings, waren ihm die Narren, die durch Kirchfeld`s Straßen zogen, nicht so ganz geheuer. Franziskus zog es deshalb vor, nicht unbedingt durch den Ort mit dem Hund zu gehen. Er hatte sich von seiner Schwester deren alten Golf ausgeliehen und war mit dem Hund ein Stück in die freie Natur gefahren. Die Straßen waren von Schnee und Eis befreit. Nur noch auf den Wiesen und Feldern hielten sich einige hartnäckige Schneereste. Franziskus hatte den Wagen an einem Feldweg abgestellt und Herrchen und Hund genossen bei ihrem Spazierganz durch die Kirchfelder Gemarkung den milden Wintertag.

Franziskus ließ die letzten Wochen noch einmal Revue passieren. Er hatte es wirklich gut getroffen, hier in Kirchfeld. Gespannt war er auf die Chormusiktage in Würzburg. Er stellte sich gerade vor, wie der Chor mit einem Riesenapplaus vom Publikum bedacht wurde, als er seinen Hund bellen hörte. Der Struppi war ein gehöriges Stück voraus gelaufen. Sehen konnte er ihn nicht, da der Feldweg durch eine Talsenke führte. Franziskus beschleunigte seinen Schritt, nachdem das Bellen nicht aufhören wollte. Er sah seinen Hund vor einer Frau stehen, die ihm bekannt vorkam. Wie es schien hatte sie geweint, denn sie wischte sich gerade mit einem Taschentuch die Tränen aus dem Gesicht. Als er näher kam, erkannte er zu seinem Erstaunen Jasmine Härtlein.

„Sei ruhig, Struppi" Er rief den Hund erst einmal zu sich und ließ ihn „Platz" machen, was dieser auch sofort tat.

„Jasmine, was ist denn mit Dir los? Ich denke Du genießt den Kirchfelder Fasching in vollen Zügen? Stattdessen bewässerst Du die Natur mit Deinen Tränen."

„Ach, Herr Götzelmann." Sie wischte sich die letzten Tränen aus dem Gesicht.

„So schlimm wie es aussieht, ist es nun auch wieder nicht. Ich wollte nur einmal alleine sein und nicht mit meinen Freunden im Narrenkleid um die Häuser ziehen. Das kam mir mit einem Male so albern vor. Wissen Sie, wie das ist, wenn man mit einem Male erwachsen sein und Verantwortung übernehmen soll. Nicht nur für sich selbst. Nein, auch für andere. Für eine ganze Familie?"

Franziskus sah sich die junge Frau genauer an. Und da fiel ihm mit einem Male das etwas vollere Gesicht und auch das kleine Bäuchlein auf, dass sich trotz des Mantels den sie trug, abzeichnete. Aha, Felix Unterwalcher war offensichtlich nicht nur ein guter Sänger.

„Du bist schwanger?" Er kam sich ein bisschen unbeholfen vor, bei dieser Frage.

„Na ja, langsam ist es ja nicht mehr zu übersehen." ,Jasmine lächelte zaghaft.

„Gibt es denn Probleme mit Deinen Eltern oder mit Felix? Ich nehme doch stark an, dass Felix der Vater ist?"

„'Nein, nein, da ist alles in Ordnung. Das einzige Problem bin im Moment ich selbst. Dabei wollte ich es im Fasching noch einmal so richtig krachen lassen. Noch einmal richtig lustig sein."

„Man kann doch auch mit Kind lustig sein." Franziskus musste lächeln, als ihm, der nie Vaterfreuden genossen hatte, diese Worte entschlüpften. Doch die junge Frau schien diese Bemerkung als tröstlich zu empfinden.

„Da haben sie sicher recht. Ich glaube, ich habe mich ganz schön gehen lassen."

Weißt Du was?“ Franziskus merkte gar nicht, dass er in das vertraulich Du gewechselt war.

„Wenn es Dir nichts ausmacht mit einem alten Mann ein Stück des Weges zu gehen, dann lade ich Dich zu einem Spaziergang ein. Und danach zu Kaffee und Kuchen im „Cafe Franziskus“. Oder ist es in Kirchfeld moralisch nicht tragbar wenn ein alleinstehender, pensionierter Kriminalbeamter ein junges, hübsches Mädchen am Rosenmontag zu sich nach Hause einlädt?“

„Ich glaube, das kann ich meinem Freund gegenüber gerade noch verantworten. Bitte führen Sie mich ab, Herr Kommisar.“

Sie reichte Franziskus ihrem Arm, den dieser mit einer galanten Verbeugung und den Hinweis, dass er dieses Mal wohlweislich auf Handschellen verzichten könne, nahm. Der Struppi schaute die beiden mit großen Augen an und es fehlte nicht viel daran, dass er sich mit der rechten Vorderpfote an die Stirn getippt hätte. Nachdem aber die beiden Menschen wieder normal nebeneinander her gingen und er somit nicht eifersüchtig sein musste, drehte er in einem Affenzahn eine Ehrenrunde um die beiden und lief dann wieder voraus, um das Gelände zu erkunden.

Nach einer gewissen Zeit erreichten sie das abgestellte Auto und fuhren zurück in`s Dorf.

Es wurde ein ganz anderer Rosenmontag, als ihn sich Jasmine vorgestellt hatte. Doch nicht minder interessant.

Felix starrte zum Abteilfenster hinaus. Der Zug fuhr ihm viel zu langsam. Dummerweise hatte er nicht den ICE für die Rückfahrt genommen, sondern nur einen IC. Der brauchte eine gute Stunde länger. Trotzdem würde der kurz nach siebzehn Uhr in Würzburg sein. Er hatte Jasmine angerufen, damit sie ihn am Bahnhof abholen würde.

Er freute sich auf das Wiedersehen. Nachdem zu Hause wider Erwarten alles besser gelaufen war, als er es sich vorgestellt hatte, hielt ihn nichts mehr in Flintsbach. Er hatte sich im besten Einvernehmen von seiner Familie verabschiedet. Und nun hatte er nur noch den einen Wunsch, seinen Schatz endlich wieder in die Arme zu schließen. Etwas bange war ihm schon vor dem Wiedersehen. Denn die Tatsache, dass Jasmine Fasching ohne ihn gefeiert hatte, machte ihn mehr zu schaffen, als er wahrhaben wollte. Auch wenn er es sich nicht anmerken ließ. Moderne Menschen sind schließlich nicht eifersüchtig. Doch ein, wenn auch kleiner Zweifel nagte doch an seinem Herzen, ob seine Braut während der drei tollen Tage nicht doch einen heißen Flirt gehabt hatte. Nach schier endloser Fahrt fuhr der Zug im Würzburger Hauptbahnhof ein. Felix sah Jasmine sofort. Sie fielen sich in die Arme und begrüßten sich so stürmisch, als hätten sie sich monatelang nicht mehr gesehen.

„Schön, dass Du endlich wieder da bist. Ich habe Dich so vermisst.“ Jasmine schmiegte sich zärtlich an ihren Verlobten.

„Ich freue mich auch, Dich wieder zu sehen. Aber so lange war es ja nicht.“ Obwohl sein Herz bis obenhin klopfte, gab Felix den Coolen.

„Und hast Du den Fasching gut überstanden?“ Felix stellte die Frage so beiläufige, als frage er nach dem Wetter.

„Ganz ausgezeichnet mein Schatz. Schade, dass er schon vorbei ist.“ Jasmine war enttäuscht, dass Felix mit einem Male so kühl reagierte.

„Na, da bin ich ja froh, dass Du Dich gut amüsiert hast, während ich zu Hause um gut Wetter besorgt war.“

Jetzt merkte Jasmine, dass ihr Freund offensichtlich ein Problem hatte, und das ganze coole Gehabe nur gespielt war. Sie umarmte ihn ganz fest.

„Du, der Fasching war eine einzige Katastrophe. Ich bin wirklich froh, dass Du wieder da bist. Aber lass uns zum Auto gehen, damit wir endlich nach Hause kommen und ich Dich richtig umarmen kann.“

„Entschuldige bitte. Ich hatte auf den Fahrt mit einem Male solche Angst, ich könnte Dich an einen anderen verlieren..“

„Also, wenn Du damit sagen willst, dass Du Angst davor gehabt hast, dass ich mit einem Kind von Dir im Bauch, mich mit einem anderen Mann amüsiere, dann hast Du eigentlich eine ordentliche Tracht Prügel verdient, Felix Unterwalcher. Aber eines muss ich Dir schon sagen. Den Rosenmontag-Nachmittag habe ich mit einem sehr interessanten Mann in dessen Haus verbracht. Den Rest erzähle ich Dir zu Hause. Du eifersüchtiger Macho."

Auf der Fahrt versuchte Felix das Gespräch zwar immer wieder auf den Rosenmontag zu bringen. Doch Jasmine blockte jegliche Unterhaltung mit dem Hinweis ab, dass sie sich auf den Verkehr konzentrieren müsse. Das mit dem Rosenmontag habe ja wohl Zeit, bis man zu Hause sei. Felix saß wie auf Kohlen. Seine Allerliebste warf ihm einen kurzen Blick aus den Augenwinkeln heraus, zu. Zufrieden stellte sie fest, dass sie ihren Schatz da hatte, wo sie ihn haben wollte. Eine kleine Strafe hatte er schließlich verdient. Da trat sie ganz in die Fußstapfen ihrer Mutter.

Betti und Martin waren am Donnerstag nach Fasching doch noch zu ihrem Kurzurlaub aufgebrochen. Ihr Reiseziel hatten sie jedoch verschwiegen. Irgendwohin in den Süden. Mehr gaben sie nicht bekannt. Sie würden sich aber auf jeden Fall melden. Jasmine kam es merkwürdig vor, dass ihre Eltern den Zug nahmen. Auf eine entsprechende Frage, hatte ihr Vater geantwortet, dass das nun mal für ihn die entspannendste Art des Reisens sei. Und ihre Mutter hatte nur zustimmend genickt. Merkwürdig war auch, dass die beiden mit relativ wenig Gepäck verreisten, wo doch gerade Betti wenn sie schon einmal verreisten, eher ein Kleid zu viel, als zu wenig mitnahm. Als gehorsame Tochter hatte Jasmine die beiden zum Bahnhof gefahren, wo die beiden dann im ICE Richtung München entschwanden.

Doch sie machte sich deswegen keinen Kopf. Denn sie war während der Abwesenheit ihrer Eltern sozusagen Chefin des Weingutes. Das war auch für Felix eine gute Gelegenheit, einmal hinter die Kulissen eines solchen Betriebes zu schauen. Er war erstaunt, wie weit sich der Kundenkreis des Weingutes Härtlein erstreckte. Martin belieferte Kunden in der ganzen Bundesrepublik.

Die Chemie zwischen den beiden Verlobten stimmte auch wieder, nachdem Jasmine Felix aufgeklärt hatte, wie und vor allen, mit wem sie den Rosenmontag-Nachmittag verbracht hatte. Felix gelobte Besserung bezüglich seiner Eifersucht und hatte darauf hin den Vorschlag unterbreitet, dass man Franziskus vielleicht die Patenschaft ihres Kindes antragen könnte.

Die Woche verging wie im Fluge. Als Jasmin ihre Eltern wieder vom Bahnhof in Würzburg abholte, fiel ihr gleich auf, dass die beiden bester Laune waren. Sie hatten offenbar einen tollen Urlaub hinter sich. Sie alberten herum, wie die Kinder.

Das erste, was Martin dann zu Hause tat, war, dass er einen Bocksbeutel entkorkte. Einen, der für solche Anlässe passend war. Einen „Kirchfelder Sonnensteig". Eine Silvaner Auslese. Felix, der ebenfalls dazu gekommen war, begrüßte seine Schwiegereltern herzlich.

Martin schenkte vie Gläser ein und man prostete sich zu.

„Schön, dass ihr wieder zu Hause seid." Jasmine hatte ihre Eltern vermisst.

„Ja, ich freue mich auch. Aber ein paar Tage hätte ich es noch ausgehalten." Betti strahlte übers ganze Gesicht.

Ihr Ehemann schien der gleichen Meinung zu sein. Der einzige Einwand den er hatte war, dass man „dort" keinen so guten Tropfen zu trinken bekam. Und wenn ja, dann nur sündhaft teuer.

„Jetzt mach es doch nicht gar so spannend. Wo war ihr denn jetzt wirklich?"

Jasmine konnte ihre Neugierde nicht länger mehr im Zaun halten.

„Nun ratet einmal, wo wir waren. Und was für tolle Leute wir getroffen haben." Betti konnte das Herumalbern nicht lassen.

Felix, der die ganze Zeit geschwiegen hatte, meldete sich zu Wort.

„Das ist gar nicht so schwer, zu erraten, wo ihr euren Urlaub verbracht habt. Ihr wart bei meinen Eltern in Flintsbach!“

„Gratuliere Felix, Du hast den Nagel auf den Kopf getroffen. Du bekommst einen intelligenten Mann, Jasmine. Ja, wir waren in Flintsbach und wir gratulieren Dir zu so netten Schwiegereltern, Jasmine.“

Doch Jasmine hatte es erst einmal die Sprache verschlagen. Diese Gauner. Doch richtig böse konnte sie den beiden nicht sein.

„Also, noch einmal zum Wohle, ihr beiden.“ Martin hob sein Glas und prostete Tochter und Schwiegersohn noch einmal zu.

„Seid uns nicht böse, dass wir euch nichts gesagt haben . Es sollte eine Überraschung werden. Und wir Alten haben ja doch auch das Recht, uns einmal zu beschnuppern. Ja, und dann musste ja endlich auch einmal geklärt werden, wo die Hochzeit stattfindet.“

„Aha, ihr habt das also alles schon geklärt. Ohne uns zu fragen.“ Jetzt stieg bei Jasmine doch leichter Ärger auf, ob dieses Alleingangs ihrer Eltern und Schwiegereltern. Sie wollte weiterreden. Doch Felix hielt sie zurück.

„Ja klar, Da wir schließlich auch die ganze Chose zahlen, haben wir uns eben auch die Freiheit genommen, alles so festzulegen, wie es euch wahrscheinlich gefällt. Jetzt zieh kein Gesicht, Tochter. Wir wollten nur euer Bestes. Also geheiratet wird hier in Kirchfeld. Im Mai, wenn es euch recht ist. Und zwar mit allem Pipapo."

„Felix?" Jasmine sah ihren Schatz fragend an.

„Du sitzt da, und sagst kein Wort."

„Was soll ich dazu sagen. Mit meinem Vater nehme ich es ja noch gerade auf. Aber wenn sich beide Patriarchen einig sind, und vor allen Dingen, die Mütter. Was willst Du da dagegen tun? Ich fürchte nichts. Ich gebe mich jedenfalls geschlagen und freue mich drauf."

„Das ist doch mal ein Wort." Betti umarmte ihre Tochter und ihren Schwiegersohn.

„Wir wussten doch, dass das ganz in eurem Sinne ist, was wir alten Simpel da ausgeheckt haben."

Sie hatte wieder einmal das letzte Wort.

Die Augustinerkirche in Würzburg war brechend voll. Waren in den Vorjahren immer noch viele Plätze leer geblieben, so mussten bei diesem Konzert noch zusätzlich Stühle aufgestellt werden, um allen Besuchern eine Sitzmöglichkeit zu bieten. So groß war der Andrang. Zehn Chöre aus Würzburg und Umgebung hatten gemeldet. Entsprechend unterschiedlich waren die Beiträge. Es handelte sich ausschließlich um geistige Chormusik. Vom schlichten Marienlied bis hin zu Auszügen aus der Johannes Passion wurde ein großes musikalisches Spektrum geboten. Jeder Chor gab sein Bestes. Doch die Qualitätsunterschiede waren zum Teil doch erheblich. Der Männerchor aus Kirchfeld war der letzte Chor, der auftrat. Seine Darbietungen wurden mit sehr großem Applaus bedacht und Chorleiter Peter Hartmann zeigte sich sehr zufrieden mit den gezeigten Leistungen seiner Sänger. Es hatte sich gelohnt, dass der Chor sich so intensiv vorbereitet hatte. Als nächstes Ziel war der Bayerische Chorwettbewerb im Herbst an der Bayerischen Musikakademie in Alteglofsheim anvisiert.

Doch jetzt galt es erst einmal den heutigen Erfolg gebührend zu feiern. Es war klar, dass man sich im „Anker" noch zusammensetzen würde, um die Eindrücke des Konzerts zu verarbeiten. Und das konnte man erfahrungsgemäß am besten bei einem guten Schoppen Frankenwein und einem guten Essen. Denn so wurde es immer gehalten und es würde sicher auch noch lange so bleiben. Gesang, Wein, Geselligkeit und ein gutes Mahl gehörten eben zusammen. Ach ja, und die Frauen durften natürlich nicht fehlen. Mussten sie doch öfter auf ihre Männer verzichten, wenn diese sich mühten und plagten für den Chorgesang. Doch im nächsten Jahr sollte der Frauenchor wenn möglich auch an den Chormusiktagen teilnehmen.

Auch Felix hatte sich von der euphorischen Stimmung anstecken lassen. Er hätte nicht gedacht, dass ihn dieser Auftritt so bewegen würde.

So verging die Zeit. Und der Termin der Hochzeit rückte immer näher. Die beiden Brautleute hatten mit der Ausrichtung nichts zu tun. Das lag alles in den Händen der Eltern. Es sollte eine Hochzeit werden, von der ganz Kirchfeld noch nach Jahren sprechen würde. So jedenfalls hatten sich Betti und Martin es sich vorgestellt. Und die Eltern von Felix schienen der gleichen Ansicht zu sein. Die Beiden, um die es eigentlich ging, hätten nichts dagegen gehabt, wenn das alles eine Nummer kleiner ausgefallen wäre

Aber wie heißt es doch so treffend: „Wer zahlt, schafft an." Und Felix hatte irgendwann zu Jasmine gesagt. „Lass die Alten doch machen, die zahlen schließlich auch den ganzen Krempel. Wir müssen nur heiraten." Und irgendwann hatten die beiden dann sogar ihren Spaß daran, wenn sie sahen, mit welchem Elan Jasmins Eltern das alles planten.

Auch das Gartenhaus war wieder einmal Schauplatz eines „Elefantentreffens". Mit den üblichen Verdächtigen, die da waren: Martin Härtlein, Eduard Nüsslein, Franziskus Götzelmann, dessen Schwester, Barbara, sowie der Kriminalrat a.D. Heinz Wagner. Der Schnee war längst weggetaut und die Sonne hatte jetzt, Mitte April, einiges an Kraft zugelegt. Doch heizen musste man schon noch. So prasselte auch wieder ein lustiges Feuerchen im Ofen. Und der Struppi, der selbstverständlich auch nicht fehlen durfte, hatte seinen Stammplatz neben dem Wärmespender eingenommen. Zwischendurch lief er in den Garten hinaus, um Mäuse zu jagen oder Vögel aufzuschrecken.

Es gab selbstverständlich einen guten, starken Kaffee. Und selbstverständlich den dazugehörigen Kuchen, gebacken von Barbara Götzelmann. Wie sagte doch Franziskus: Ältere Menschen sind eben schon mit Kleinigkeiten zufrieden. Worauf Heinz Wagner erwiderte, dass ein Kuchen von Barbara wahrlich keine Kleinigkeit sei. Nach dem Kaffee wurde geschöppelt. Der Wein war selbstverständlich vom Weingut Härtlein. Man stieß noch einmal auf den erfolgreichen Auftritt des Männerchores bei den Chormusiktagen an. Und auf die Aufklärung des so genannten Fahnendiebstahls. Pfarrer Nüsslein hatte erfreuliches zu berichten, Sein Sohn hatte sich erneut aus Kanada gemeldet und hatte eine erste Rate überwiesen. Er ginge ihm gut, und er hoffte auf eine Aufenthaltsgenehmigung, hatte er geschrieben. Alles schien in bester Ordnung. Nur Barbara saß die ganze Zeit mit einem nachdenklichem Gesicht am Tisch. Ihrem Bruder war das die ganze Zeit schon aufgefallen. So still kannte er seine Schwester überhaupt nicht.

„Sag mal Bärbel, was ist denn mit Dir los? Du bist so still. Bedrückt Dich irgend etwas?"

„Ach nichts besonderes. Mir geht nur eine Sache nicht aus dem Kopf."

„Und die wäre?" Heinz Wagner sah seine künftige Reisegefährtin fragend an.

Ich bekomme es einfach nicht auf die Reihe. Der Struppi hat doch dieses Fahnenband damals am Rentnerweg gefunden?! Wieso lag das Band denn in der freien Natur herum, wenn doch die Frau Bürgerm...... äh, ich meine der Dieb die Fahne im Schrank in der Sakristei versteckt hat?"

„Vielleicht hat der Täter ja die Fahne erst einmal um die Flur getragen. Oder er wollte eine falsche Spur legen, oder, oder, oder." Martin Härtlein stand auf, und jeder wusste, dass nun wieder eine seiner „Vorstandsreden" fällig war. Doch auch dieses Mal fasste er sich erstaunlich kurz.

„Liebe Freunde! Dieses Fahnenband ist mir heute völlig egal. Hauptsache der Verein hat seine Fahne wieder. Wer was, wann oder wo, getan oder nicht getan hat, ist ab sofort nebensächlich. Erhebt mit mir eure Gläser und lasst uns auf unser schönes Kirchfeld trinken, damit es weiter wachse und gedeihe."

Alle erhoben ihre Gläser. Nur Barbara zögerte einen Moment. Denn mit einem Male glaubte sie zu wissen, wie dieses Fahnenband dorthin gekommen war. Sie selbst hatte nämlich irgendwann ein paar Sachen ins Gartenhaus gefahren. Mit dem Fahrrad. Und sie konnte sich erinnern, dass sie aus dem Schrank in der Sakristei ein paar ausgediente Handtücher und abgetragene Klamotten mitgenommen hatte. Allerdings von einer Fahne hatte sie da nichts gesehen. Aber es war ziemlich dunkel gewesen, denn sie hatte kein Licht gemacht, als sie die Handtücher in die Schachtel gepackt hatte, die sie dann auf den Gepäckträger ihres Fahrrads geschnallt hatte. Sie konnte sich deswegen so gut erinnern, weil sie sich geschworen hatte, nie mehr bei einer solchen Affenkälte mit dem Fahrrad zu fahren. Sie war sich zwar nicht ganz sicher. Aber so hätte es schon gewesen sein können. Doch rasch nahm sie ihr Weinglas. Sie würde sich hüten, ihren Verdacht zu äußern. Wenn es selbst Martin egal war. Ihr Bruder schien heute auch seinen redseligen Tag zu haben. Angeregt durch die Worte seines Vorstandes, gab er auch seinen Senf zum Besten.

„Lieber Martin! Das hast Du wieder einmal wunderschön gesagt. Es ist wirklich jammerschade, dass Du dieses mal nicht für das Amt des Bürgermeisters kandidierst. Wie viele schöne Wahlreden entgehen uns dadurch. Willst Du es Dir nicht noch anders überlegen?"

„Wenn er sich auch dieses Mal noch nicht zur Verfügung stellt, so doch dann bei der nächsten Wahl. Und in den Gemeinderat wird er ja sicher gewählt. Da hat er Zeit und die Möglichkeit auch schon einmal eine kleine Rede zu halten. Seine Reden werden immer besser werden."

Diese Worte von Pfarrer Nüsslein gesprochen, klangen fast prophetisch. Ob sie sich bewahrheiten sollten? Davon wird später zu berichten sein.

Doch den Schlusspunkt setzte, wie konnte es anders sein, Franziskus Götzelmann.

„Noch bessere Reden. Das glaube ich nicht. Da wäre er ja reif für den Bundestag."

Bernhard Ludwig Urlaub

Geboren: am 13.08.1948 in Würzburg

Bundeswehr bei den Gebirgsjägern in Traunstein und Bad Reichenhall. Zuletzt Bearbeiter in der Kraftfahrzeugsteuer-Stelle beim Finanzamt in Würzburg. War nie Beamter aus Leidenschaft. Seit April 2011 im Vor(un)ruhe Stand

Schon als Kind bzw. Jugendlicher gerne kreativ tätig. Erste Gedichte mit dreizehn, vierzehn.

Danach entdeckte ich die Liebe zur (Beat) Musik. Spielte in verschiedenen Bands. Ab 1982 dann eigene Lieder mit eigenen Texten. War dann einige Zeit als Liedermacher unterwegs. Zwischendurch immer wieder Gedichte und Kurzgeschichten.

Eigener Gedichtband „Lust am Leben", erschienen im „Morsak-Verlag".Auch zwei „CD's" mit eigenen Songs. 2008 erschienen im De-Holtes Verlag "Struppi, die geheimen Aufzeichnungen eines Mischlingswelpen." 2011 neu verlegt.

Wenn ich nicht schreibe, gehe ich gerne mit meinem Hund Gassi. Er heißt übrigens Struppi.

Außerdem singe ich noch im Männerchor des Gesangvereins Thüngersheim im zweiten Bass. Tiefer kann man nicht mehr singen.

Bedanken möchte ich mich hier noch bei meiner Frau Gerti und bei Ingrid Öchsner fürs Korrekturlesen und bei allen die freiwillig oder unfreiwillig zum Gelingen dieses Romans beigetragen haben.